어린이와
박기범 이라크통신
평화

어린이와 평화 — 박기범 이라크 통신

초판 1쇄 발행 2005년 10월 7일/초판 6쇄 발행 2012년 9월 7일/지은이 박기범/펴낸이 강일우/책임편집 박상육
손경여/미술·조판 김진디자인/속표지 그림 김환영/펴낸곳 (주)창비/등록 1986년 8월 5일 제85호/주소 경기도
파주시 회동길 184 우편번호 413-120/전화 031-955-3333/팩시밀리 영업 031-955-3399·편집 031-955-
3400/홈페이지 www.changbikids.com/전자우편 enfant@changbi.com

어린이와 평화

박기범 이라크 통신

창비
Changbi Publishers

한 동화작가가 당신에게 말을 건네려 한다

캐이시 켈리

2003년, 미국의 충격과 공포 작전이 펼쳐지기 직전, 펼쳐지는 가운데, 펼쳐진 후 한국의 여러 인권활동가들이 바그다드에 있던 이라크평화팀Iraq Peace Team과 함께했다. 그들을 만나 배우게 된 건 행운이었다. 죄 없는 이들이 다치는 걸 막겠다는 그들의 굳은 신념에 나는 깊이 감동했다. 이라크에 왔던 한국인들과 함께하며, 나는 전쟁이 아닌 비폭력에서 답을 찾으려는 그들의 굳은 각오에 감화되었다.

우리는 우리 친구인 이라크 사람들과 관계의 끈이 전쟁 때문에 끊어져서는 안된다는 공통된 믿음을 가지고 있었다. 또한 앞으로 벌어질지 모르는 전쟁을 막기 위해 우리가 할 수 있는 일은 이 전쟁에 관한 진실을 알리는 거라고 믿었다.

이 책의 작가 박기범은 전쟁 내내 바그다드에 남아 이 전쟁을 목격하고 그 피해를 증언하겠다는 굳은 의지를 보여주었다. 많은 사람들이 그이의 이야기를 읽고, 그이의 목소리에 귀 기울여서, 평화와 비폭력으로 나아가는 다양한 방법을 모색하는 데 도움이 되길 바란다.

박기범은 훌륭하게 씌어진 이야기들로 아이들을 매료시켜왔다. 이제 그이가 어른들에게 말을 건다. 영원히 계속될 것 같은 전쟁에 대한 그이의 증언, 평화를 향한 그이의 외침은 우리에게 어린이들에 대해 다시 생각할 것을, 더 나은 세상을 만들 것을 촉구한다.

캐이시 켈리 Kathy Kelly 광야의목소리Voices in the Wilderness를 설립한 평화활동가로 이라크전쟁 기간에는 이라크평화팀을 이끌며 전쟁반대 활동을 벌여왔다.

안녕, 로아이

실람 H. 가드반

정말 내 마음을 다 전하고 싶고, 로아이^{loay}(이라크 아이들이 박기범에게 붙여준 이름)가 내 마음속에 든 말을 다 들을 수 있으면 좋겠어요. 하지만 로아이도 알겠지만 우린 통역이 필요하지요. 통역을 하면 내가 하고 싶은 말을 그대로 전하기가 어려워요. 하지만 어떻게든 내 마음을 전해보려 할게요. 그럼, 이제부터 내 마음 깊은 곳에서 나오는 이야기를 시작할게요.

우선, 로아이는 로아이가 나에게 어떤 의미인지 알아야 해요. 대체 로아이가 어떤 의미인지 알고 있나요? 아, 정말 그 의미는 내가 상상하거나 글로 표현해낼 수 있는 것 이상입니다. 하지만 여기 누구나 볼 수 있는 굉장히 중요하고, 분명한 것이 있습니다. 그것은 내가 지금 하고 있는 일이지요. 그것은 또한 내가 당신에게서 배운 것입니다. 당신은 내 삶을 송두리째 바꾸어놓았어요. 이것만 봐도 로아이가 내게 어떤 의미인지 설명하는 일이 얼마나 어려운지 짐작이 되지요? 로아이는 내게 사랑과 평화의 의미를 가르쳐준 선생님과도 같아요. 있죠, 사랑이나 평화는 우리가 학교에서 배울 수 있는 다른 여느 것과는 달리 마음속에 있는 것 같아요. 그래서 꼭 마음만을 통해 배울 수 있어요. 물론 학교에서 사랑이나 평화를 가르칠 수는 있지만 그걸 배웠다고 해서 모두가 다 이해하고 실천할 수 있는 건 아니지요. 그래서 제가 하고 싶은 말은, 난 로아이 마음을 통해서 평화의 의미를 배웠다고…… 사실 누군가의 마음에서 무언가를 본다는 건 쉽지 않지요. 하지만 정말 간절한 바람으로 그 사람 마음속을 바라보려 한다면, 그 사람 마음을 정말 사랑하고 이해하고 싶어하면…… 그러면 그

사람 마음속을 들여다볼 수 있게 돼요. 바로 우리 경우처럼 말이에요. 처음부터 이리될 줄은 몰랐습니다. 사실 내 마음대로 통제할 수 있는 힘을 넘어선 끌림이었어요. 기회가 되어 로아이와 이야기를 나누게 되었을 때부터 난 당신을 사랑하게 되었답니다. 그리고 이렇게 사랑하게 된 뒤부터 날이 갈수록 난 당신 마음을 보고 느낄 수 있게 되었지요. 당신 마음을 본 후부터 난 최대한 당신과 가까워지려 했어요.

전에도 말했지만 당신 마음에 대한 사랑은 내 안에 많은 문제를 일으킵니다. 늘 로아이와 한국을, 한국 사람들을, 한국 어린이들을, 그리고 그곳의 바다를 기억해야 하니까요. 또 그 마음 때문에 이라크에서 로아이와 함께했던 시간들을 생각하면 감정을 주체할 수 없어지니까요. 그리고, 그리고, 그리고…… 다른 일에 집중을 하려 할 때도, 로아이에 대한 기억 그 어느 것도 잊을 수가 없어요.

내 친구 로아이.

당신과 파라와 함께 보낸 이 멋진 시간들 절대 잊지 않겠다는 거, 꼭 알아줘요. 그리고 또 우리가 탁씸Takseem에서 겪었던 모든 우여곡절도 다 기억할 거예요. 그리고 로아이, 울진 바닷가 근처에 가거든 날 꼭 떠올려줘요. 우리가 어서 곧 만날 수 있었으면 좋겠어요. 그때까지 로아이는 늘 내 마음속에 함께할 겁니다. 그때까지 로아이, 꼭 몸조심해요.

한국 어린이들에게도 내 모든 사랑 전합니다.

살람 H. 가드반 Salam H. Ghadhban 한국이라크반전평화팀과 만난 것을 계기로 국경없는어린이들Children Without Borders에서 이라크 어린이 평화교육을 위해 일하고 있다.

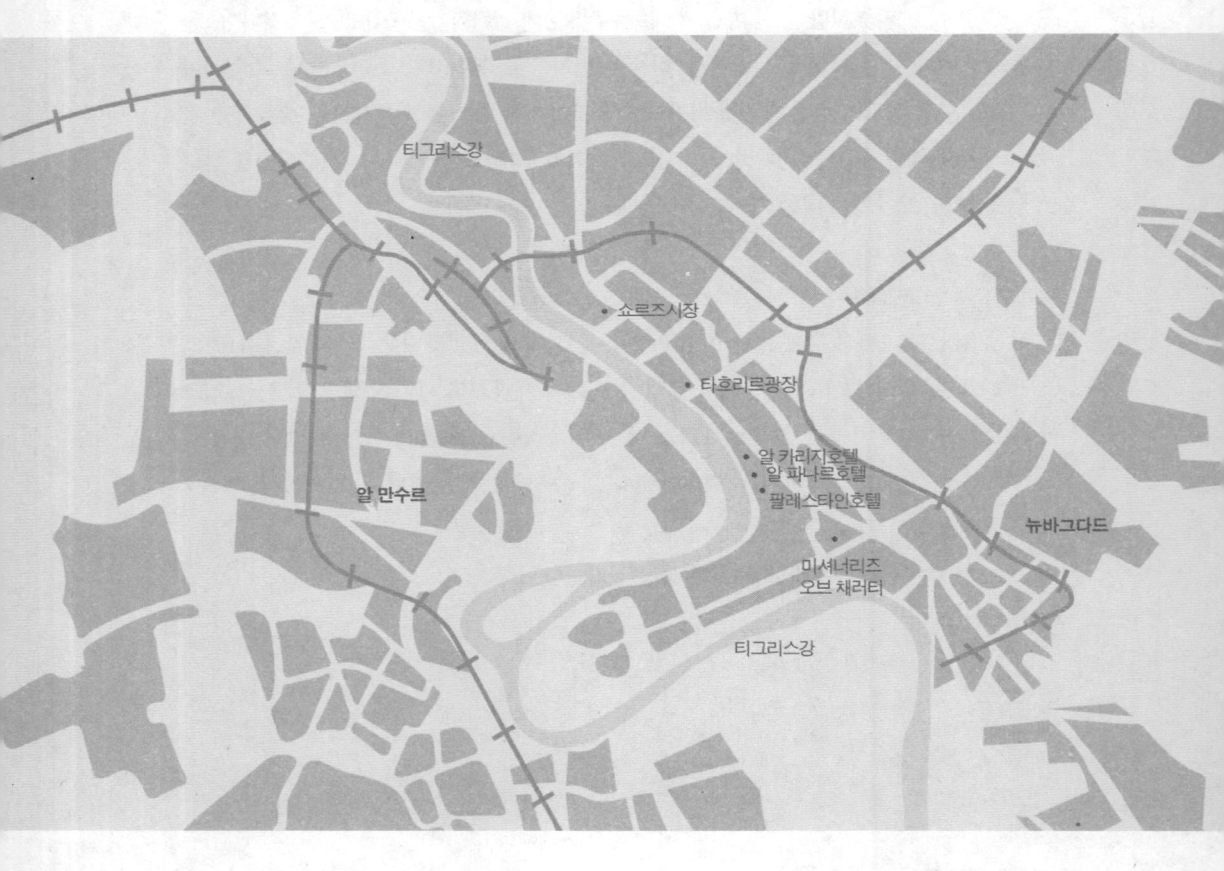

티그리스강

쇼르즈시장

타흐리르광장

알 카리지호텔
알 파나르호텔
팔레스타인호텔

뉴바그다드

미셔너리즈
오브 채러티

알 만수르

티그리스강

차례

소처럼 맑고 큰 눈을 지닌 그,

소처럼 부지런하고 소처럼 착하고

소처럼 겁이 많은 그가 떠난다.

죄 없는 목숨에 폭탄을 날릴 거냐며

자기 한몸으로 인류의 잔혹함,

그리고 인류의 양심을 증언하기 위해

인간방패 평화지킴이 반전평화단의 일원으로 그가 떠난다.

그는 동화작가다. 한국의 동화작가다.

_2003년 2월 20일. 원종찬

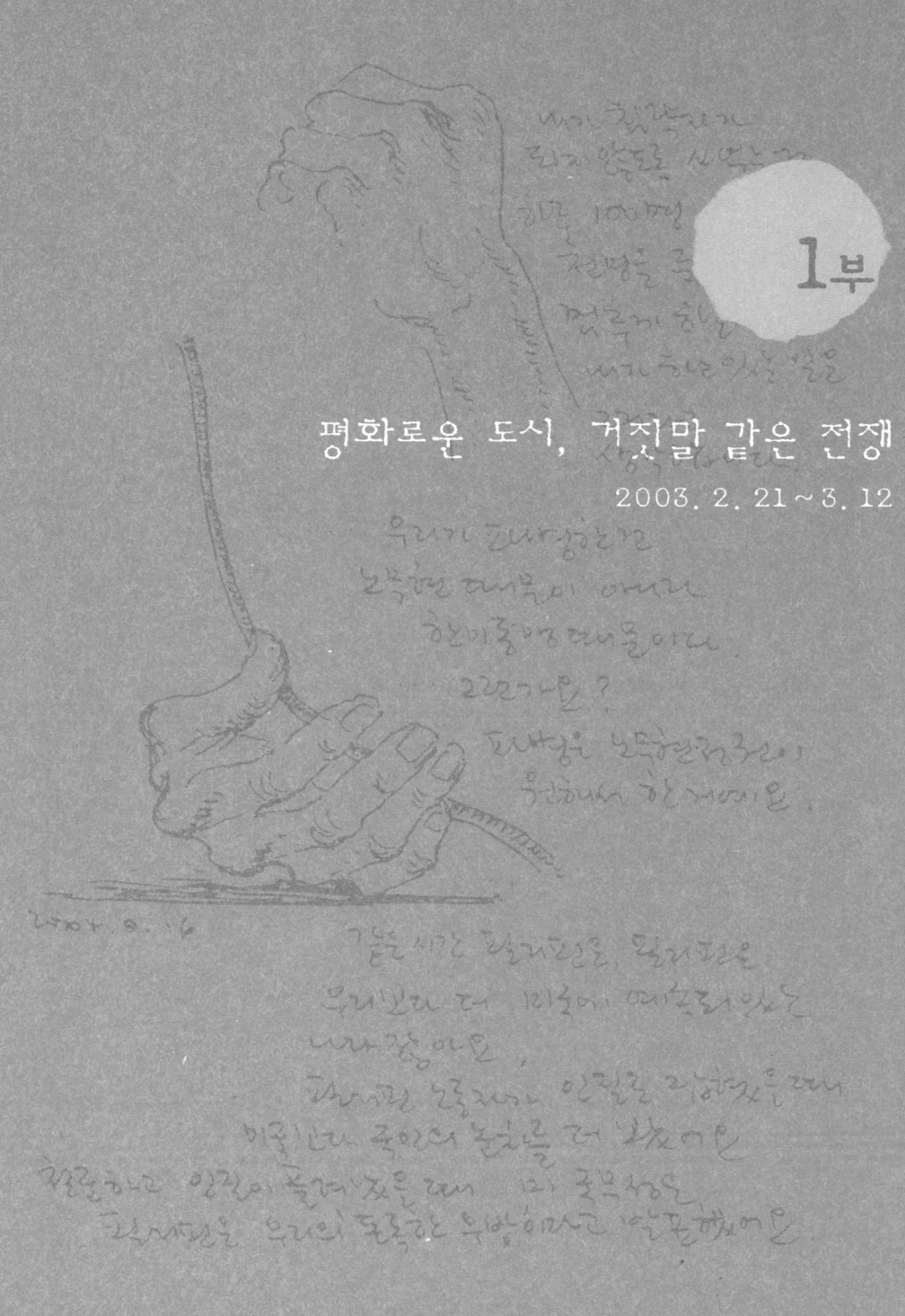

평화로운 도시, 거짓말 같은 전쟁

2003. 2. 21~3. 12

1부

박기범이 활동한 '한국이라크반전평화팀'은 2002년 12월 말 한국 평화운동가들이 이라크전쟁과 한반도 전쟁 위협의 연관성을 논의하던 중 이라크 현지에서 평화활동을 펼치기로 하면서 처음 이야기되었다.

2003년 1월 5일 양심에 따른 병역거부자 모임인 '양심을나누는사람들'(현 '전쟁없는세상') 등 여러 단체 활동가들과 '이라크평화팀' 결성.

2월 5일 '한국이라크반전평화팀'으로 공식명칭 확정, 한국이라크반전평화팀 지원연대 결성.

2월 7일 1진 남효주, 이영화, 한상진 출국.

2월 16일 2진 중에서 성혜란, 은국, 전승로, 허혜경 요르단으로 출국.

2월 19일 2진 중에서 오김숙이, 김력균 요르단으로 출국. 이날 한상진, 허혜경 이라크로 입국.

2월 22일 3진 이윤벽, 박기범, 최혁, 임종진 요르단으로 출국. 한편, 한국에서는 인터넷까페 '박기범이라크통신'을 열고 박기범 지원활동을 벌이기로 함.

2월 25일 한상진, 허혜경 요르단으로 나와 팀을 재정비하고, 오김숙이, 한상진이 공동팀장을 맡음.

2월 28일~3월 5일 한국이라크반전평화팀은 전운이 감도는 이라크로 입국. 이라크평화팀Iraq Peace Team, 휴먼실드Human Shield 등 국제 평화운동가들과 함께 반전평화활동을 펼치고 미셔너리즈 오브 채러티Missioneries of Charity 장애 어린이 시설 등을 방문.

3월 5일 전쟁이 임박하자, 팀원들 모두 요르단으로 철수.

3월 6일 4진 배상현, 주재일, 유은하, 이해종, 임영신, 최병수 요르단 암만 도착.

어떡하든 가야 한다

경황이 없다. 18일 죽변(박기범이 살던 경북 울진의 작은 바닷가 마을)에서 서울로 올라와 다음날 오전 '한국이라크반전평화팀' 지원연대를 만나 이야기를 나누었다. 언론에서는 '반전평화팀'이 계속 줄을 잇고 있다고 하지만 상황은 그렇지 않았다. 지금껏 1진 세 명, 두 차례에 나누어 2진 여섯 명이 출국했을 뿐이다. 그나마 이라크로 들어간 사람은 한상진, 허혜경 씨 둘뿐이다. 일단 요르단 비자를 받아 나간 뒤 거기에서 이라크 비자를 기다려야 하는데, 그게 그리 쉽지 않다고 한다. 지금 요르단에서 발이 묶인 사람들도 이라크에 들어갈 수 있을지 아무도 모르는 상태다. 현재로서는 내일 3진이 떠나기로 계획되어 있는데, 상황 추이를 보아야 한다. 나는 과연 이라크에 갈 수 있을까……

요르단으로 갈 생각이면 적어도 22일까지는 팀에 합류해야 하고, 그러려면 오늘 오전 열한시까지는 요르단 대사관에 찾아가 비자부터 받아두어야 한다. 그런데 아, 죽변에서 올라올 때까지만 해도 상황이 이렇게 바쁘게 될 줄 몰랐기에 여권을 챙겨오지 않았다. 지원연대와 이야기를 나눈

후 한밤중에 다시 죽변으로 내려왔다. 폭설로 길이 꽁꽁 얼고 가시거리가 오류미터도 안되었다. 바퀴에 체인을 걸고 집에 도착한 게 밤 열두시를 넘긴, 지금이다. 이제 옷가지를 챙기고 바로 서울로 가야 한다. 제발 올라가는 길은 열 시간 이상 걸리지 않아야 할 텐데.

사실 많이 떨린다. 이라크에 들어가야겠다고 결심을 하고 꼭 한 번, 사람 많은 길에서 눈물이 나왔다. 그 뒤로는 일정이 너무 급해 경황이 없었다. 떠나기 전에 오랫동안 비워둘 집도 정리해야 하고 어머니, 아버지, 형님도 찾아뵈어야 하는데…… 아, 시간이 너무 없다.

요르단 사정은 점점 더 나빠지고 있다고 한다. 여러 나라에서 모인 평화운동가들 중 상당수가 본국으로 되돌아갔고, 그곳에서 이라크 국경을 넘을 수 있을지도 불확실하다. 하지만 갈 수 있는 길이 있다면 어떡하든 가야 한다.

그럴 일은 없겠지만, 아니 당연히 살아 돌아오겠지만, 돌아오면 생생히 증언할 것이다. 그 공포와 숨막힘, 처참함, 그리고 그 아래에 놓인 작고 약한 인간의 모습…… 아니, 단지 증언을 위해 그리 하겠다는 것은 물론 아니다. _2월 20일

요르단에 눈이 내린다

여기는 요르단의 수도 암만Amman 시내의 피씨방. 목요일(2월 27일)쯤 이라크로 들어가게 될 것 같다. 자세한 얘기는 쓰기 힘들다. 들어오자마자

14

이틀째 회의만 했다. 이제 어느정도 팀이 정비되고 활동 계획을 갖추기는 했는데…… 통신, 정보가 제한된 처지에서 모든 것을 우리 스스로 판단하고, 계획하고, 길을 뚫어야 한다.

오늘, 요르단에는 눈이 내린다. 더운 나라인 줄 알았는데 왜 이리 추운가 했더니 거짓말처럼 눈이 펑펑 내린다. 서울에, 석고개(박기범이 살던 경기 남양주의 작은 마을)에, 죽변에 눈이 내리듯 이곳에도 눈이 펑펑 내린다. 우리가 임시로 묵고 있는 곳은 요르단대학에 유학 온 학생들이 쓰는 숙소 아래층이다. 지금 저녁인데도 학생들이 눈싸움을 하며 놀고 있다.

사람들은 누구든 먼저 웃으며 정감 어린 인사를 건넨다. 내가 뭐 말을 할 줄 알아야지. 그래도 "노우 어택 이라크." 또는 "어게인스트 더 워."라고 말하면 엄지손가락을 올려 보이며 더욱 반가워한다.

오늘 오전에는 이라크 대사관 앞에서 어린아이들과 함께 사진을 찍었다. 늘 다가가서 아이들 얼굴만 찍었는데, 오늘은 그 애들 곁에서 나도 같이 찍을 수 있어 참 기뻤다.

도시는 평화롭다. 국경 너머 이라크도 그렇겠지? 아이들은 무척 예쁘다. 「내 친구의 집은 어디인가」나 「천국의 아이들」에 나오는 아이들처럼. 저 너머, 이렇게 예쁜 아이들도 한순간 피를 흘리게 될까? 부디 전쟁이 일어나지 않기를…… _2월 24일

요르단에 눈이 내렸다. 더운 나라인 줄 알았는데 거짓말처럼 눈이 펑펑 내렸다.

이라크에서 무엇을 할 것인가

팀 회의에서 역할 분담을 했는데, 나는 우리가 이라크에 들어가서 할 반전시위나 봉사활동을 어떤 내용으로 채울지 기획해야 했다. 하지만 막막했다. 언제 이라크에 들어가게 될지도 알 수 없는 상황에서 무엇을 계획할 수 있단 말인가?

한국에서 준비물을 거의 지원받을 수 없다는 전제 아래 생각나는 대로 의견을 모아보았다. 우선은 국제평화단체들과 일정을 함께해야 할 터이다. 촛불시위든, 항의 방문이든, 행진이든, 집회든. 더불어 우리 한국이라 크반전평화팀이 스스로 계획해서 할 수 있는 일이 있어야 한다. 반전시위에 쓸 피킷과 플래카드를 만들고, 'No War' 같은 글귀를 쓴 전시물도 만들어야겠다. 그리고 혹 가능하다면 한인회를 통해 북, 장구 같은 사물을 구해서 풍물놀이를 하는 것도 좋겠다. 학교나 고아원, 병원, 집을 방문했을 때 프로그램도 마련해야 한다.

프랭스(인터넷 대화명. 박기범의 선배로 인터넷까페 '박기범이라크통신' 개설) 형이 낸 의견 가운데 하나가 피킷이나 플래카드의 문구를 공개적으로 모집하자는 것이었는데, 그렇게 하기로 결정했다. 또 반전평화시위를 할 때 피킷에든 어디에든 우리는 이라크전쟁에도 반대하지만 북한에서 일어날지도 모르는 전쟁에 반대한다는 뜻을 담았으면 좋겠다는 의견도 주었다. 이 역시 팀원들 모두 공감했다.

그리고 '기찻길옆작은학교'(『괭이부리말 아이들』을 쓴 동화작가 김중미가 인천 만석동에서 가꾸어가는 아이들의 쉼터이자 공부방)에서 반전평화활동을 해오면서 아이들마다 기도문을 썼는데 그 활동을 담은 사진과 동영상 자료를 보내주겠다고 했다. 그것으로 한국 어린이들의 반전평화활동을 담은 사진전을 할 수도 있겠다. _2월 26일

우리는 내일 이라크로 간다

바그다드Baghdad에서 돌아온 두 사람(한상진, 허혜경)의 말에 따르면, 거기서 우리가 할 수 있는 활동은 무척 자유롭지 못하다고 한다. 관광비자로 이라크에 들어가더라도 정부요원 한 명과 가이드 한 명, 그리고 택시기사

한 명이 항상 따라다니게 된다. 당국이 짜놓은 일정대로 따라야 하고, 이라크인과 만나 정치적인 이야기는 일절 할 수 없다. 다행히 두 사람은 좋은 가이드와 정부요원을 만나 나름대로 자유로운 활동을 했다고 한다. 게다가 나중에는 알 카심이라는 사람과 친해졌는데 거리낌 없이 후쎄인 욕을 할 정도로 가까워졌다고 한다(이라크에서 후쎄인 욕을 했다가는 바로 잡혀간다. 일년에 십만명이 그 때문에 처형되고 있다고 한다). 현재 이라크 안에서는 어떤 평화활동단체도 미리 계획을 세우거나 스케줄을 잡지 못한다. 이라크 당국이 그날그날 아침에 호텔 게시판마다 일정을 붙여놓으면 각국의 평화활동가들이 그것을 보고 결합하는 식이다.

가정 방문도 일일이 정부의 허가를 받아야 하고, 시설 방문도 마찬가지라고 한다. 우리는 IPT(Iraq Peace Team, 이라크평화팀) 비자가 있는 한상진 공동팀장을 통해 최대한 자유롭게 움직일 방안을 마련하기로 했다.

인천공항을 떠나 닷새째인가? 정신없이 하루하루를 보냈고, 시시각각 상황이 변했다. 처음 들어왔을 때의 그 막막함이라니…… 아무런 정보도 얻지 못하는 상황에서 우리 힘만으로 이라크 국경을 넘을 길을 찾아야 했다. 답답하고, 막막하고, 안타깝고, 숨 막히고……

내일, 내일 하던 것이 이제 정말 내일이면 이라크로 간다. 국경까지 열한 시간. 그리고 국경지대를 통과하는 데 또 서너 시간…… 국경을 넘을 때는 전화기를 비롯해 이것저것 반납해야 하고, 피를 뽑아 에이즈 검사도 받는다고 한다.

드디어 들어가는구나. 그런데 이 마음이 무얼까? 설렘, 떨림, 다시 두려움, 불안함, 먹먹함, 깜깜함…… 오늘밤에는 짐정리를 다시 해야겠다. 자기 전에는 양말과 속옷도 빨아서 널어놔야겠다.

며칠 전, 팀원이 모두 모여 이야기를 나누었다. 행동 통일에 관해 의견을 나누다가, 끝까지 이라크에 남겠는가라는 마지막 질문에 이르렀다. 끝까지 남겠다고 확고하게 밝히는 사람도 있고, 개전이 임박하면 요르단으로 나와 난민캠프를 준비해야 한다는 사람도 있었다. 그러다 한 분이 다 같이 나오든, 다 같이 그 자리를 지키든 우리의 원칙은 있어야 하지 않겠느냐고 고집스레 주장했고, 끝내는 한사람씩 돌아가며 속마음을 드러내 보이기로 했다. 전쟁이 시작되면 당신은 어떻게 할 것인가? 어려운 문제였다. 거의 모든 팀원들은 마지막 결단을 뚜렷이 내보이는 것을 주저했다. 아니, 할 수 없는 일이었다. 나 또한 마찬가지였다.

"어떻게 했으면 좋겠어요?" "네?" "기범씨는 어떻게 했으면 좋겠어요?" "저는…… 저는, 전쟁이 안 났으면 좋겠어요." 어처구니없게도 내 대답은 그랬다.

"저는 그냥 전쟁이 안 났으면 좋겠어요. 지금으로선 그 생각뿐이에요. 그래도 전쟁이 난다면, 그 뒤의 상황을 선택해야 한다면…… 아니, 이것부터 말씀드릴게요. 저는 무척 겁이 많은 사람이에요. 얼마나 겁이 많다고요. 그런데 만약 전쟁이 일어난다면, 내가 과연 그곳을 나올 수 있을까? 여기 요르단 시장에서 만났던 아이들, 그 아이들하고 꼭 닮은 아이들이 거기에 있을 텐데, 사진기만 들이대면 달려드는 이 아이들처럼 그곳 아이들도 내 손을 잡고, 내게 매달리며 안길 텐데…… 내가 과연 그 아이들을 버리고 나올 수 있을까? 그 애들이 손을 잡고 내 품에 안겨 있는데, 나는

과연 그 애들 손을 뿌리치고 그 나라를 빠져나올 수 있을까…… 못할 것
같아요. 그렇게는 못할 것 같아요. 아니, 그래도 나는 겁이 많아서 그 애들
을 버리고 올지 모르겠어요. 그 아이들이 내 손을 놓지 않는데도 내가 먼
저 그 애들 손을 놓을 수 있을까. 품에 안긴 아이들을 떼어놓고 나올 수 있
을까. 그래서 나는, 나는 지금은 제발 전쟁이 나지 않았으면 하고 바랄 뿐
이에요. 그 다음의 일에 대해서는 아무런 말도 못하겠어요."

　잔인한 일이었다. 그런 결정을 여러 사람 앞에서 해야 하다니…… '내
가 먼저 그 애들 손을 놓을 수는 없어요. 나는 그 애들을 꼭 끌어안고 있을
거예요. 나만 살겠다고 그 애들을 버리고 나오지 않겠어요.' 나는 왜 이 말
을 분명하게 하지 못하는가? 나는 왜 아직도 망설이는가?

　애초에 이라크로 오겠다고 마음을 굳혔을 때 목숨을 걸겠다는 결연한
의지가 있었던 것도 아니었지만, 죽으면 어떻게 하나 하는 문제는 이미
내 손을 떠난 일이라 여겼다. 그저 나는 그곳으로 가야겠다는 생각뿐이었
고, 그곳의 눈 맑은 아이들 곁을 지켜야겠다는 마음뿐이었다. 나는 목숨
을 걸지 않았지만 목숨을 두고 이리저리 재지도 않았다. 목숨, 그것은 이
미 자연스럽게 내 의지를 떠난 문제로 여겼다. 하지만 나는 다시 고민해
야 했다. 내 의지를 떠난 줄 알았던 고민, 판단, 선택. 역시 나는 약했고, 흔
들렸다. 공항을 떠나면서 모든 건 이미 하늘의 뜻에 달렸다고 여겼는데
뭔가 여지가 생기는 것이 나를 나약하게 했다. 하지만 그럴수록 그곳의
아이들만 눈에 어렸다. 그 땅에서 순박하게 살고 있을 사람들과 도시, 가
난한 마을의 평화로운 골목이 떠올랐다. 지금 내 판단의 근거는 어떤 식
으로 활동해야 평화운동의 발전과 확산에 더 도움이 되는가 하는 것이 아

니다. 그저 그 아이들 손을 잡고 곁에 머무르고 싶을 뿐.

우리 팀은 모두 개전 전에 빠져나오기로 최종 결정되었다. 가능한 빨리 이라크로 들어가 반전활동을 벌이고, 개전 후에는 끝없이 이어질 수백만 난민을 위한 구호활동을 벌이기로 했다.

조금 전 저녁식사 준비를 위해 식료품가게로 달걀과 양파를 사러 갔다 왔다. 숙소 문을 나서니 사흘 동안 내린 폭설로 거리는 축제 분위기다. 이곳 요르단 암만은 모든 교통이 두절되었다. 이 뜨거운 나라에 이렇게 많은 눈이 내리다니. 어른이고 아이고 할 것 없이 모두 거리로 나왔다. 술집 앞에서는 음악을 크게 켜놓고 빙 둘러 춤을 춘다. 어떤 이들은 자동차 위에 올라가 춤을 추고, 빵빵빵 경적소리가 끊이지 않는다. 마치 지난여름 월드컵 때 우리나라 사람들이 벌인 거리축제처럼. 아침부터 쏟아져나온 사람들은 밤 아홉시가 되어도 줄어들지 않는다. 나도 덩달아 신이 나 주머니에 두 손을 넣고 까불며 폴짝폴짝 뛰어가다가 몸이 부웅― 그러고는 턱이랑 가슴부터 콰당탕! 정면으로 엎어졌는데도 다행히 많이 다친 데는 없다. 한국에서 어벙벙한 게, 여 와서도 이리 어벙하게 다닌다.

이제 내일이면 이라크로 간다. 이곳에서 축제를 벌이는 이들과 닮은 사람들이 사는 그곳, 전쟁의 공포 아래에 놓인 그 땅으로 간다. 한순간에 모든 게 잿더미가 될지 모르는 그곳. 다시 짐을 단단하게 싸야지. 어서 가서 거기 아이들을 만나고 싶다. 언제 전쟁이 일어날지 몰라 불안에 떨고 있을 아이들, 그 아이들을 많이많이 안아주고 싶다. _2월 26일

한국이라크반전평화팀 이라크 입국 기자회견문

한국이라크반전평화팀 11명은 평화와 인간애의 이름으로 이라크전쟁을 막아내기 위해 오늘 저녁, 이라크 국경을 넘을 것이다.

이제는 많은 이들이 알게 된 사실이지만, 미국이 이라크를 상대로 벌이려는 전쟁은 이제껏 미국이 대중선동용으로 떠들어왔던 '테러와의 전쟁'도 아니며, 독재정권 하의 이라크를 민주화시킨다는 그럴듯한 명분과도 거리가 멀다. 주지하다시피 미국의 이라크전쟁은 이라크 땅에 묻힌 엄청난 양의 석유를 독점하기 위한 추악한 전면전이며, 에너지자원을 좌지우지함으로써 세계 자본주의의 유일무이한 패권국으로 군림하겠다는 오만한 야욕일 뿐이다.

이러한 부당하고 오만한 전쟁이 초래할 결과는 실로 처참할 것이다. 이미 걸프전 이후 미국의 지속적인 폭격과 경제 제재로 인해 이라크의 기간산업은 정상적인 구실을 하지 못할 정도로 파괴되었으며 5세 이하의 어린이 50만명 이상이 사망하는 초현실적인 상황이 지속되고 있다. 기초의약품의 절대 부족으로 20세기 초에나 유행했을 질병이 창궐하고 있으며, 더더욱 우리를 슬프게 하는 것은 이라크 민중들이 이미 절망을 깊이 내면화하고 있다는 것이다. 이미 경제적으로 궁핍하고 미래에 대한 어떠한 희망과 용기도 가질 수 없는 상태에 빠진 이라크 민중들을 향해 또다시 미국이 전쟁을 감행한다면 이것은 분명컨대 인간에 대한 대량학살이며 평화와 인간애를 지향하는 전세계 모든 민중들에 대한 모독이다.

이렇듯 한가닥의 명분도 없는 이라크전쟁을 우리는 먼 자국 땅에서 바라보고 있을 수만은 없다. 우리는 전쟁이 아니라 사랑이, 전쟁이 아니라 평화가 더 낫다는 실로 당연한 이상에 대한 신념과 희망을 가진 평범한 사람들이다. 이 자리에 모인 11명은 평화운동가에서부터, 사회주의자, 여성운동가, 학생, 신부님, 동화작가, 기자에 이르기까지 실로 다양하다. 우리들은 바로 우리와 같이 사랑과 평화를 염원하는 전세계의 반전평화운동가들과 함께 이라크 민중들과의 뜨거운 연대 의지로 이 오만한 제국주의 침략전쟁을 막아낼 수 있을 것이라는 믿음을 갖고 이라크로 향한다. 우리는 미국의 이라크전쟁을 통해 근대적 이성의 처참한 파괴를 목도한다. 우리는 우리의 삶의 터전이, 사랑과 평화의 마음이 전쟁의 문법으로 철저하게 파괴되는 것을 절대로 지켜보지 않을 것이다.

또한 이번 한국이라크반전평화팀의 활동은 국내의 반전평화운동이 시민권을 획득하는 데 큰 전기가 될 것이며, 또한 이라크와 마찬가지로 위기가 점증하는 한반도에서의 파국적 전쟁을 막는 길이라 믿는다. 현재 한국에서도 반전과 평화의 열기가 뜨거운 것으로 알고 있다. 지금과 같은 반전평화의 열기로 어떠한 형태로든 한국정부의 파병 시도를 저지할 수 있기를 바라며, 나아가 한반도 평화체제가 시급히 확립되는 전기가 마련되기를 바란다. 몇십여년의 역사를 가진 서구의 반전운동과는 달리 이제 한국에서는 반전평화운동이 겨우 형태를 갖추어나가기 시작했다. 오늘의 이러한 시도는 한 번의 참여로 끝나지 않을 것이다. 지금 우리는 11명에 불과하지만 앞으로는 반전평화팀이 평화와 인류애에 대한 신념을 지닌 시민들의 자발적인 네트워크로서, 앞으로는 팔레스타인 등 전세계 곳곳에서 벌어지는 전쟁과 학살에 적극 개입하여 평화의 이상을 확산시켜야 할 것이다.

이제는 사람이 사람을 대규모로 살상하는 전쟁을 그만두어야 한다. 우리는 전쟁과 군대, 군사주의에 반대하며 평화적인 방법으로 문제를 해결할 수 있기를 희망한다. 그것을 위해 우리는 최대한의 노력을 다할 것이며 인간의 존엄을 지키고 평화적인 세계를 만드는 길에 작은 보탬이 되기를 바란다.

2003년 2월 27일
한국이라크반전평화팀 일동
김력균, 박기범, 성혜란, 오김숙이, 은국, 이윤벽, 임종진, 전승로, 최혁, 한상진, 허혜경

평화로운 도시, 거짓말 같은 전쟁—이라크 첫날

이라크에서의 첫날밤. 여기에 오니 믿기지 않는 것이 너무 많다. 이토록 평화로워 보이는 땅에 우리는 왜 들어오지 못하고 발만 동동 굴러야 했을까? 정말 미사일 폭격이 일어나기나 할까?

일정을 마치고 정리회의를 할 때 『한겨레』신문 임종진 사진기자가 몇 가지 정보를 알려주었다. 개전 시기가 예상보다 상당히 앞당겨질 것 같다고. 3월 7일 전후가 고비라고 한다. 3월 중순경 개전할 거라는 정보와는 다르다. 그 근거로 중순 이후에는 기온이 40℃ 이상 올라가고 모래폭풍이 몰아치기 때문에 미국도 전쟁을 하기 어렵다는 것이다. 그리고 각국의 기자들이 이미 하나둘 빠져나가기 시작했다는 것이다. 웬만하면 기자들은 2주 이상 여유를 두고 빠져나가는 게 보통이라는데.

다들 개전이 되면 이 전쟁은 속전속결로 끝날 거라고 예상한다. 길어야 2주 정도. 미국은 1분에 3천 두의 미사일을 발사할 수 있는 막강한 전투력을 갖추고 있다.

정리회의 때 다들 처음 꺼낸 이야기는 이라크에 첫발을 디뎠을 때의 느낌이었다. 우리는 너나 할 것 없이 모두 의아해했다. 이토록 평화로운 모습이라니, 도무지 전쟁을 코앞에 둔 나라라고는 믿을 수 없었다. 며칠 머물렀던 요르단에서보다 오히려 사람들은 더 친절하고 순박해 보였다. 어디를 가나 반가이 인사를 건네고 자동차를 타고 가다가도 손을 흔들었다.

24

시장 사람들은 아무 일 없는 듯 생업에 바빴고, 거리 곳곳과 공터에서는 아이들이 해맑은 모습으로 공을 차며 놀고 있었다.

우리는 첫날 현지 적응을 위해 (그리고 관광비자로 들어왔기 때문에 불가피하게) 짜여진 대로 시내 관광을 했다. 관광비자로 들어온 외국인이라면 누구나 통제를 받아야 한다. 다섯 사람마다 가이드 하나와 비밀경찰 한 명. 암만에서 전해듣기로는 이라크에서는 사진 찍는 각도까지 철저한 통제를 받는다고 했다.

행여 찍어서는 안되는 정부시설을 찍으면 공안당국의 '조용한 초대'를 받게 된다. 우리는 일단 가이드와 비밀경찰의 통제에 따라 움직이면서 그들의 신뢰를 얻어 융통성을 얻어내야 했다. 그들이 시내 구경을 하라면 시내 구경을 하고, 관광지를 방문하라면 관광지를 방문했다. 자칫 거부했다간 우리 모두 '조용한 초대'를 받을지도 모른다.

이라크에 닿기까지는 긴장의 연속이었다. 암만에서 저녁 여덟시에 떠나 열세 시간 반을 달려왔다. 자동차 안에서 추위에 벌벌 떨며 몸을 웅크렸다. 눈을 떴을 땐 어느새 바그다드. 거짓말처럼 이곳은 따뜻했다. 햇살이 밝게 내리쬐었고, 하늘은 내가 좋아하는 파란색. 요르단만 해도 폭설에 아주 추운 날씨였는데 국경을 맞대고 있는 이곳은 이토록 따뜻한 날씨라니……

정류장에 내려 호텔 버스를 기다리는 동안 나는 사람들에게 "앗 살라무 알라이꿈."(당신에게 평화를) 하며 인사를 건넸고, 정류장 일꾼들은 기대 이상으로 친절하게 대해주었다. 한시라도 빨리 이라크 시내가 보고 싫어 까치발을 하고 담장 너머로 고개를 내미니 한 아이가 궁금한 눈으로 마주보고 있다. 다시 "앗 살라무 알라이꿈." 아이가 웃었고, 우리도 웃었다. 나와 팀원들은 담장을 사이에 두고 아이와 인사를 나누었다. 손을 뻗어 과자를 건네주니 아이가 아주 좋아하며 웃는다. 무어라 더 말을 나누고 싶지만 아이와 나는 서로의 말을 알아듣지 못했다. 하지만 아이의 눈빛에서 분명히 느낄 수 있었다. 무언가 궁금한 마음, 무언가 반가운 마음, 그리고 무언가 말을 나누며 더 곁에 있고 싶은 마음.

아이의 이름은 모하메드. 열두살. 아이에게 집이 어디냐고 물으니 바로 정류장 건너편이다. 손짓을 써가며 들어가봐도 되냐고 묻자 아이는 내 손을 잡아 이끌었다. 아이 아버지가 나왔다. "앗 살라무 알라이꿈." 아이 아버지도 활짝 웃는 얼굴로 반겼다. 아이의 동생이 대문을 빠끔 열고 내다보았다. 동생 이름은 네자르. 열살. 그리고 아이 어머니와 이모, 고모로 보이는 여인들이 하얀 터번을 둘러쓰고 나왔다. 말은 통하지 않지만 우리는 서로 활짝 웃는 얼굴로 마음을 전했다. 모하메드의 집 안을 둘러보았다. 조금은 어두운 실내, 그리 넉넉하지 못한 살림이라는 것이 한눈에 짐작되었다. 마루와 부엌, 아이들의 방, 어른들의 침실. 평화롭고 정다운 모하메드의 식구, 내가 이라크에 와서 처음 만난 사람들이다. 어쩌면 며칠 뒤 전쟁의 포화 속에서 모두 목숨을 잃을지 모르는 이 땅의 가난하고 착한 사람들.

첫날 우리는 바그다드 시내를 거닐며 많은 사람들을 만났다. 관광코스로 정해진 쇼르즈Shorj시장으로 가는 길. 티그리스Tigris강은 그야말로 평온

하게 흘렀고, 다리를 건너 중심지로 들어서니 흡사 우리나라의 남대문이
나 동대문 거리를 보는 듯했다. 길가에 물건을 내다놓고 파는 사람, 자전
거에 짐을 싣고 달리는 사람, 조금 한적한 길가가 나오면 아무데서나 뛰
어다니며 노는 아이들……

　쇼르즈시장에 내려 육교를 건넜다. 예전 우리나라 어디에서나 흔히 그
랬던 것처럼 아이를 안은 여인이 손을 흔들고, 아이들은 낯선 외국인을
보고는 신기한 듯 졸졸 따라다닌다. 나는 거리에서 만나는 아이들을 모두
눈에 담아두고 싶어 가만가만 눈빛을 맞추었다. 그리고 사진기로 그 애들
얼굴을 찍었다. 손등 발등에 때가 찌들었지만 눈빛만큼은 호기심에 빛나
는 아이들. 함씨스, 이만, 사다크, 함제, 재슴, 무함마드, 미나, 메이슨, 아
길, 아딜, 알리…… 눈을 맞추는 아이들마다 꼭 이름과 나이를 물어보았
다. 이가 빠진 아이, 얼굴이 검은 아이, 담배를 팔러 돌아다니는 아이, 그
리고 앵벌이를 하는 아이.

　아이들과 함께 사진을 찍고, 안아주고, 얼굴을 맞대고. 시장을 다 돌고
나오려는데 처음 육교에서 만난 아이들 셋이 여전히 쫓아온다. 에이그,
녀석들. 시장바닥을 놀이터삼아 노는 아이들인데 길을 잃기야 하겠나, 외
국인이 신기해서 쫓아다니는 거겠지. 그런데 나중에 보니 아이들이 무언
가를 요구했다. 돈을 달라는 것이구나. 그 순간 나도 모르게 지폐를 한 장
씩 쥐여주었다. 나중에 알고 보니 다른 팀원 몇몇도 그 아이들에게 돈을
주었다고 한다. 무언가 크게 잘못한 것 같아 마음에 걸렸다.

　쇼르즈시장에서 자동차를 타고 옮겨간 곳은 올드바그다드^{Old Baghdad}라
는 마을이었다. 어디를 가나 아이가 없는 곳은 없다. 좁은 골목으로 이어

'올드바그다드'라는 가난한 마을의 골목에서 만난 아이들

진 길. 다닥다닥 붙어 있는 작은 집들. 골목마다 나와 놀고 있는 아이들. 사진기를 가진 팀원들이 아이들을 찍자 아이들은 너도나도 자기를 찍어 달라며 둘러싸고, 그렇게 시작된 행렬이 구불구불 이어진 골목을 다 빠져 나올 때에는 엄청났다. 큰길과 맞닿은 골목 끝은 확 트인 광장. 우리 일행 을 쫓아온 아이들이 한꺼번에 쏟아져나왔다.

하나하나 이름을 물어볼 수도 없을 만큼 아이들이 많았다. 이제 그만 우리 일행은 자동차를 타고 돌아가야 했지만 아이들은 돌아가려 하지 않 았다. 오히려 넓은 길에 들어서면서 더 큰 행렬을 이루었다. 아이들은 신 이 났다. 우리 또한 신이 났다. 아이들과 한 줄로 손을 잡고, 손뼉을 치기 도 하고, 발을 맞추어 뛰기도 했다.

28

그러다가 어떻게 시작했을까? 내가 섞인 무리의 저쪽 건너편에서 아이들이 입을 맞추어 "피스, 피스."를 외쳤다. 최혁 선배를 비롯해 다른 팀원들이 아이들에게 둘러싸여 있었다. 다 같이 손을 브이(V)자로 들어올리며 "피스, 피스, 피스……" 아주 자연스러운 행진이었다. 아이들은 더욱 신이 나 함박 웃는 얼굴로 "피스, 피스." 아이들을 선동하지 않았느냐고? 그런 건 전혀 아니었다. 설령 아이들이 '피스'라는 영어 단어를 몰라도 그건 중요하지 않았다. 평화니 전쟁반대니 하는 말을 해서가 아니라 아이들과 한목소리가 되었다는 게 그저 놀랍고 기쁠 따름이었다.

그러나 숙소에 돌아와 돌이켜보니 마음이 뜨거운만큼 안타까움이 차오른다. 쇼르즈시장에서 만난 앵벌이 아이들을 생각해도 그렇고, 이곳 올드바그다드 마을에서 우리에게 사진을 찍어달라고 매달리던 아이들을 생각해도 마찬가지다. 혹 그 모습은 마치 우리가 한국전쟁 직후 미군을 따라다니며 "기브 미 껌, 기브 미 초콜릿."을 외치던 것과 닮지 않았을까? 혹 우리는 아이들을 대하면서 자신도 모르게 잘사는 나라에서 왔다는 우월감을 갖고 있지는 않았을까? 고급 카메라를 들고 다니며 사진을 찍어주고, 배지를 선물로 나누어주고…… 아이들의 맑은 눈망울, 티 없는 웃음이 떠오를수록 더욱 마음이 옥죄는 것 같다.

바그다드에 짐을 푼 첫날, 우리는 많은 이라크인을 보았다. 그리고 많은 아이들을 보았다. 무척이나 온화하고 친절한 사람들, 반가운 얼굴과 정감어린 눈빛으로 말을 건네는 사람들. 설령 사담 후쎄인Saddam Hussein정권이 용서받지 못할 압제를 한다 해도, 그 누구도 평화로이 살고 있는 이라크 민중을 마음대로 죽여서는 안된다. 그 누구도 해맑게 웃는 이 땅의 아이들을 전쟁의 포화 속에 죽어가게 해서는 안된다. 이 평화로운 도시 사람들의 머리 위로 미사일을 쏟아붓는다고? 오늘 우리를 그토록 편안하게 맞이해준 이 도시의 사람들을 한꺼번에 모두 피 흘리게 만든다고? 우리가 탄 자동차를 둘러싸며 함께하고 싶어하던 그 아이들마저 한순간에 죽음으로 몰아넣는다고?

아무리 둘러보아도 아무리 생각해보아도, 이 나라 이 도시가 며칠 후면 잿더미가 될지 모른다는 사실이 전혀 믿어지지 않는다.

저녁을 먹고 돌아오는 길, 휴먼실드^{Human Shield}(국제반전운동단체) 숙소에 들러 반전집회 일정을 체크했다. 바로 내일 오후에 각국 반전평화팀이 다 모이는 집회가 있다. 그리고 호텔에 돌아와 또하나 들은 소식은 앞서 임종진 기자가 말한 전쟁 임박설. 시간이 얼마 없다. 우리가 할 수 있는 일 또한 얼마 없다. 이제 우리는 어떻게 할 것인가? _2월 28일

평화를 위한 행진, 전운이 감도는 바그다드

첫날인 어제, 우리가 들은 것과는 달리 정부요원이나 가이드의 통제가 심하지 않았다. 심지어는 사담 후쎄인의 동상 사진을 찍어도 아무 말이 없었다. 운 좋게 편한 요원들을 만난 건지 모르겠지만 아무튼 무척 다행스럽고 잘된 일이다. 오히려 우리 팀원들이 먼저 의아해할 정도였으니 말이다.

그래서 긴장을 너무 놓은 탓이었을까? 오늘 있을 휴먼실드 집회에 합

류하기 위해 몇사람이 따로 남아 피킷을 만들기로 했다. 그런데 그것이 문제가 되었다. 요원들의 낯빛이 돌변했다. 아뿔싸! 우리는 어쩌면 앞으로 더 엄격한 통제와 감시를 받게 될지 모른다는 불안감에 사로잡혔다. 한편으로 생각하면 자국민의 안전과 평화를 위해 들어온 우리까지 통제와 감시를 한다는 사실 자체가 이해되지 않지만 그들로서는 어쩔 수 없는 일이었다.

어쩌면 오후의 거리행진에도 참여할 수 없지 않을까 걱정이 되었지만 다행히 요원들이 그것을 막지는 않았다. 우리는 서둘러 만든 피킷과 깃발을 들고 휴먼실드가 묵는 숙소 앞으로 떠났다. 대학생인 승로는 얼굴에 'Peace'라는 글자를 넣어 물감으로 그림을 그렸고, 은국이는 짧은 스포츠 머리에 아예 'No War'라는 글자를 새겼다.

티그리스강에 가로놓인 다리를 건넜다. 다리 난간에는 어제 보지 못한 플래카드 몇개가 눈에 띄었다. 다리를 건너자 곧 휴먼실드 숙소가 나왔고, 'Peace'라는 글자를 그려넣은 자동차가 눈에 띄었다. 가슴이 두근거렸다. 아직 사람들이 모인 자리에 간 것도 아닌데, 겨우 자동차 한 대를 보았을 뿐인데. 이 머나먼 곳, 철저하게 폐쇄되고 통제된 나라, 그리고 언제 폭격이 시작될지 모르는 공포의 땅에서 우리와 한마음으로 와 있는 다른 나라 사람들의 자취를 보았다는 것만으로도 얼마나 반가웠는지 모른다.

원래 약속한 시간은 오후 세시, 우리가 거기 닿은 건 세시 삼십분. 조금 늦기는 했지만 그 길을 따라가면 곧 만날 수 있다. 자동차를 타고 오분, 십분. 길이 막혔다. 아, 바로 요 앞이구나. 차를 돌려 골목을 돌아나오니 바로 행진하는 사람들의 대열이 보였다. 노인들부터 어린아이까지, 살빛이 검은 사람부터 하얀 사람까지, 나이나 성별, 옷차림이 저마다 다른 사람들이 무리를 지어 걷고 있었다. 사람들은 팔을 흔들기도 했고, 작은 종이에 구호를 적어 들고 있기도 했고, 여기저기서 누군가 앞서 소리를 외치면 거기에 입을 맞추기도 했다.

우리는 행렬의 가운데로 섞여 들어갔다. 무리에 있는 사람들이 박수를 치며 우리를 환영했다. 깃발을 펴고 피킷을 들어 우리도 나란히 한줄을 이루었다. 사실 우리는 이 땅에서의 집회나 행진에 전혀 감을 잡지 못하고 있었기에 무얼 어떻게 해야 할지 갈팡질팡했다.

다소 분주한 마음으로 우리는 발을 맞추어 나란히 대열을 따라 걸었다. 멀리 누군가가 선창하는 구호에 입을 맞추어 따라하기도 했다. 우리가 따로 뭔가를 준비하지는 못했지만 그 자리에 있다는 것만으로도, 그 대열에 함께 있다는 것만으로도 마음이 벅차올랐다. 인도에서는 많은 이라크인이 우리를 향해 엄지손가락을 높이 들어 보이거나 아랍어로 무어라 말을 건넸다. 아이들이 행진대열에 뛰어들어와 우리를 쫓아오며 함께 손을 흔들었다.

어느정도 대열에 적응이 되어 앞뒤를 둘러보니 우리처럼 팀을 이루어 움직이는 이들은 많지 않았다. 게다가 우리로서는 시간에 쫓겨 급하게 준비한 피킷과 깃발인데도 사람들 눈에 확 띄는 모양이었다. 거기에 머리에 글자를 새긴 은국이와 페이스페인팅을 한 승로까지 있었으니.

어느새 우리는 무리 가운데에서 가장 주목받는 열이 되었다. 많은 사람들이 우리를 둘러쌌고, 두터운 연대의 마음을 우리에게 보냈다. 가슴이 벅찼다. 전쟁에 반대하고 평화를 지키겠다는 우리의 작은 의지를 이 땅에

평화운동가들과 이라크 시민들이 바그다드 싸둔거리에서 행진하고 있다.

모인 온 나라 사람들과 함께하고 있음을 온몸으로 느끼는 순간이었다. 설렘, 흥분, 가슴 벅참. 우리 줄 왼편에서 걷던 허혜경씨가 목청을 돋우어 물었다. "왓 두 유 원트?" 우리는 대답했다. "피스!" 허혜경씨가 다시 물었다. "웬 두 유 원트 잇?" 이번에는 우리뿐 아니라 더 많은 사람이 소리를 높여 대답했다. "나우!"

더 무슨 말이 필요하겠는가? 우리는 평화를 원하고, 그 평화는 미룰 수 없는 것이다. 이것이 우리의 구호였고 우리가 이곳에 온 까닭이었다. 내가 할 수 있는 건 눈이 아플 만큼 부신 하늘에 대고 그것을 외치는 일뿐이었다. 언제 미사일이 떨어질지 모르는 저 눈부신 하늘에 대고.

시위대열은 타흐리르^{Tahrir}광장(해방광장) 앞에서 멈추었다. 그러고는 곧 모든 참가자가 광장을 둘러 한줄로 늘어섰고, 그 행렬은 인간띠가 되었다. 저마다 다른 얼굴빛, 다른 옷차림, 다른 말을 쓰는 사람들이 긴 띠를 만들며 섰다. 저마다 가지고 나온 피킷이나 깃발, 플래카드를 허리춤에 둘렀다. 거기에는 외국에서 온 평화활동가들뿐 아니라 우리를 환영해주는 바그다드 시민들까지 함께 모여들었다. 그리고 신기한 듯, 재미있는 듯 사람들 사이를 비집고 들어와 얼굴을 내미는 개구쟁이 아이들.

그 자리에서는 모두가 친구였다. 처음 보는 얼굴이지만 눈이 맞으면 누구라도 반갑고 고마웠다. 말을 나눌 수 있는 사람들은 통하는 만큼 이야기를 나누었고, 서로 다른 말을 쓰는 사람이라면 눈빛으로 한마음을 나누었다. 모두들 조금이라도 더 많은 이야기를 기억해두려는 듯, 조금이라도 더 많은 장면을 담아두려는 듯 바쁘게 서로를 마주했다. 몇은 흥분하여 말을 토했고, 몇은 눈물을 흘렸다. 또 어떤 이들은 그저 서로를 바라보며 이 세상 너머에서서나 지을 것 같은 웃음으로 그 모든 말을 대신했다.

　사람들이 뒤섞여 바삐 움직이는 사이, 나는 광장 분수대 아래편에 있는 잔디밭으로 뛰어내려갔다. 사람들이 띠를 이루며 서 있을 때 내 곁에 와서 까불던 아이 둘이 그 아래에 있었다. 두 아이는 바람이 삼분의 일쯤 빠진 축구공을 가지고 공을 찼다. 둘 다 맨발에다 발등이 거북 등처럼 갈라져 있었다. 한 아이가 공을 차면 다른 아이가 받았다. "헤이!" "헤이, 보이!" 반가운 마음에 무작정 손을 높이 들고 아이들에게 달려갔다. "패스, 패스 미 더 볼." 아이가 공을 차주었고, 나도 그 공을 받아 다시 아이에게 찼다. 셋이서 멀찍이 떨어져 차고 받고 뛰어다녔다. 그때 한 녀석이 제자리에서 뛰어올라 머리로 받는 시늉을 하면서 공을 띄워달라고 한다. 까부는 모습이 아주 귀엽다. 멀리서 공을 띄워 올려주면 쫓아가 머리로 받고, 다시 띄워 올리면 또 머리로 받고. 한번 더, 한번 더, 원스 모어. 하나 둘 사람들이 모여들었다. 지나던 이라크 청년들도 끼여들더니 자기에게 패스 좀 해달라고 손짓을 했다. 차고 받고 달리고, 다시 차고 받고 달리고. 사람들이 점점 늘어나더니 한순간 광장에 모였던 아이들이 떼로 달려왔다. 갑자기 아이들이 수십명 들러붙으니 정신이 없었다. 공을 몰고 달리는 대로 수십명 아이들이 우르르 쏠리곤 했다. 여기저기에서 "헤이, 미스터!" 하고 나에게 손짓했다. 행복했다. 기껏해야 삼십 분 남짓이었지만 그때처럼 즐겁게 공을 차본 기억이 없다. 나는 더 신이 나서 숨이 차는 줄도 모르고 공을 찼고, 그럴수록 아이들은 신이 나 함께 달렸다. 잔디밭 위를 구르는 아이가 있는가 하면 펄쩍펄쩍 뛰며 손을 흔드는 아이도 있었다. 그렇게 삼십 분쯤 뛰었을까? 어느새 우리 팀을 감시하는 정부요원이 쫓아내려와 그만하라고 제지했다. 그만 숙소로 돌아가야 할 시간. 정부 요원들과 광장으로 올라가 버스 타는 곳까지 가는 동안 아이들은 떠나지 않고 계속 따라왔다.

그곳에서 아이들과 해가 지도록 축구만 했으면, 배가 고파 쓰러질 때까지 그렇게 뛰어다녔으면…… 그러나 내가 오늘 아이들과 뛰놀던 이 잔디밭에 언제 미사일이 떨어질지 모른다. 조금 전처럼 아이들이 뛰놀 때 그 머리 위로 미사일이 떨어질지도 모를 일이다. 도무지 거짓말 같기만 한, 너무너무 끔찍한……

숙소로 돌아와 저녁을 먹고 났을 때 이윤벽 신부님이 이곳 소식통의 말을 전하며 얼굴에 근심이 가득했다.

"전쟁이 임박했다. 3월 7일 개전설이 확실한 것 같다. 낮에 본 취재진도 대부분 빠져나가 얼마 남지 않았다. 기자들이 빠져나갔다는 것은 확실한 정보이다. 평화활동가들도 상당수 빠져나가지 않았는가? 그리고 개전보다 더 무서운 것은 미국에서 조작하고 부추기고 있는 반(反)후세인 세력의 폭동이다. 폭동이 일어나면 그 혼란상은 말할 것도 없다. 게다가 폭도들의 가장 큰 타깃은 바로 외국인이다. 우리가 본 시내의 모습은 이 나라 실상의 일부분도 안된다. 바그다드 시내를 조금만 벗어나면 엄청난 빈민굴이 있다. 그곳에서는 벌써 호롱불을 준비하고 식량을 쟁여놓으며 전쟁 준비를 하고 있다……"

바깥에 나갔다 온 팀원 몇이 호텔에서 결혼식 하는 걸 보았다며 이야기해준다. 그 말끝에 누군가 한마디를 더 보탰다. "요즘 결혼식이 무척 많대요. 전쟁이 다가오니까 다들 서둘러 결혼하는 건 아닐까요?" _3월 1일

죽음보다 위험한 용기

몸이 많이 무겁다. 요르단에 체류할 때부터 피로가 겹으로 쌓이고 있다. 벌써 몸살이 왔을 법도 한데 다행히 그 정도로 풀어지지는 않았다. 절로 버티게 되는 힘, 그것이 우리 팀 안에, 그리고 이곳 이라크에 있다.

긴급하게 진행되는 이곳 상황, 보이지 않게 점점 다가오는 개전의 조짐…… 계속 쌓이는 피로에 몸이 천근만근이다. 하지만 이상하게도 깊이 잠들지 못하고, 서늘한 아침 기운에 눈이 떠진다. 오늘은 숙소를 옮겨야 하니 아침을 좀더 서둘러야 했다.

아침을 먹고 알 만수르Al Mansur호텔을 나와 자흐라 알 카리지Zahra al Khaleej 호텔에 짐을 풀었다. 고급 호텔인 알 만수르보다 오히려 이곳이 더 편안하고 분위기도 좋다. 둘씩 쓰는 고급 침실이 아니라 넷이나 다섯씩 쓰는 민박시설 같은 곳이다. 음식을 끓여 먹을 수 있는 부엌이 있고, 여러 사람이 모일 수 있는 마루가 있어 좋다.

이제 새로 옮긴 숙소에서는 암만에서처럼 아무렇게나 서로의 방에 드나들며 얼굴을 볼 수 있고, 때때로 마루에 모여 얘기를 나눌 수 있다. 결국 기댈 사람은 여기에 있는 우리뿐이다. 어떻게든 모든 팀원들이 한우물에서 나오는 물처럼 마음을 나눌 수 있어야 한다.

관광일정, 이것 좀 하지 않으면 좋으련만 어쩔 도리가 없다. 이라크라는 나라는 전시가 아니어도 본디 외국인 입국이 자유롭지 못한 곳이고, 관광비자로 팀을 짜서 들어오면 관광청에 보고를 하고 짜여진 일정대로 움직여야 한다. 빌어먹을! 여기까지 와서 기껏 줄 맞추어 다니는 관광객이 되어 버스에 실려다녀야 한다니……

관광일정을 위해 버스에 오른 지 삼십여 분이 지났을 때 운 좋게도 가이드가 오전 관광일정을 취소해도 되겠냐고 물어왔다. 정부요원들이 지난밤 술을 너무 많이 마셔 몸이 좋지 않다는 거였다. 우리로서는 반대할 까닭이 없었다. 하지만 따로 자유시간까지 얻을 수는 없어 조금 멀리 떨어진 식당으로 점심을 먹으러 갔다. 점심을 먹는 자리에서 우리는 다시한번 일정을 체크했다. 요르단으로 돌아가는 날까지는 겨우 이틀 남았다. 그 이틀을 어떻게 보낼 것인가.

오늘은 점심식사 후 세시부터 IPT를 이끄는 캐이시 켈리^{Kathy Kelly}와 간담회 계획이 있지만, 그 뒤로 이틀간은 휴먼실드나 IPT에서 잡아놓은 행사 계획이 없다. 이틀 중 하루 정도는 우리 한국이라크반전평화팀이 한가지 활동을 독자적으로 준비해보자는 의견이 나왔다. 그러자 누군가 어제 행진을 했던 타흐리르광장에서 페이스페인팅이나 걸개그림 만들기를 해보자는 의견을 냈다. 몇가지 우려되는 점도 있지만 할 수 있는 만큼 해보기로 했다.

캐이시 켈리는 얼굴에 주름이 많은 50대 여성이었다. 사실 말로만 듣던 IPT를 떠올리면 그 모임을 이끄는 사람이 저렇게 온화한 사람이라고는 생각할 수 없었다. 목숨을 내건 사람들의 조직, 화생방전이 일어나도 방독면 같은 방어도구는 어떠한 것도 쓰지 않겠다는 약속, 맨몸으로 전쟁의 마지막 증언자가 되겠다는 신념…… 암만에서부터 IPT에 대해 들은

38

이야기는 대충 그런 거였다. 하지만 내 마음 한편에는 IPT를 통한 비자를 기다리느라 지쳐서인지 조금은 섭섭하고 실망스러운 마음도 있었다. 지나치게 폐쇄적인 단체가 아닌가 하는. 때문에 내가 떠올린 IPT 사람들 모습은 그 느낌에 걸맞은, 다소 과격하고 급진적인 사람이 아닐까 싶었다. 그런데 아니었다. 우리 앞에 선 캐이시 켈리는 보통의 아줌마, 눈물 많고 마음이 따뜻한 할머니였다.

캐이시 켈리는 두시간 남짓 자신이 겪고 느껴온 것들을 이야기했다. 자신의 모국인 미국이 그동안 이라크에 가한 경제봉쇄가 얼마나 잔인하고 끔찍했는지, 지난 1991년 걸프전 때 이곳 사람들이 얼마나 처참하게 죽어갔는지, 그리고 자신이 왜 이 땅 사람들과 운명을 함께하게 되었는지 이야기했다. 그이는 열두살 된 이라크 아이의 말을 들려주었다. 공습하는 비행기를 보면서 어른이 되면 비행기 조종을 배워 미국에 폭탄을 떨어뜨릴 거라고 말했다는 아이. 증오가 어떻게 증오를 낳는지, 때로는 그 증오가 얼마나 당연하고 자연스러울 수 있는지, 전쟁이 어린아이들의 마음에 어떻게 증오를 가르치는지, 그리고 그 증오의 끝은 과연 무엇인지……

캐이시 켈리는 걸프전에 참전한 한 병사의 이야기도 들려주었다. 전쟁이 끝난 후 말하지 않고는 참을 수 없어서 이른바 양심선언을 한 탓에 감옥에 가게 된 병사의 이야기였다. 그 병사도 처음에는 이라크인을 죽이는 게 너무도 어려웠다. 하지만 몇차례 되풀이하고 나서는 죽이는 일이 전혀 아무렇지 않더라고 고백했다는 이야기. 켈리는 "그 당시 우리 미국이 얼마나 잔인한 짓을 한 줄 아느냐?"며 통분했다.

또 켈리는 IPT에서 함께 활동하다가 얼마 전 교통사고로 죽은 한 노인의 이야기를 들려주었다. 퇴임교사인 그 노인은 마지막 순간 눈을 감으며 이곳 사람들과 함께한 순간만큼 행복한 적이 없었노라고 말했다. 캐시는 그 말을 똑똑히 기억한다고 했다. 그리고 혹시 이곳에서 죽게 되더라도 자신의 시신을 모국으로 보내지 않을 거라고 했다. 이 땅, 자신이 운명을 함께한 사람들 사이에 영원히 눕고 싶다고.

켈리는 1980년부터 세금을 한 번도 낸 적이 없다고 했다. 세금을 무기 만드는 데 쓰니 한푼도 낼 수 없다는 것이다. 그녀는 몇해 전 핵무기시설 꼭대기에 꽃을 심은 죄로 감옥에 다녀왔다. 만달러의 벌금형을 받았지만 여태 내지 않고 있다. 그 돈이 있으면 이곳 아이들에게 약품이나 먹을 것을 보태야 결국 무기를 만드는 데 쓰일 돈을 낼 수 없다는 것이다. 지금도 모국에서는 IPT 평화활동가들에게 백만달러나 되는 벌금을 매기겠다고 협박한다고 한다. 켈리는 전혀 과격하지 않았지만 단호했고, 자기 뜻을 설득하고자 하지 않았지만 평온한 얼굴로 감동을 주었다.

켈리는 마지막으로 이렇게 말했다. "평화를 위해서는 전쟁 앞에서 죽음보다 더 위험한 용기가 필요하다."_3월 2일

생생한 죽음, 살아 있는 이들의 공포

겨우 두어 시간 눈을 붙였을 뿐인데도 아침에는 절로 눈이 떠진다. 아침에 좀더 서둘러야 하루 일정이 시작되기 전 정부요원들 눈을 피해 잠깐이라도 인터넷을 쓸 수 있다. 대충 씻고 어제 쓴 일기와 임종진 기자가 부

탁한 디스켓을 챙겨 인천방송의 김력균 피디와 함께 숙소를 나섰다. 이곳 바그다드는 암만과 달리 피씨방도 거의 찾아볼 수가 없다. 인터넷을 쓸 수 있는 곳은 두 블록쯤 떨어진 팔레스타인^{Palestine}호텔. 한 시간 내로 다녀와야 해서 바삐 걸음을 옮기는데 길가에 한무리의 젊은이들이 모여 있다.

"우리나라 인력시장과 비슷한 델까요?" 하고 김 피디에게 물으니 "징병검사소 같은 데가 아닐까요?" 한다. 아, 그럴 수도 있겠다. 사람들을 자세히 살피니 손에 무언가 종이 하나를 말아 쥐고 있고, 그 사이사이에는 군복을 입은 사람들이 있다. 전시상황, 징병검사, 군인……

팔레스타인호텔 2층에 있는 피씨방에 들어갔다. 이메일을 여는데 도무지 열리지 않는다. 워낙 폐쇄적이고 통제된 사회라 인터넷 접속에 제한을 두고 있기 때문이라고 한다. 고작 메일 두 통을 보내는 데 한 시간이 다 지났다. 열한시까지는 돌아가야 한다. 걸음을 재촉했다. 뛰며 걸으며 숙소로 돌아오는데 아까 보았던 젊은이들 가운데 몇은 벌써 군복으로 갈아입었다. 또 몇은 주사를 맞았는지, 피를 뽑았는지 팔뚝을 솜으로 문질렀다. 전쟁의 징후는 이렇게 하나둘 다가오고 있었다.

열한시, 숙소 앞에 모여서 관광일정을 시작했다. 오늘은 박물관을 간다고 한다. 저번처럼 또 무슨 사정이 생겨 스케줄이 취소됐으면 하는 마음이 간절했다. 이라크는 티그리스−유프라테스^{Tigris-Euphrates} 문명의 발상지니 고대문명 유적을 모아놓은 박물관이겠거니 했다. 버스를 타고 삼십 분쯤 갔을까? 들머리에 들어설 때만 해도 머릿속으로 그리던 것과 다르지 않았다. 앞서 걸어가는 가이드의 뒤를 따라 흔히 보던 박물관 건물로 들어갔다. 아니, 그런데 이게 웬걸. 거기는 유리벽 안에 유물을 전시해놓은 곳이 아니었다. 사람들이 무언가를 에워싸고 있었고, 그 너머에서는 큰 목소리의 아랍어가 울려나왔다.

연극! 알아들을 수는 없었지만 한 사내가 절규하고 있었다. 그와 함께 여러 사람들이 하늘을 향해 신을 부르기도 하고, 누군가에게 자신들의 이야기를 호소하기도 했다. 갑자기 커다란 흰 천이 내려와 그들을 다 덮었고, 그들은 흰 천 안에서 몸부림을 쳤다. 몸부림 속에 흰 천을 뚫고 나왔다 들어가는 팔과 다리가 보였다. 하얀 천막 아래의 사람들이 무대 뒤로 들어가고, 한 사람만이 남았다. 그의 한쪽 얼굴은 분장 가면을 붙였는지 아주 일그러져 있었다. 그가 절규했다. 계속 절규했다. "왓츠 히? 왓츠 히!" 하며 누군가를 애타게 찾으며 묻는 것도 같다. 여기저기서 사람들이 흐느꼈다. 울음소리는 가히 앞에 있는 배우의 절규만큼이나 컸다. 고개를 돌려보니 어느 중년 여인이 코를 감싸쥐고 울고 있었다. 또 내 왼편에 있는 사내도 두 손으로 얼굴을 그러쥐며 울고 있었다. 눈물이 그렁그렁한 사람도 많았다. 이게 무얼까? 도대체 저 연극이 대신 말해주고 있는 이 사람들의 한은 얼마나 깊은 것일까? 연극이 삼십 분가량 계속되는 동안 긴장을 늦출 수 없었다. 나처럼 말 한마디 알아듣지 못하는 외국인도 알 수 없는 안타까움으로 배우의 몸짓 하나하나에 깊이 빠져들었다.

연극이 끝나자 여기저기에서 관객들에게 카메라를 들이대고 인터뷰가 오갔다. 몇사람은 무대 안으로 들어가 천장을 올려다보았다. 무대 위 천장에는 큰 구멍이 뚫려 있었다. "여기가 바로 포탄이 떨어진 방공호래요." 기록영화를 준비하는 혜란이가 분주히 카메라를 들고 다니다 일러주었다. "이 자리에서만 사백명이 넘는 사람이 죽었대요." 아아, 그랬구나.

42

걸프전 때 포탄이 떨어진 방공호를 그대로 보존해놓은 곳. 그때 침략군은 이곳으로 포탄을 쏘았고 그 포탄에 죽고
다친 사람들이 민간인이라는 것을 확인한 뒤에도 다시 한번 똑같은 자리에 포탄을 쏘았다.

이곳이 방공호라면 그야말로 어둠뿐이었을 텐데 얼마나 무서웠을까. 폭격은 또 얼마나 끔찍했을까. 커다란 흰 천 속에서 아우성치던 배우들의 모습은 바로 폭격 속에서 살고자 몸부림치는 모습이었구나. 그 안에서 누군가의 팔이, 누군가의 다리가 천을 찢고 나오던 장면이 되살아났다. 살이 터지고, 피가 솟고, 몸이 녹아내렸을 아비규환…… 그걸 보며 울던 사람들…… 어쩌면 그들도 몇해 전 이 땅을 훑고 간 전쟁으로 사랑하는 식구를 잃었는지 모른다. 아니, 거기에 있던 이라크 관객 가운데 그동안 일어난 전쟁과 무관한 사람이 하나라도 있을까?

공포, 그것도 어느 편의 인간이 또다른 편의 죄 없는 인간들에게 무차별로 가하는 공포. 이 사람들은 어제 그것을 겪고 살아남아 다시 또 오늘 그것 앞에 마주해 있다. 우리 같은 외국인들은 아무리 평화활동가로 와 있다 해도 순간순간 갈등하며 고민에 빠진다. 끝까지 남을 것인가 아니면 되돌아갈 것인가, 되돌아가면 언제가 그때인가를. 하지만 이들은 피할 수 없다. 그리고 (진실로 그렇게 되지 않기를 바라지만) 머지않은 내일 다시 그것을 맞을 것이다.

무거운 마음으로 알 아미리야Al Amiriya 방공호를 나와 뒤편으로 걸어갔다. 둘레에 웬 조각장식이 저리도 많은가 했더니 그것은 다름아닌 묘비들이었다. 바로 이 자리에서 폭격을 맞아 죽은 이들의 이름을 새겨놓은 묘비. 묘비를 지나 박물관처럼 갖추어놓은 건물에 들어섰다. 유리벽과 유리 상자들. 그 안에는 사진이거나 초상화, 그리고 불에 탄 흔적이 있는 물건이 두어 점씩 놓여 있었다. 폭격으로 죽어간 이들의 얼굴과 그이가 마지막 남긴 유품들. 대부분은 아이와 여자였다. 내가 처음 본 아이의 유품은 빨간색 책가방과 장난감 자동차, 그리고 엄마 아빠와 함께 찍은 가족사진이었다. 그 다음 자리에는 더 어린 여자아이의 얼굴 그림과 알록달록한 무늬의 레이스가 달린 원피스. 장난감을 선물로 받고 신나했을, 예쁜 옷을 입고 깜찍한 웃음을 지었을 아이가 죽은 것이다. 때로는 엄마에게 혼이 나 울다가 얼굴에 뗏자국을 남겼을, 때로는 아빠 품에 안겨 한껏 재롱을 피웠을 아이들이 죽은 것이다. 비로소 죽음이라는 것이 아주 구체적인 실감으로 다가왔다. 지금껏 관념에 갇힌 채 '전쟁'이니 '폭격'이니 '평화'니 하는 말을 놓고 고민하던 때는 알지 못하던 생생한 실감.

박물관에서 나와 구리공예시장으로 가는 길. 빗방울이 한두 방울 떨어졌다. 팀원들은 저마다 굳은 얼굴로 알 아미리야에 다녀온 소감을 한두 마디씩 얘기했다. 하지만 그건 탄식처럼 무겁게 뱉어진 짧은 신음 같은 것이었을 뿐 더는 길게 이어지지 않았다. 한참을 누구도 입을 떼지 않았다. 우리가 본 어제의 죽음과 내일 이 도시에서 맞을 죽음 앞에서 도대체 무슨 말을 더 할 수가 있겠는가.

구리공예시장은 마치 우리나라의 재래시장처럼 떠들썩했다. 좁은 시장골목 안으로 손수레에 짐을 싣고 끄는 사람들, 구리쟁반 위에 아슬아슬하게 음식을 얹어 배달하는 사람들, 가게 앞에 서서 들어오라고 손짓하는 장사꾼들. 마침 천을 파는 가게를 보았다. 내일 걸개그림 그리기를 하려면 천을 마련해야 하는데 참 잘 되었다. 그 자리에서 관광가이드 카심 씨의 도움을 받아 흰 천 열 마를 샀다.

시장 안으로 들어갈수록 탱탱탱, 쾅쾅쾅 쇳소리가 요란했다. 대장간이라기보다는 아니고, 고물상이랄까? 아주 좁은 가게가 잇달아 있는 길 앞에 양은솥이며 주전자, 양동이 따위를 수선하고 만드는 사내들이 줄 지어 있었다. 이곳의 보통 사람들 피부보다 더 검게 그을린 얼굴에 주름이 많이 잡힌 할아버지도 있고, 기름때로 시커멓게 전 사내들도 있었다. 내가 보기에는 너무 우그러져 더이상 쓸 수 없을 것 같은 깡통인데 그것을 펴느라 망치를 두드리고, 떨어진 손잡이 따위를 새로 해 달고 있었다. 맨 처음 본 할아버지 앞에 쭈그려 앉았다. 빠르고 정확한 손놀림이 신기해 한참을 구경했다. 그러다보니 나도 한번 해보고 싶은 마음이 생겼다. 영어로 유창하게 말을 걸지는 못하고 할아버지의 시늉을 내면서 손짓을 섞어 부탁했다. 혹 실례가 되는 건 아닌가 하여 조심스러웠지만 할아버지가 "오케이, 오케이, 땡큐." 하며 망치와 양은그릇을 건네주었다. 탱탱탱, 나는 아주 서툴렀고 할아버지만큼 우그러진 자리를 편편하게 잘 펴지 못했다. 할아버지는 나를 보고 웃으며 시범을 보이듯 망치질을 했다. 에이, 다시 해봐도 할아버지만큼 잘 안된다. 결국 할아버지에게 망치를 되돌려주고 또 한참 동안 망치질하는 것을 지켜보았다. 할아버지는 행복해 보였다.

굽이굽이 시장 골목을 다 빠져나오니 흡사 청계천과 같은 넓은 길이 나왔다. 자동차들이 복잡하게 뒤엉켜 있고, 길에서는 바삐 오가는 사람들과 좌판을 벌인 장사치들이 섞여 마구 떠밀었다. 커다란 함지에 생선을 내놓고 파는 사람들. 고등어를 닮은 생선도 있고, 조기를 닮은 것, 갈치를 닮은 것도 있었다. 또 한쪽에는 가자미를 닮은 것도, 민물붕어를 닮은 것도 있었다. 이곳 향신료는 입에 맞지 않지만 사람이 먹는 것은 어디나 닮아 있다. 게다가 그것을 잡아다 파는 사람들의 모양새나 흥정하며 사고파는 모습 또한 닮아 있었다. 무엇이 이토록 닮은 우리들을 갈라 내 것만 챙기고, 내 나라 것만 챙기며, 편을 갈라 싸우게 하는가? 그것도 상대의 삶이나 목숨 따위는 아랑곳하지 않는 싸움을.

늦은 점심을 먹고 나서 팀을 둘로 나눠 한 팀은 장애 아이들이 모여 사는 시설로 갔다. 우리 숙소에서 얼마 떨어지지 않은 미셔너리즈 오브 채러티Missionaries of Charity는 바깥에서 볼 때는 조그만 유치원이나 교회 같았다. 우리를 맞아주는 수녀님들 방으로 들어가니 아이들이 막 저녁을 먹고 있었다. 아이들은 얼핏 세 돌도 채 안 지나 보였다. 아이들은 조그만 밥상에 옹기종기 모여 앉아 자기 접시에 놓인 빵과 달걀을 먹고 있었다. 고개를 꼬고 있는 아이, 웃을 때마다 얼굴이 심하게 일그러지는 아이, 손목이 안으로 굽어 팔을 움직일 때마다 어색한 몸놀림을 하는 아이. 이 아이들은 아마도 뇌성마비인 것 같다. 그리고 정신지체나 자폐, 중증의 신체장애 아이들도 있었다. 오마르, 낸씨, 두니아, 야슬, 앨라스, 안슴, 알라, 노라, 자이숩…… 지난 삼년 동안 늘 만나고 함께 지내온 '라파엘의 집' 아이들과 '신망애' 아이들이 떠올랐다. 한 눈을 뜨지 못한 채 숟가락질도 제대로 못하는 두니아는 꼭 우리 혁진이를 닮았구나. 두니아도 혁진이처럼 안구함몰증이라는 이상한 병에 걸렸을까? 웃을 때마다 얼굴이 일그러지는 오마르는 꼭 우리 승기를 닮았구나. 라파엘의 집 아이들이 꼭 이 아이들을 닮았는데…… 이 아이들이 좀더 크면 신망애 아이들처럼 또 어디론가 가서 살게 되겠지.

　아이들을 보며 드는 마음은 어디에서나 한결같다. 아이들이 내게 눈을 맞추면 그 맑고 또랑또랑한 눈망울에 한껏 빠져드는 것 같다. 아, 그리고 아이들 살 냄새. 젖이나 분유에서 나는 냄새에 아기들이 쓰는 비누 냄새. 불편한 몸이어도 기분이 좋으면 까르르 웃고, 무언가 바라는 게 잘 되지 않으면 코를 찡그려 울음을 터뜨리고…… 그나마 시설이 아주 나빠 보이지는 않아서 다행이다.

　아이들을 만나고 돌아오는 버스 안, 이번에는 정말 누구도 말을 꺼내지 않았다. 관광이든 집회든 또는 그 어떤 평화활동보다 나는 우선 이 땅에 몰아쳐올 전쟁으로부터 이 아이들을 곁에서 지켜주고 싶다. 그저 아이들 곁이 되고 싶다는 것, 이 땅의 힘없고 약한 사람들에게 내 약한 몸이 곁이 되고 싶다는 것. 사실 나 같은 이가 이 땅에 들어와 무엇을 할 수 있겠는가? 그저 곁이 되는 일뿐. 곁에서 함께 이 불안함과 고통, 아픔을 함께 겪는 것. 결코 너희들은 내버려지지 않았다고, 이 세상에서 너희들만 고립된 것이 아니라고, 이렇게 곁이 되어 함께 있을 거라고…… 숙소에 돌아왔을 때 나와 한방을 쓰는 최혁 선배가 침대에 몸을 누이며 괴로운 얼굴로 노라 얘기를 했다. 날 때부터 팔다리가 없는, 이제 겨우 다섯 달 된 노라 얼굴이 자꾸만 떠오른다고.

　저녁을 먹고 난 시간, 다들 개인 작업이 바쁘다. 창밖 시내에서는 오늘도 결혼식이 있는지 음악소리가 크게 들린다. 날마다 이어지는 결혼, 그것조차도 불안하다. 팀원들이 한자리에 모인 시간은 밤 열한시. 팀원들은 저마다 알아낸 정보를 나누기도 하고, 우리가 예측할 수 있는 것과 우리

가 판단해야 할 것을 찾느라 새벽까지 이야기를 이어갔다. _3월 3일

시민들과 함께 만든 걸개그림, 평화의 타흐리르광장

오늘은 어제보다 더 일찍 움직였다. 우리 한국이라크반전평화팀이 독자적으로 준비한 행사를 하는 날이기 때문이다. 이라크에 들어온 A팀, B팀이 모두 함께 활동할 수 있는 날은 오늘 하루뿐이다. 한국에서 준비해 온 의약품을 이곳 고아원에 전하기로 한 계획까지 모두 실행하려니 마음이 바빴다. 날마다 늦은 새벽까지 토론이 이어지는 가운데 개인 작업을 마쳐야 하기에 피로가 쌓일 대로 쌓였지만, 시간을 아끼고 쪼개야 한다.

아침을 먹고 나서 두시에 있을 행사를 준비할 사람만 몇명 남고 나머지는 아동시설로 떠났다. 숙소에 남은 사람은 집회와 행사 기획을 맡은 나와 은국이, 걸개 밑그림을 그려줄 임종진 기자, 그밖에 손이 많이 가는 일을 도와줄 혜란, 승로 등이다. 사실 걸개에 넣을 그림이나 문구조차 아직 정하지 못했는데, 한참을 고민하던 임종진 기자가 좋은 생각을 냈다. 걸개그림 가운데에 커다랗게 'Peace'라고 쓰고 그 양쪽으로 휴먼실드의 상징인 아이들이 손을 잡고 있는 그림을 그려넣고, 그런 뒤에 팀원들이 모두 돌아가며 걸개그림의 빈곳에다 싸인을 하거나 간단한 메씨지를 적자는 것이다. 혹 시민들의 관심을 끌게 되면 글씨와 그림에 페인트를 칠하는 일은 시민들과 함께 하고, 한마디씩 메씨지를 쓰는 것도 시민들과 다른 나라 평화활동가까지 다 함께 하면 좋겠다는 생각이었다.

임종진 기자가 걸개 밑그림을 그리는 동안 우리는 꼬마운동회 때 할 과자 따먹기 놀이를 준비했다. 실을 구하지 못해 걱정이었는데 다행히 혜란이가 반짇고리를 챙겨왔다. 바늘로 과자에 구멍을 내고, 실을 꿰어 묶고…… 나중에 실이 부족해서 어쩔 줄 몰라 하다가 수건에서 실오라기를 풀어 그것으로 묶었다.

고아원을 방문하러 간 팀이 안타깝게도 헛걸음을 했다. 오늘이 이곳에서는 몇주 만에 한 번 돌아오는 휴일인 탓이다. 아, 어쩌나. 휴일이어서 광장에 사람들이 나와 있지 않으면 어떻게 하나. 이슬람의 휴일은 단지 놀고 쉬는 날이 아니다. 이곳에서는 금요일이 우리 식으로 치면 일요일인데, 그날도 그냥 노는 휴일이 아니다. 금요일에는 술집은 물론 가게에서도 술을 팔지 않을뿐더러 낮에도 거리에 나오는 사람이 많지 않았다.

한시가 되어 정신없이 짐을 꾸렸다. 고아원에 다녀온 사람들이 짬을 내어 페인트와 신나, 걸개를 걸 끈, 축구공 등을 사왔고, 준비한 과자와 걸개, 아이들 얼굴에 그림을 그려줄 붓과 물감을 챙겼다. 물통으로 쓸 피티병과 페인트를 섞는 데 쓸 쟁반도 챙겼다. 그리고 사탕과 밀가루, 과자를 매달 때 사용할 카메라 다리…… 짐을 차에 싣고 가는데 혹시 무얼 빠뜨리지 않았는지 불안했다. 걸개그림 그리기도 꼬마운동회도 아주 썰렁해지면 어쩌나? 잘하고 싶은 마음 한편에 내내 걱정이 떠나지 않았다.

점심을 먹고 (아, 점심을 먹는데 고양이들이 식당 둘레를 오갔다. 이것들이 말로만 듣던 페르시안 고양이인가? 어린 고양이들인데도 눈빛이 날카로웠다. 배가 고픈 게로구나 싶어 먹다 남은 음식을 손에 올려 내미니 확 달려들어 손가락까지 깨물었다. 조금 겁이 나 음식을 뜯어 던져주었더니 저희끼리도 얼굴을 할퀴며 싸운다. 배가 많이 고팠던 모양이다. 이 도시에 전쟁마저 나면 이 고양이들은 또 어떻게 살아갈까? 허나 고양이들뿐이랴, 저 하늘을 나는 새들도, 위태롭게 서 있는 나무와 꽃 들도……) 광장으로 갔다. 엊그제 우리가 세계 여러 나라 평화운동가들과 함께 평화와 전쟁반대를 외치던 타흐리르광장. 걱정과는 달리 광장에는 사람들이 꽤 많았다. 이 정도면 어떻게든 잘할 수 있을 것 같은 예감이 들었다. 광장 앞에 차를 대자마자 걸개 천을 내리고 바리바리 싸간 준비물을 분수대 앞으로 옮겼다. 어디서 하면 좋을까? 분수대가 광장 한가운데에 있어 가장 좋기는 한데 바닥에 페인트가 밸 염려가 있다. 그렇다고 당장 신문지를 구할 수도 없다. 잠시 우왕좌왕하다 결국 분수대 앞에 걸개 천을 펼쳤다. 열 마짜리 천이어서 꽤 길다. 팀원 몇명이 천을 반듯이 펼치느라 붙잡고 서 있자 어느새 사람들이 몰려들었다. 우리는 금세 사람 벽으로 둘러싸였다. 붓 하나씩을 들고 임종진 기자가 이끄는 대로 색을 발라갔다. 걸개그림을 그리는 한쪽에서는 혜란이가 붓을 들고 오김숙이 팀장 얼굴에 'Peace'라는 글자가 들어간 그림을 그렸다.

　점점 둘러싸는 사람들이 늘어났다. 이 외국인들이 천을 깔아놓고 웬 페인트칠을 하나, 또 이쪽에는 왜 사람 얼굴에 그림을 그리나? 하고 아주 호기심 가득한 얼굴로 들여다보았다. 하지만 아직은 자기도 그려달라며 달려들지는 않았다. 그럼 한번 보여줘야지. 나는 한 아이에게 다가가 인사를 건네고 친해지고 싶다는 눈짓을 보냈다. 무릎을 꿇어 키를 맞추고 함께 웃다가 팔을 벌리니 아이가 안겨왔다. "혜란아, 얘 얼굴에도 그려줘."

　얼굴에 닿는 붓질이 간지러운지 얼굴을 살짝 찡그렸지만 다 그릴 때까지 아이는 잘 참아주었다. 빨간색, 녹색, 하얀색으로 그려넣은 'Peace'라는 글자와 꽃무늬가 참 예뻤다. 아이에게 그림을 다 그려주고 나니 다른 아이가 자기도 해달라고 했다. 나도 해볼 수 있을까 싶어 붓 하나를 꺼내 조심스레 아이 얼굴에 그림을 그렸다. 막상 해보니 생각보다 어렵지 않았다. 아이가 연신 웃었고 둘러선 사람들도 모두 웃는 얼굴이었다.

다큐멘터리를 찍으려고 혜란이가 붓을 놓고 일어선 뒤에는 내가 붓질을 계속했다. 한 아이의 얼굴에 더 그려주고 나니 그 뒤부터는 구경하던 청년들이 팔뚝을 걷어 들이밀었다. 얼굴이 아닌 팔뚝에 그려달라는 거였다. 서로 먼저 해달라고 다투기도 했다. 나는 글자를 그려넣으면서 "피스." 하고 크게 읽으며 "피, 이, 에이, 씨, 이." 하고 하나하나 철자를 불러 주었다. 사람들에 둘러싸여 한참 얼굴과 팔뚝에 글자 그림을 그려넣고 있을 때, 걸개그림을 만드는 쪽은 벌써 색을 다 칠하고 마무리만 남았다. 밑그림이 색깔 옷을 입어 점점 뚜렷해질수록 고개를 빼고 들여다보는 사람들의 얼굴이 더 환해졌다. 좀더 가까이에서 보려고 사람들이 밀려들면 제복을 입은 이라크 군인이 더 넘어오지 못하게 막았다. 이라크 군인들이 우리의 활동을 제한하는 것이 아니라 오히려 더 잘할 수 있도록 도와주는 셈이었다.

그림이 완성되어갈수록 사람들의 관심도 커졌다. 마침내 우리는 붓을 시민들에게 건네주었다. 구경하던 이라크 시민이 붓을 건네받아 굵게 쓴 'Peace' 글자에 색을 입혔다. 어른들 틈을 비집고 들어와 구경을 하던 아이도 붓을 건네받아 그림에 페인트칠을 했다. 그리고 걸개그림 그리기를 다 마쳤을 때 우리 모두는 나란히 그 앞에 늘어서서 한 사람씩 매직으로

52

이라크에 보낼 걸개그림에 색칠을 하는 한국의 아이와 어른 들(위 왼쪽). 타흐리르광장에서 걸개그림을 그릴 때 이라크 시민들이 붓을 건네받아 'Peace' 글자에 색을 입히고 있다(위 오른쪽). 완성된 걸개그림을 타흐리르광장에 내거는 동안 한 아이가 장난스레 포즈를 잡았다(아래).

자기가 하고픈 말을 써넣었다. 팀원들이 모두 한마디씩 쓰고 난 뒤, 이라크 시민들에게 매직을 건넸다. 콧수염에 양복을 입은 아저씨가 아랍글자로 무어라고 썼고, 허름한 잠바를 입은 청년이 그것을 건네받아 또 한마디 썼다. 매직은 아이들에게도 돌아갔고, 광장을 지키는 군인들에게도 돌아갔다. 그리고 가이드 카심(그와 우리는 어느새 마음이 통하는 친구가 되었다)씨가 매직을 건네받았고, 늘 우리 곁에서 감시의 눈길을 거두지 않던 정부요원도 구두를 벗고 올라와 한마디를 썼다. 그야말로 우리 한국이라크 반전평화팀과 이라크 민중이 함께 만든 걸개그림이 되었다.

작업을 마친 뒤 광장 뒤편 잔디밭으로 아직 마르지 않은 걸개그림을 옮겼다. 우리 평화팀원들과 아이들이 함께 걸개그림 끝자락을 잡아 나르는 모습은 하나의 아름다운 행렬이었다. 우리 주위를 감싸며 따라오는 시민들, 그리고 마치 우리를 호위라도 하듯 곁에서 따라오는 군인들까지……

처음에 우리는 다른 나라 평화팀이 걸개를 걸어놓은 것처럼 티그리스 강 위의 다리 난간 정도에 걸 생각이었다. 그런데 놀랍게도 군인들이 먼저 우리에게 광장 앞 넓은 교차로에 세워져 있는 깃대들 사이에 걸개그림을 걸어달라고 했다. 아마 그 깃대에 여러 나라의 국기를 나란히 달아놓았던 모양인데, 전쟁을 앞두고 국기들을 모두 내려버린 듯했다. 아무렴, 많은 국가가 미국 편에 서고 파병 움직임까지 보이는데 그럴 만도 하다. 그렇다고 해도 우리는 깜짝 놀랐다. 시내 한복판, 많은 시민들이 다니는 광장 건너편에 우리가 만든 걸개그림을 걸어달라고 하다니…… 경찰이 나서서 도로의 차들을 막아주었고, 우리는 깃대 위로 올라가 걸개그림을 걸었다. 평화 걸개그림을 거는 동안 시민들이 그 아래로 모여들었고, 교차로 건너편의 많은 사람들도 가던 길을 멈추고 우리를 지켜보았다. 누구는 엄지손가락을 치켜들었고, 누구는 입술 휘파람을 날리며 박수를 쳤다.

감동. 이곳 이라크 시민들과 군인과 정부요원들까지 함께 만든 걸개그림을 시민들의 박수 속에서 광장 교차로에 걸어놓은 것이다. 그 자리를 오래도록 떠나고 싶지 않았다. 시민들과 어울려 노래라도 부르며 얼싸안고 춤을 추고 싶었다. 아이들을 안아 목말을 태우고 손을 잡고 광장을 달리고 싶었다. 평화란 결국 더 많은 이들이 친구가 되는 것이 아닐까?

돌아오는 길에 어제 들렀던 미셔너리즈 오브 채러티에 다시 갔다. 어제 눈을 맞춘 아이들이 용케도 나를 알아보았다. 오마르, 낸씨, 야슬, 노라…… 오늘도 아이들이 막 저녁을 먹을 즈음이었다. 한 사람씩 한 아이 곁에 앉아 밥 먹는 일을 도와줬다. 미처 짝을 이루지 못해 혼자 밥을 먹던 오마르가 뒤에서 내 옷자락을 잡아당겼다. "왜 오마르?" 고개를 돌려 눈을 맞추니 오마르가 웃었다. 고개가 외로 접힌 채로 얼굴을 찡그려 웃었다. 그래, 너희들에게 가장 필요한 것은 결국 누군가 곁이 되어주는 일인데……

식사가 끝난 후에는 수녀님들의 뒷정리를 거들었다. 밥상과 걸상을 치우고, 바닥을 쓸고 닦았다. 늦게 먹은 아이의 밥그릇을 건네주러 부엌에 들어갔다가 혼자 설거지를 하고 있는 수녀님을 돕겠다고 나섰다. 수녀님이 혼자 할 수 있으니 그냥 두고 나가라고 떼밀었지만 같이 하겠다고 우겼다. 그게 우스웠던지 수녀님은 계속 웃었고, 나는 잘 못하는 영어로 말을 붙였다. 나는 한국에서 왔다, 수녀님은 어느 나라 사람이냐? 이 나라에는 얼마나 있었냐? 아이들이 참 예쁘다. 나는 전쟁이 무섭다. 전쟁을 반대하러 이 나라에 왔다. 수녀님은 전쟁이 무섭지 않으냐? 간단한 단어에 손짓 몸짓을 섞어 얘기했지만 그런 대로 통했다. 수녀님은 인도가 고향이고 이곳에 온 지는 일년 반이 되었다고 한다. 수녀님은 전쟁이 무섭지 않다고 했다. 모든 것은 하늘에 달려 있으니 죽거나 살거나 하늘의 뜻에 맡긴다고 했다. 무섭지 않다는 말에 의아한 표정을 지었더니 왜 그런 얼굴을 하냐는 듯 오히려 그것이 더 이상하다는 표정을 지었다.

설거지를 끝마치고 나니 여섯시. 이제 미사 시간일 터이다. 그만 아이들과 작별인사를 나누어야 했다. 아이들은 그것을 본능으로 안다. 돌아오는 버스에서 우리는 다시 아무 말이 없었다. 과연 하늘의 뜻이기만 할까? 아픈 아이들이 모여 있는 이 집의 지붕에도 무서운 것이 떨어질지 모르는데, 그것도 하늘의 뜻이기만 한 걸까?

정리회의 시간, 먼저 며칠째 미루어온 체류기간에 대한 이야기를 해야 했다. 팀을 크게 둘로 나누었을 때 A팀은 내일 암만으로 나가는 것이 원래 계획이었고, 내가 속한 B팀 다섯 사람은 비자 연장으로 더 남아 있기로 했다. 하지만 이라크에 더 머물기로 한 B팀의 계획에 대해 걱정하는 이들이 많았다. 오늘까지 듣기로 가장 확실한 개전일은 유엔결의안을 심의하기로 한 3월 7일. 끝내 팀 전체회의에서 B팀 또한 계획을 바꾸어 내일 바그다드를 떠나기로 했다. 나는 이라크에 더 남아 있고 싶다는 뜻을 밝혔지만 공동으로 발급받은 비자로는 따로 움직일 수가 없다. 비자에 이름이 오른 다섯 사람 가운데 하나라도 빠지면 국경을 통과하기 어렵기 때문이

56

다. 다시 바그다드로 들어오건 암만에서 개전 이후 난민지원캠프 활동을 준비하건 아니면 귀국해서 그후의 계획을 세우건 일단은 암만으로 나가 새로이 판을 짜야 한다.

회의를 하다보면 저마다 알게 된 정보를 함께 나누게 된다. 먼저 들려온 소식은 미국이 터키에 군사 전진기지를 설치하려 했는데 터키가 그것을 거부했다는 것과 아랍의 친미(親美) 국가들조차 이 전쟁에 반대하는 결의안을 냈다는 것이었다. 그래, 이대로 미국이 계속 여론에 밀리고 부담을 안게 되면 전쟁이 일어나지 않을 수도 있겠구나. 실낱같은 희망을 가져본다.

하나 더 들은 소식은 어제부터 휴먼실드 사람들이 숙소에서 나와 각자 정해진 주요 폭격 예상 시설로 옮겨갔다는 것이다. 이를테면 정수시설, 전기시설, 기름정제시설, 식량창고 등으로. 그런데 휴먼실드의 회의를 참관하고 온 김력균 피디와 은국, 승로의 말에 따르면 거기에는 또다른 문제가 있었다. 휴먼실드 비자로 입국할 경우 이라크정부에서 숙식을 모두 제공하는데, 일부에서는 이 점을 깊이 우려한다는 것이다. 우리는 미국의 침략전쟁에 반대하지만 그렇다고 후쎄인정권의 편에 서는 것도 아니다. 그런데 그런 지원을 받게 되면 자칫 정치적으로 이용당하는 것은 아닐까. 게다가 지금 이라크정부는 휴먼실드 비자를 가진 사람들에게 60군데의 주요시설을 지정해주고 몇사람씩 그곳에 배치하려 하고 있다. 휴먼실드에 속한 많은 사람들이 당연히 반발했다. 자신들의 자유의지로 정말 지키고 싶은 곳에 가겠다는 것이다. 또 떠도는 말로는 전쟁이 일어나면 이라크정부가 본격적으로 휴먼실드를 이용하려는 계획이 있다고 한다. 심한 경우에는 체포와 감금, 종국에는 인질로 이용할지도 모른다. 이러한 상황에서 2백여명의 휴먼실드 회원 가운데 반 이상이 본국으로 돌아가겠다고 하거나, 폭격 예상 시설물로 가지 않고 호텔에 남아 자유롭게 활동하겠다는 움직임을 보이고 있다. 어찌 되었건 이곳 현지에서는 위험이 점점 가까워지고 있음을 온몸으로 느낀다.

이런저런 얘기를 나누고 있을 때 우리 숙소로 한 한국인이 찾아왔다. 개인사정으로 이름을 밝힐 수 없는 그이는 러시아에서 박사과정을 공부하던 중 바로 암만으로 들어가 휴먼실드 비자를 하루 만에 받아 바그다드에 들어왔다고 했다. 그 유학생이 들려준 이야기는 우리가 알고 있던 사실과 대부분 비슷했다. 아니, 우리가 들은 정보를 좀더 자세하게 확인해주었다. 휴먼실드 내에서는 다양한 입장 차이가 있다고 한다. 사실 휴먼실드라는 모임은 애초부터 구성원이 아주 다양했다. 그 안에는 사회주의자, 휴머니스트, 자유분방한 히피에서부터 무슬림동지회 소속 사람들까지 들어 있다. 그러니 저마다 행동양식이나 원칙에서 차이를 보일 수밖에 없다. 그러면서도 조직 운영방식은 서로를 존중하면서 아주 자유롭다. 그 가운데 스페인에서 온 이들은 조금 급진적인데, 바그다드에서 대사관을 점거하고 후세인정권을 비판한 뒤부터는 이라크 당국이 스페인 국적을 가진 이들에게는 아예 비자를 내주지 않고 있다.

유학생은 자신의 비자가 앞으로 2주 더 있을 수 있는 것이라며 휴먼실드의 일원으로 폭격 예상 시설에 들어가겠다고 했다. 시설에 들어가면 밤에는 꼭 그곳을 지키며 잠을 자야 하지만 낮에는 자유로운 활동이 가능하다고 한다. 그의 얼굴은 평온해 보였다. 먼 이국땅에서 공부하다 홀로 찾

아들어온 한국인, 우리가 내일 암만으로 돌아가도 그는 홀로 이곳에 남아 있을 것이다. _3월 4일

암만 캠프로 되돌아오며

오늘도 아침부터 서둘러야 했다. 가뜩이나 손끝이 야물지 못한데다 어지럽게 짐을 부려놓았으니 아침이 더욱 바쁘다. 게다가 어제 카심 씨와 얘기를 나누는 도중, 가능하면 오늘 아침 일정을 시작하기 전에 책방에 같이 가기로 약속했다. 그냥 한번 가보고 싶었다. 시내나 시장을 관광할 때도 혹시 책방이 있을까 둘러보았는데 찾지 못했다. 쫓기는 마음과 긴장 속에서도 책방에 가보고 싶은 마음이라니…… 혼자 생각에, 내가 지금 정신이 있는 건가 싶기도 했지만 억지로 끌려다니는 관광일정을 보내면서 문득문득 그런 마음이 들기도 했다.

팀이 함께 움직이기도 한 시간까지는 조금 빠듯했지만 차에 짐을 실어야 할 시간까지는 다소 여유가 있어 카심 씨에게 어제 한 약속을 확인했다. 그리고 할 수 있다면 안경점에 들러 안경다리를 고쳤으면 좋겠다는 부탁도 할 참이었다. 하지만 카심은 갑자기 처리해야 할 일이 생겨 같이 갈 수 없었고, 대신 우리 팀 운전을 맡고 있는 하이달 씨에게 동행을 부탁해주었다.

이라크인과 단 둘이 어딜 가는 건 처음이었다. 좀 긴장이 되었다. 하지

만 하이달은 무척 친절한 사람이었고, 곧 어색함 없이 다닐 수 있었다. 책방에 가기 전에 안경점부터 찾았다. 주인이 안경다리를 고치는 동안 하이달이 진열장에 있는 썬글라스를 써보았다. 워낙 잘생긴 청년이기도 했지만 안경이 참 잘 어울렸다. 하이달에게 무언가 고마운 마음을 전하고 싶어 그 썬글라스를 선물로 사주었다. 하이달은 깜짝 놀라며 극구 사양했지만 내 마음을 이기지는 못했다. 말은 잘 통하지 않지만 눈빛이나 낯빛, 몸짓을 통해 느껴지는 그는 참 착하고 친절한 청년이었다.

책방은 조금 떨어진 거리에 여러 개가 늘어서 있었다. 이라크 어린이책을 살 수 있을까? 글자가 많은 책보다는 그림이 많은 책이면 좋겠는데…… 하이달에게 내가 찾는 책에 대해 대충 설명을 했다. 내 말이 잘 전해졌는지는 모르겠지만 하이달이 고개를 끄덕이며 알았다고 했다. 그는 늘어서 있는 책방 가운데 한 곳에 들어가 주인과 얘기를 나누었다. 아마 그 책방에는 어린이책이 없는지 다른 가게를 소개해주었다. 다시 그 옆 가게로 들어가 주인에게 물어보니 쌓아놓은 책 가운데 몇권을 가리켰다. 인쇄나 제본 상태도 안 좋았고 그림도 그리 눈에 들어오지 않았다. 솔직히 실망스러웠다. 어쩌면 내 기대가 지나쳤는지도 모른다. 그래도 주인이 고르고 하이달이 권해준 책을 몇권 샀다. 며칠 뒤 귀국할 팀원에게 부탁해 한국으로 보내고 싶었다. 이왕이면 이 책들이 재미있고 좋은 것이길 바라면서.

돌아오는 길에 하이달의 이름과 전화번호, 주소를 수첩에 적었다. 지금은 우리 팀 모두 요르단으로 돌아가지만 이후 상황이 어찌될지 알 수 없다는 생각에서였다. 요르단에 돌아가 재정비를 한 후 다시 어떤 계획을 세우게 될지 지금은 분명치 않지만 나는 할 수 있는 한 다시 바그다드로 돌아오겠다는 마음이었다.

만약 이라크로 다시 돌아오게 된다면, 만에 하나 나 혼자 돌아오게 된다면 현실적으로 걱정되는 게 한두 가지가 아니었다. 공습이나 폭격, 폭동 같은 전쟁의 위험이야 이미 각오했다 치더라도 도시의 지리도 전혀 모르고 말도 전혀 통하지 않는 상태에서 내가 과연 어떻게 움직일 수 있을 것인지, 최악의 위급한 상황을 맞으면 어떻게 해야 할지…… 그래서 일단은 내가 도움받을 수 있는 길이 있다면 뭐든 준비해놓아야겠다고 생각했다. 짧은 시간 동안의 만남이었지만 어쨌거나 이라크에서 나를 도와줄 수 있는 이라크인은 그뿐이었다. 나는 떠듬거리며 내 마음을 전했다. "우리는 오늘 모두 요르단으로 나가지만 나는 다시 바그다드로 돌아올 생각이다. 그때는 당신에게 도움을 받고 싶다." 하이달은 눈이 휘둥그레지면서 큰소리로 말했다. "오케이, 오케이. 이프 유 윌 컴백 바그다드, 유 콜 미, 유 콜 미."

어찌 될지 모르지만 이라크에 다시 들어온다면 붙잡을 끈 하나가 생긴 셈이다.

숙소로 돌아와 팀원들과 함께 자동차에 짐을 실었다. 이제 휴먼실드가 들어가 있는 시설 한 곳을 방문하고 나면 이라크를 떠나게 된다. 어렵게 들어온 이라크 국경을 넘어 다시 요르단 암만으로 나가는 것이다.

차를 타고 이동하는데 바그다드 시내 모습이 심상치 않다. 어제까지만 해도 보이지 않던 군인들이 거의 2백미터 간격으로 쫙 깔려 있다. "무슨 일이지?" "저기 봐, 저기." "실탄까지 장전하고 있네." 긴장이 감돌았다. 『한겨레』임종진 기자와 MBC 취재진은 바쁘게 카메라를 움직여 긴장된 시내의 모습을 담기 시작했다.

분명 이라크 당국이 무언가를 감지했으니 이렇게 군인들을 깔아놓았을 것이다. 하지만 이 상황을 어떻게 읽어야 할지 당혹스러웠다. 모래자루를 쌓은 진지도 곳곳에 보였다. 총을 메고 실탄을 허리에 감은 군인들이 두서넛씩 모여 경계자세를 취하고 있었다.

시 외곽도 분위기는 비슷했다. 황량한 벌판, 띄엄띄엄 서 있는 허름한 집들 사이로 인적은 적고 길목마다 군인들이 지키고 서 있다. 그리고 탱크가 있다. 찰칵찰칵, 셔터소리가 쉴 새 없이 터져나왔고, 방송 카메라도 더 좋은 화면을 담기 위해 이리저리 급하게 자세를 바꾸었다.

"카메라 치워!" 어느 길 들머리에선가 누런 군복을 입은 군인이 차를 향해 소리쳤다. 순간 공포가 밀려왔다. 조심해야 한다. 자동차는 계속 달렸고 우리는 놀란 눈으로 창밖을 주시했다. 참호를 지키고 있는 한 군인은 턱수염이 허연 노인이었고, 어느 길에서 본 군인은 앳된 소년이었다.

외곽으로 갈수록 곳곳에 분대나 소대 규모의 군인이 모여 있었다. 그 사이로 보이는 평화로운 마을의 정경. 우리가 달리고 있는 길은 채소밭과 과수원, 개발의 손길이 닿지 않은 공터가 여기저기 널린 시골마을이었다. 황량한 벌판과 사람이 일구어놓은 밭과 과수원이 띄엄띄엄 이어진 곳. 바그다드 시내의 정겨움과는 또다른 평화로움이었다. 그리고 아이들이 있었다. 완전무장한 군인들이 모여 있는 가운데 마을의 공터에서 맨발로 축구공을 차고 있었다. 외곽도로를 달리고 있어서, 그 모든 게 멀어 보여서 그런지 더욱 평화롭고 아름답게만 보였다. 전쟁이 터지면, 공습이 시작돼 이 군인들이 교전을 시작하면, 아이들을 비롯한 이 마을 사람들은 어찌 될 것인가?

자동차가 어느 건물 앞에 멈춰섰다. 카메라를 멘 사람들은 차에서 내리기 전부터 렌즈의 초점을 잡으며 부산하게 움직였다. 앞자리에 앉은 안내원 카심 씨가 촬영은 안된다고 손짓을 했다. 사진촬영을 통제한다는 사실은 이미 알고 있었지만 이처럼 노골적으로 저지하는 일은 몇번 없었다. 우리는 더욱 긴장할 수밖에 없었다. 카심 씨와 함께 혜경이와 승로가 그쪽 관계자를 만나 이야기를 나누고 오더니 이곳은 우리가 찾던 시설이 아니라고 했다. 잘못 찾은 것이다. 왠지 불안했다. 다시 장소를 확인하고 차를 돌렸다. 거기서 얼마 떨어지지 않은 곳에 타지^{Taji} 식량창고가 있었다.

대공장처럼 거대한 식량창고 한쪽에 집 몇채가 아담한 마을을 이루고 있었다. 그 속에 휴먼실드 회원이 머무는 숙소가 있다. 숙소에 이르러 맨 처음 눈에 들어온 것은 네 명의 아이들, 그리고 어느 집 앞에서 조그만 텃밭에 물을 주고 있는 늙은 여인.

"어, 오셨어요?" 어제 만났던 그 유학생이 환한 표정으로 맞아주었다. 어제 이야기를 나눌 때도 그랬지만 이곳에서도 그에게 긴장된 모습은 찾아볼 수 없다. 마치 집에서 쉬다가 나온 것처럼 편안한 옷차림과 슬리퍼……

그를 따라 숙소 안으로 들어가니 방의 크기며 침대, 책상, 옷장 따위가 참 잘 갖춰져 있었다. 나중에 들어보니 이라크 당국이 휴먼실드를 위해 모든 가구를 새로 마련해놓았다고 한다. 유학생은 웃으면서 "이 숙소만 빼고 다른 집들은 아주 허름해요. 여기 사람들한테 미안해 죽겠어요." 했다.

　팀원들이 우르르 몰려가 저마다 궁금한 것을 물었다. 언제까지 있을 것인지, 이곳 숙소에 와보니 실제로 어떤지, 휴먼실드 안에서 새로이 얘기되는 것은 없는지…… 그리고 오늘 우리가 오면서 본 시내의 상황을 들려주었다. 하루 만에 싹 바뀐 도시의 모습, 바로 전쟁이라도 일어날 것 같은 군과 무기의 이동. 하지만 그는 그런 부분에 대해서는 전혀 알지 못했다. 당연한 일이다. 그곳에서는 시내로 나올 만한 마땅한 교통수단이 없다. 나갈 일이 있으면 본부로 연락해 차를 부르는데, 그마저 막히면 그대로 발이 묶이는 것이다. 아무튼 그도 바깥 상황을 전해듣고 놀라는 표정이었다. 하지만 밝은 낯빛이나 성격은 그대로였다. 내가 그였어도 평온한 마음을 잃지 않을 수 있을까? 아니다, 겁이 난다. 하지만 애초부터 나는 그랬다. 역설인지 모르지만 내가 이곳으로 찾아온 것은 전쟁에 대한 두려움이 없어서가 아니라 오히려 너무나도 무서워했기 때문이다. 지금도 암만으로 나가 따로 비자를 얻을 수만 있다면 다시 들어오겠다는 마음만큼은 흔들림이 없다.

　그가 지키고 있는 타지 식량창고에는 모두 네 사람의 휴먼실드가 들어와 있는데 그 가운데 둘은 전쟁 경험이 있는 군인 출신이다. 유학생은 이 식량창고는 상대적으로 폭격 위험이 적다고 했다. 전기시설이나 무기창고 같은 곳은 먼저 폭격을 가하지만 식량창고에는 직접 공습을 하지 않을 거라는 얘기다. 하지만 공습의 위험이 덜한 반면 특수부대가 직접 치고 들어올 가능성은 어느 곳보다 높다고 했다. 그럴 경우 휴먼실드는 마을 사람들과 아이들을 데리고 피난을 가겠다고 했다. 그는 그런 이야기를 하

64

면서도 내내 웃는 얼굴이었다.

그와 이런저런 이야기를 끝낼 때쯤 나는 식량창고의 주소와 전화번호를 적었다. 그 또한 내가 이라크에서 기댈 수 있는 몇 안되는 사람 가운데 하나이다.

식량창고를 나와 다시 바그다드로 오는 길. 창고 옆 마을의 평화로움과 달리 바깥은 전운이 감돌았다. 들어올 때보다 군인 수가 눈에 띄게 늘어났다. 어쩌면 오늘이 바그다드에서 마지막일지도 모른다. 우리가 떠나자마자 전쟁이 터지면 들어오고 싶어도 다시는 못 들어올지 모른다.

암만으로 떠나기 전 점심을 먹기 위해 바그다드 시내에 들렀다. 지금 이곳 사람들의 마음은 어떨까, 전쟁이 일어나면 따로 갈 곳도 없이 모든 것을 겪어내야 하는 사람들. 전에도 거리나 시장에서 만났던 사람들은 아무 일 없다는 얼굴로 "인샬라!"(신의 뜻대로) 하고 말할 뿐이다. 몇십년째 전쟁을 겪거나 전쟁의 위험 아래에 있는 사람들이다. 오늘, 탱크가 시내로 진입해오고 곳곳에 무장군인들이 늘어서 있지만 어쩌면 이들에게는 반복되는 일상일지 모른다.

식당에서 밥을 먹으면서 카심 씨의 주소와 연락처를 얻었다. 사무실뿐 아니라 집주소까지 적어달라고 했다. 그에게도 부탁을 했다. '만일의 경우에' 카심 씨의 도움을 받고 싶다고. 카심 씨는 미더운 눈빛을 보이며 자기에게 꼭 연락하라고 했다.

이제 내가 바그다드에 홀로 돌아올 경우 기댈 수 있는 사람은 네 명이 되었다. 하이달, 개인비자를 얻어 들어와 있는 한상진 팀장, 유학생, 그리고 카심.

요르단에서 이라크로 들어올 때 차를 갈아탔던 정류장으로 다시 갔다. 이제 그때처럼 9인승 승합차 세 대가 오면 우리는 이곳 이라크를 떠난다. 지난번에도 그랬듯이 차가 오려면 한두 시간은 기다려야 할 것이다.

모하메드, 이라크 땅에 들어와 제일 처음 만난 아이. 정류장 바로 건너편에 사는 아이다. 혹시 모하메드를 다시 한번 볼 수 있을까 싶어 담장 밖으로 나가보았더니 모하메드가 먼저 나를 알아보았다. 모하메드도 아주 반가운 얼굴이다. 모하메드 집으로 따라 들어갔다. 모하메드의 동생 네자르가 이리 오라는 손짓을 했다. 대문에서 오른쪽으로 나 있는 마당으로 갔다. 손을 코에다 대고 무언가 만지는 듯한 시늉을 했다. 뭐라고? 그게 뭐야? 이번에는 모하메드가 여기라며 손가락으로 가리키는 쪽을 보니 송이가 큰 빨간 장미가 있다. 아아, 장미꽃을 보여주고 싶어 그랬구나. 그러더니 네자르는 허리를 구부려 장미꽃에 코를 대었다. 다시 손을 코에 대며 무언가 만지는 시늉……

마음에 뜨거운 것이 차올랐다. 코에 대고 무언가 만지는 시늉이 바로 꽃향기를 맡아보라는 뜻이었다. 꽃에 코를 갖다 대었다. 숨을 크게 들이켜 그 향기를 맡았다. 고마워, 고마워. 네자르 고마워.

뒤늦게 따라 들어온 김력균 피디에게 이 아이들이 내게 어떤 선물을 주었는지 아냐고, 이 애가 나를 이 꽃 앞으로 데려와 향기를 맡아보라 했다고 자랑을 했다. 아이가 그 말뜻을 알아들어서일까. 아이는 다시 송이가 큰 장미꽃 앞으로 가 향기가 난다는 손짓을 했다. 그래, 맞아요. 저렇게 했어요. 네자르가 이 꽃향기를 선물로 주었어요. 좋아서 계속 그 자랑을 하고 있으니 아이가 장미꽃을 따주겠다는 시늉을 했다. 아니, 네자르, 괜찮아. 이렇게 냄새를 맡게 해준 게 네가 준 선물이야. 고마워, 그걸 꺾지는 마.

그렇게 모하메드 형제와 손으로 눈으로 이야기를 나누는 동안 모하메드의 동무들이 더 모여들었다. 이슬람, 요셉, 제이트. 주머니에 있던 배지를 아이들마다 하나씩 가슴에 달아주었다. 나는 줄 것이 그것밖에 없다. 몇 분 있으면 차를 타고 떠날 것이다. 내가 아이들에게 해줄 수 있는 게 겨우 배지뿐이라니. 그걸 이제야 알았단 말인가……

"유어 네임 이즈 박?" 아이들 중 누가 기억한 걸까? 이름이 '박'이냐고 내게 물었다. 어쩜! 나는 솔직히 아이들 이름을 하나도 기억하지 못했다. 수첩에 써놓은 것을 꺼내 보고도 그것이 어느 아이의 이름인지 제대로 기억하지 못했다. 그런데 아이들은 내 이름까지 기억해주었구나. 얘들아, 지금 총을 든 군인들이 쏟아져나오고, 커다란 탱크까지 들어와 있어. 전쟁이 곧 터진다고, 언제 폭격이 시작될지 모른다고 외국사람들은 하나둘 빠져나갔어. 나도 지금 너희 나라를 떠나려 하고 있어. 결국 너희만 남는구나. 너희는 내 이름을 기억하는데도 나는 너희 이름을 잊었듯이 결국 나는 이방인일 뿐일까……

마침내 우리를 요르단으로 데려다줄 자동차가 왔다. 아이들과 마지막 인사를 나누었다. 멀리, 멀리, 보이지 않을 때까지 아이들은 손을 흔들고 있었다. 열 시간이 넘는 자동차 길이 시작되었다. 몸은 무척 피곤했지만 잠이 오지 않았다. 몸은 이렇게 빠져나오고 있지만 마음은 모하메드가 사는 마을과 식량창고의 아담한 마을, 그리고 노라가 있던 장애 아이들 집, 타흐리르광장과 올드바그다드의 골목길에 흩어져 머물렀다. 마음을 둔 곳과 몸이 있는 곳이 다르다는 것, 그것이 이토록 괴로운 일이라는 것을 미처 알지 못했다. 차가 다니는 길 양옆으로는 지평선이 끝없이 펼쳐진 사막, 양떼가 보였고 낙타떼가 보였다. 그리고 그곳에 없는 모하메드와 노라, 낸씨, 나자르, 알리가 보였다.

다섯 시간을 넘게 달려 이라크와 요르단의 국경에 닿았다. 이라크 국경은 들어올 때와 마찬가지로 나갈 때도 아주 까다롭게 짐 검사를 했다. 이런저런 검사로 국경에서만 두 시간쯤 걸렸을까? 검사를 다 마치고 이제 정말 국경을 넘을 때가 되었다. 팀원들은 그곳까지 따라온 정부요원 둘과 카심 씨와 작별인사를 나누었다. 처음에는 우리가 먼저 경계하며 긴장했던 정부요원들. 이제는 그들과도 정이 많이 들었다. 그런데 그 마음은 그들이 더한 것 같았다. 정부요원 중 하나인 지하드 씨는 자기도 한국에 가고 싶다며 눈물까지 보였다. 정부요원인 그들도 술을 마실 때마다 후쎄인 정권을 비판하곤 했다. 그게 우리를 떠보려는 의도이든 아니면 진심이든, 이들이 후쎄인체제 아래에서 힘들어하는 것은 자명한 사실이다.

마지막으로 카심 씨하고 한번 더 작별인사를 했다. 우리 팀원은 모두 하나하나 카심 씨와 끌어안으며 인사를 나누었다. 카심 씨는 관광안내가 자신의 직업이지만 우리가 집회에 참여하거나 행사를 할 수 있도록 많은 애를 써주었다. 짧은 시간이었지만 서로에게 고마워하는 친구가 되었다. 카심 씨와 인사를 나누고 차에 오르려 할 때, 나는 다시 한번 다짐을 하듯 카심 씨에게 말을 전했다. 혹시 내가 다시 이라크로 들어온다면 연락하겠다고, 도와달라고. 카심 씨는 손을 꼭 잡고 주먹을 감아 귀에 대며 대답했다. 꼭 자기에게 전화하라고, 연락하라고.

국경을 넘고 다시 다섯 시간이 지나서야 암만의 알 아미라Al Amira 숙소에 닿았다. 바그다드에서 돌아오고 싶지 않은 마음이었지만 막상 열 시간이 넘는 길을 달려 이곳에 오니 고향집처럼 반가웠다.

이제 다시 시작이다. 우리는 이제 무엇을 해야 할지, 무엇을 할 수 있을지, 새로 계획을 세우고 준비해야 한다. _3월 5일

 형이

기범아.

정금마을 살던 그때가 생각난다. 지금은 학교로 변한 그곳 개울이 흐르던 밭에서 아이들과 뛰어놀며 물장난을 했었지. 가끔은 우유배달 나가는 어머니를 눈 비비며 신반포까지 따라가 그저 작은 심부름을 하고 우리 둘이 집까지 걸어오곤 했지. 비록 1년이지만 초등학교를 함께 다니던 때도 생각나고…… 아, 지금 한번 거길 가보고 싶다. 그리고 그때부터 너에게 어진 형으로 살았더라면 하는 후회가 든다.

아직도 얼마나 혼란스러우며 마음을 정해야 한다는 강박관념에 얼마나 괴롭겠느냐. 여기서 누가 뭐라든 네가 가진 생각과 다르다면 그건 단지 설득이고 회유를 위한 구차한 평계로 들릴지도 모르겠다.

너와 네가 언제부터 이렇게 속을 솔직히 보이며 마음을 전달했는지 모르겠다만 결국 아직까지 너의 뜻을 내 맘으로 맞춘 적은 별로 없었던 것 같다. 때문에 내가 또 이러는 것이 아무 의미 없는 것이 되리란 암담한 마음도 갖게 된다.

나와 여기의 모든 네 후원자들은 네가 무탈하기만을 바라고 있다. 네가 이라크로 다시 들어가 죄 없고 천진난만한 어린이들과 함께하는 일은 네가 수차례 밝혔듯이 네가 어찌할 수 없는 너의 따뜻한 가슴이다. 그곳 사람들은 너 같은 사람들을 보며 일순 어떤 것을 느끼겠지. 그리고 넌 그 사람들에게 무엇인가를 보여줄 수도 있겠지. (네가 그것을 바라고 행하는 것이 아니라는 것은 안다.) 그러나 네가 다시 이라크에

들어가려는 이유는 네가 수없이 표현한 대로 피할 수 없는 자들과 공동체로 함께하지 않는다는 자괴감으로부터 탈출하려고 그런 게 아닐까? 이라크인들에게 너는 심적으로 고마운 평화활동가 중 하나일 뿐이다.

기범아, 이곳에 있는 수많은 너의 관계들은 이라크인들에게보다는 더 구체적인 박기범이가 우리 곁에 돌아오기를 바란다. 이라크인에게 박기범은, 함께 죽음의 공포를 맞이해주는 박기범은 그저 고마운 이방인일 뿐 현실적인 도움은 아닐 것이다. 네가 그들과 함께하지 못함으로 그들이 느끼는 괴로움은 네가 위험에 처할 경우 이곳의 관계들이 느낄 고통보다 그 절대값이 크지 않다. 아무렇지 않게 인간 앞에 닥친 죽음, 공포 그리고 그것을 막지 못하는 무력함에서 오는 충격의 크기는 이루 말로 못하겠지만 너의 존재의미는 이곳에서 더 크다. 가족의 한과 고통 그리고 네가 기억하고 있는 모든 추억까지 합해서 너와 연결된 모든 관계는 그저 단시간에 끝나지 않는 절망뿐이다.

기범아, 냉정하게 판단하다오. 너의 빈자리는 이곳에서 더 크며 수많은 이의 구체적 고통을 만들어낸다는 것을. 아무리 혼란스럽고 머리가 깨어질 것 같아도 지금은 이성적이고 올바른 판단을 위해서 노력할 때인 것이 분명하다. 사랑과 평화, 인간애 그리고 어쩔 수 없음의 절망 등을 핑계로 함부로 결정하지 말아라. 네 마음의 자괴감을 없애기 위하여 소득도 없이 수많은 이에게 고통을 안겨줄 무모한 행동을 하지 말아라. 그보다는 할 수 있는 곳에서 도움이 필요한 사람들을 위해서 헌신하여라. 그리고 이곳의 얼마나 많은 사람들이 너의 행동 하나하나에 노심초사하는지 부디 기억하고 좋은 소식 보내주길 기다리마. _3월 7일

비자와의 싸움, 이라크 재입국을 위하여

바그다드에서 암만으로 돌아온 뒤 며칠은 비자와의 싸움이었다. 우리

는 대사관을 들락거리고, IPT 관계자나 외국의 평화활동가, 현지소식통, 여행사 등을 쫓아다니며 비자 얻을 방법을 찾았다. 다른 나라 평화활동가들도 마찬가지였다. 대사관에 줄을 서서 비자가 나왔는지 물어보는 일이 하루 일과나 다름없었다.

바그다드를 떠나오던 날, 바그다드에는 군인이 깔리기 시작했고 여기저기에서 7일 개전설이 들려왔다. 애초에 우리는 5일 귀국하는 팀과 더 연장하는 팀으로 나누어 비자를 얻었지만, 팀원의 안전을 고려해 두 팀 모두 이라크를 나와야 했다. 우리가 얻은 관광비자는 다섯 명씩 묶어 한 꺼번에 내주는 것이기 때문에 다섯 명 모두 비자를 연기하거나 모두 출국을 하거나 해야 했다. 개인행동의 여지는 없었다.

이라크를 떠나오기로 결정을 할 때까지 팀원 중 대다수는 더이상 바그다드에 남는 것은 아주 위험한 일이며, 더는 우리가 활동할 수 없다고 여겼다. 물론 더 남기를 원하는 사람이 아주 없는 것은 아니었다. 하지만 어쩔 수 없는 상황이었다. 게다가 팀이라는 이름 아래에서 서로에 대한 책임을 무겁게 느끼고 있었다. 그런 가운데 나는 몇몇 팀원들에게 다시 바그다드로 들어가겠다는 생각을 내비쳤다. 혹여 나 때문에 다른 팀원들이 동요하지는 않을까 염려되어 공식회의에서는 삼갔지만 사석에서 몇차례 그 뜻을 밝혔다. 내 결심을 들은 이들은 모두 크게 걱정하는 눈치다.

지금으로서는 휴먼실드 비자만이 유일한 길. 암만에서 수많은 국내외 활동가들이 겪은 것처럼 IPT 비자나 그밖의 어떤 비자도 불확실했다. 바그다드를 나오기 전 만난 러시아 유학생은 "지금은 휴먼실드로 왔다고 하면 하루 만에 비자를 내준다."고 했다. 그것에 희망을 걸었다. 암만으로 돌아오자마자 나는 팀원 몇몇에게 휴먼실드 비자를 받고 싶으니 도와달라고 간곡히 부탁했다.

암만의 휴먼실드 본부. 어제만 해도 이라크 당국의 환대를 받았던 휴먼실드였다. 그런데 이라크 당국의 태도가 180도 달라졌다. 오늘부터는 휴먼실드에게 단 하나의 비자도 내주지 않겠다는 것이다. 아, 이렇게 길이 막히는가. 휴먼실드 비자가 아니면 다른 방법이 없는데……

이라크 당국의 태도가 왜 갑자기 바뀌었는지 저녁이 되어서야 자세히 들을 수 있었다. 어제 이라크 당국이 휴먼실드의 대표급 다섯 명을 강제 추방하는 사건이 있었다. 이전부터 이라크 당국은 휴먼실드를 오직 정권 방패막이로만 이용하려 했고, 급기야 휴먼실드 사람들을 60군데의 폭격 예상 시설에 임의로 배치하려 했다. 휴먼실드 사람들은 당국의 그러한 태도에 강력히 항의했다. 그 과정에서 이라크 당국이 대표자 다섯 명을 강제 추방했고 휴먼실드의 반발은 더욱 커졌다. 이라크 당국은 더이상 휴먼실드를 자신의 의도대로 이용하기 어렵다고 판단했는지 휴먼실드에 제재를 가하기 시작했다. 휴먼실드가 들어가 있는 시설은 바깥에서 문을 잠글 수 있게 해놓고, 총을 든 군인이 지키게 했다. 몇몇 시설 창문에는 창살까지 쳐 가두다시피 했고, 휴먼실드 회원에 대해서는 스파이나 CIA 혐의를 둔다는 말까지 돌았다.

그렇다면 방법이 없는 걸까? 이제는 이라크로 다시 들어갈 수 있는 방법이 없는 걸까? 막막했다.

암만으로 돌아온 이튿날 밤, 한국이라크반전평화팀 제4진 여섯 사람이 합류했다. 설치미술가 최병수씨, NGO로 활동하는 임영신씨, '뉴스앤조이'의 주재일 기자, CPT(Christian Peace Team, IPT와 관련이 있다)를 통해 평화활동을 준비해온 대학원생 유은하씨, 그리고 '경남평화연대'라는 단체에서 온 노동자 이해종씨와 배상현씨. 4진으로 들어온 이들은 모두 이라크 입국을 원했다.

휴먼실드 비자를 받는 것이 불가능해진 지금, 과연 이라크로 다시 들어갈 수 있을까. 그저 막막하게 가슴만 태우고 있던 중 팀원 가운데 어느 한 사람이 비자를 마련할 수 있게 되었다는 말을 했다. 경위를 다 밝힐 수는 없지만, 그 비자는 당국의 제재를 최소한으로 줄일 수 있는 특별한 비자라는 것이다. 이것 또한 다섯 명 이상이 되어야만 발급되는 일종의 관광비자였다. 그러나 지난번처럼 바그다드 시내만 돌아다니는 일반 관광비자가 아니라, 이라크 전역 ─ 쿠르드Kurd반군이 있는 북부에서부터 걸프전 당시 폭격이 있었던(지금도 폭격이 있는) 남부 알 바스라Al Basrah 지역까지 ─ 을 다닐 수 있는 것이라고 했다. 뿐만 아니라 이라크의 상류계층부터 하층민까지 두루 만날 수 있고, 한두 차례 반전시위를 할 수 있도록 일정을 짤 수도 있다고 했다.

그런데 문제는 어떻게 팀을 짜느냐 하는 것이다. 이 비자를 통해 들어갈 수 있는 인원은 최대 일곱 명. 현재 1진부터 4진까지 이라크 입국을 희망하는 사람은 그보다 훨씬 많다. 누구를 보내고 누구를 제외해야 하는가. 어떤 원칙과 기준으로 팀원을 구성할지, 좀처럼 풀리지 않는 문제였다.

다음날 휴먼실드 본부에서 회의가 열린다고 해서 팀원 몇사람이 그곳을 다녀왔다. 이라크 상황이 시시각각 변하고 있기 때문에 혹시라도 휴먼실드 비자가 다시 나오는지를 알아보기 위해서였다. 그런데 또다른 가능성이 있었다! 휴먼실드 비자는 여전히 불가능했지만 그곳에서 만난 한 일본인이 자신들은 비자를 받을 수 있다는 거였다. '국제시민감시단'이라는 자격으로 얻는 비자였다. 우리는 지푸라기라도 붙잡는 심정으로 그 일본인에게 부탁했다. 우리도 그 비자를 받을 수 있게 해달라고 말이다. 가능성이 있어 보였다.

다음날 전원이 모여 회의를 했다. 우선 확실히 받을 수 있고 어느정도 활동이 가능한 그 '특별한' 비자를 발급받는 팀을 어떻게 구성할 것인가에 관해 의견을 나누었다. 마산에서 올라온 배상현씨는 대사관을 통해 추진하는 비자를 기다리겠다고 했다. 유은하씨도 마찬가지였다. 이 두 사람이 '특별한' 비자를 꺼려한 것은, 이 그룹비자로는 반드시 팀으로 행동해야 하고 사흘 후든 일주일 후든 팀이 위급하다고 판단하면 무슨 일이 있어도 다 함께 빠져나와야 하기 때문이다. 특히 배상현씨의 의지는 단호했다. 자신은 휴먼실드, 즉 인간방패로 그곳에 끝까지 남겠다는 것이다. 설령 이라크 당국에 이용당한다 할지라도 전쟁으로 인한 인명 피해를 최소화할 수만 있다면 끝까지 남겠다는 거였다. 그것은 유은하씨도 비슷했다. 유은하씨는 개인적으로 IPT와 같이 행동하려는 계획을 갖고 있었다. (휴먼실드는 폭격 예상 시설에서 그야말로 인간방패가 되려고 했고, IPT는 마을이나 고아원, 학교, 병원 등에서 그곳 민중들과 함께 전쟁을 겪겠다는 것으로 활동의 내용이나 성격에서 작지 않은 차이가 있다.)

『한겨레』 기자 두 명이 먼저 확정되었다. 그다음에 그룹비자를 받는 팀에 뽑힌 사람은 최혁, 최병수, 임영신, 성혜란과 나였다. 나 또한 그룹비자를 통해 들어가는 것이 부담스럽긴 했지만 개별비자는 아무래도 발급받기 힘들 것 같다는 판단이 앞섰기 때문이다. 그래서 일단 비자를 확실하게 받을 수 있는 방법으로라도 이라크로 다시 들어가고 싶었다. 그러나 이 그룹비자도 마지막 6, 7번은 제외될 수 있었기 때문에 혜란이와 나는 전날 일본인의 소개로 추진하는 비자에도 이름을 올렸다.

그런데 뜻밖에도 그날 새벽에 휴먼실드 비자로 이라크에 남아 있던 러시아 유학생이 우리가 머문 암만의 숙소로 찾아왔다. 더이상 휴먼실드로 폭격 예상 시설에 있을 수 없겠다는 판단에서였다. 그이가 들려준 이라크 현지 사정은 우리가 짐작했던 것과 크게 다르지 않았다. 이라크 당국의 휴먼실드 지도부 추방, 휴먼실드의 행동방식이 후쎄인정권에 이용당하는 데 대한 갈등 때문에 유학생은 돌아왔다고 했다. 유학생은 다시 이라크로 들어가려는 우리 계획을 듣고 팀에 합류하겠다는 뜻을 밝혔다. 그룹비자는 인원이 다 차서 국제시민감시단 비자 명단에 이름을 올렸다.

10일 오후, 그룹비자가 우리 손에 들어왔다. 그룹비자를 신청했던 사람들은 짐을 꾸리고 마음을 다지느라 바빴다. 그 와중에 사고가 났다. 최병수 화가가 지난밤에 갑자기 위경련을 일으켜 화장실에서 쓰러진 것이다. 이마에 큰 상처가 나고 이도 부러졌다. 대사관에 가서 비자를 기다리는 서너 시간 동안에도 그는 억지로 고통을 참았다. 비자를 받자마자 병원으로 모셨는데 의사는 위출혈이라고 했다. 일단 그를 병원에 입원시키고 링거를 꽂았다. 팀원들은 이렇게 아픈데 어떻게 이라크에 들어갈 수 있겠냐며 걱정했지만 최병수 화가의 의지는 무척 단호했다. 무슨 일이 있어도 가겠다고 고집을 피웠다. 당장이라도 링거를 뽑고 달려나갈 태세였다.

떠날 시간을 얼마 남기지 않고 바그다드의 한상진 팀장에게서 전화가 왔다. 상황이 돌변했다는 것이다. 우리는 개전 시점을 17일로 예상하고 15일에 유엔과 함께 나올 계획을 세운 터였다. 그런데 유엔이 13일부터 모두 철수한다는 것이다. 어떻게 할 것인가? 서둘러 들어간다고 해도 차를 타고 열 시간이 넘게 걸린다. 포기해야 할 것인가.

잠시 뒤 모든 팀원이 모였다. 위험을 최소화하고 기동성을 높이기 위해 자동차 한 대로 움직일 수 있는 인원으로 줄여야 한다는 결정을 내렸다. 어쩔 수 없이 순번이 뒤에 있던 나는 팀에서 빠지기로 했다. 새벽에 최혁, 최병수, 임영신, 『한겨레』신문 기자 두 명 등 다섯 명이 바그다드로 떠났다. 가방을 꾸리고 마음의 준비를 다 해놓은 상태에서 함께 이라크로 향하는 차를 타지 못하고 남아 그들을 배웅해야 했다.

그토록 갈망하던 이라크행이 막혀버리니 온몸에 힘이 다 빠져버리는 것 같았다. 한국에서 보내온 수많은 아이들의 사진과 엽서, 손수 그려 보내온 걸개들을 담은 상자도 그대로 남아 있었다.

하지만 속상해하고 있기에는 시간이 없다. 다시 비자를 얻을 수 있는 방법을 찾아 뛰어다녔다. 서둘러 대사관에 갔지만 저녁에 다시 오라는 통보만 받았다. 저녁까지 기다리는 사이에 혹시나 하여 여행사로 문의했더니 뜻밖에 관광비자를 발급받을 수 있다고 했다. 단 다섯 명이 한 팀을 이뤄야 했다.

다시 회의를 한 결과 관광비자를 발급받기로 확정했다. 이해종씨, 러시아 유학생, 성혜란, 나 그리고 우리 팀에 합류하고 싶다는 『한국일보』기자

한 명, 이렇게 다섯 명이 팀을 이루었다. 베이스캠프는 오김숙이 공동팀장과 전승로, 주재일 기자가 지키면서 난민구호활동을 준비하기로 했다.

엊그제 짐을 다 꾸리고도 떠나지 못한 충격에 힘이 빠진 탓일까? 사실 지금은 그때만큼 긴장되지는 않는다. 그때 꾸린 짐을 풀지 않았으니 다시 쌀 것도 없다. 재입국을 앞두고 식구를 비롯한 지인들과 나눌 인사도 엊그제 다 했으니 지금은 그렇게 마음이 바쁘지 않다.

아무래도 돈을 좀 챙겨야 할 것 같아 은행에 다녀왔다. 요르단대학에 가면 돈을 찾을 수 있다고 해서 들어갔는데, 아! 노란 개나리가 피었다. 우리 것보다는 송이가 굵지만 그래도 얼마나 반가운지 모르겠다. 돈을 찾아 달러로 바꾸고, 부식을 좀더 사놓고……

지금 요르단에는 다시 눈이 내리고 있다. 눈이 온다. _3월 11일

이제 몇시간 후면 가네. 그래 몇달 뒤면 만날 텐데 뭐.

"이놈의 박기범 때문에 하루 종일……" 하고 차를 몰고 나간 남편은 기범이에게 얼마라도 보내야겠다고 강승숙 선생님 계좌로 돈을 넣고 오더니 3층 다락방에서 혼자 소주를 마시고 있어요. 아까 만석동으로 오는 길에 들었던 라디오에선 이 비가 봄을 재촉하는 비라고 하던데 내 마음은 기범이가 이라크에 가 있는 동안, 이라크 아이들이 전쟁의 공포에 시달리는 동안 봄이 올 것 같지 않아요.

오늘 저녁 아이들과 전쟁반대 시위를 했어요. 아이들이 지은 노래, 아동극, 무언극을 보면서 몇번 눈물을 삼켰어요. 맨 마지막에 촛불을 켜면서 우리 딸과 친구들이 기범이가 무사하길 기원했고, 고등부 아이들이 만든 평화의 탑에 촛불을 모았지요. 고등부 녀석 하나가 말했어요. 우리의 촛불이, 우리의 마음이 꼭 전쟁을 막게 해달라고. 우리 아이들의 소원이 이루어지길 빌어요.

잘 다녀와요. 건강하게…… _2월 22일

기범이가 이 편지를 볼 수 있을까? 어젯밤 강화 집으로 돌아온 뒤, 오늘 새벽 두시 반까지 기범이 메일 기다리다가 그만 잠이 들었어요. 아침엔 또 애들 거두느라 겨를이 없고. 그런데 어느새 메일이 와 있었어요. 깨어 있지 못해서 기범이한테 미안해요.

그래요, 뭘 미리 결정하고 갈 수 있겠어요. 국경을 넘어가 아이들을 만나면, 그 아이들과 만나면 그 아이들과 손잡고, 웃고, 놀다가 어떻게 손을 놓고 나오겠어요. 그래요, 나라도 그럴 거예요. 기범이 마음 때문에 억장이 무너져요. 가슴이 찢어지도록 아파요. 그래도 난 기범이가 그 아이들 손을 뿌리치길 바라고 있으니, 기범이라도 살아나오길 바라고 있으니.

기범이가 이라크로 가겠다고 마음먹을 때쯤부터 지금까지 만석동을 영영 떠날 마음을 먹고 있었어요. 공동체 안에서 일어나는 문제들로 지쳐서 이제 그만하고 싶었어요. 사랑하는 것도, 마음을 여는 것도 그만하고 싶었죠. 그런데 단비가 이제 물러날 때가 된 것 같다는 내 말을 듣고 말했어요. "엄마, 그럼 안돼. 끝까지 회의하고 얘기하면서 같이 가야지. 난 절대 못 떠나. 끝까지 같이 갈 거야."

단비 말에 눈물이 왈칵 쏟아졌어요. 우리 단비 날마다 기범이 삼촌 걱정해요. 인터넷에 들어가고, 글 쓰고. 그런 것들 다 함께 있으면서 배운 건데……

꼭 나여야 하나, 이 아이들과 함께 해야 하는 게 나여야 하나? 집착은 아닐까? 그런데 그 아이들과 아무것도 아닌 사이가 된다는 걸 못하겠어요. 그래서 내가 더 무너지고, 빈털터리가 되더라도, 그냥 아이들 곁에 있고 싶어요. 하물며 전쟁의 포화 속에 그 아이들을 두고 나올 수 없겠죠.

나도 그냥 우리들의 박기범이 거기 있다는 거, 이라크 아이들과 빛을 만들어내고 있는 박기범이 거기 있다는 것만, 그것만 볼게요. 우리에게 소중한 박기범 때문에 마음이 저리고 아픈 것처럼, 그 아이들 때문에 마음 아파하며 절실하게 기도할게요.

그리고 우리 아이들뿐만 아니라 더 많은 사람들과 지원할 방법을 찾아볼게요. 독립영화팀이 갈 때 보낼 수 있게요. 어서 개학을 하면 학교 아이들도 참여할 수 있을 것 같은데…… 기범이에게 들려주고 싶은 성서 구절이 있어요. 조금 길지만 읽어볼 여유가 있으면 좋겠어요.

그들은 게쎄마니Gethsemane라는 곳에 이르렀다. 예수께서 제자들에게 "내가 기도하는 동안 여기 앉아 있어라." 하시고 베드로와 야고보와 요한만을 따로 데리고 가셨다. 그리고 "공포와 번민에 싸여서 내 마음이 괴로워 죽을 지경이니 너희는 여기 남아서 깨어 있어라." 하시고는 조금 앞으로 나아가 땅에 엎드려 기도하셨다. 할 수만 있으면 수난의 시간을 겪지 않게 해달라고 하시며, "아버지, 나의 아버지! 아버지께서는 무엇이든 다 하실 수 있으시니 이 잔을 나에게서 거두어주소서. 그러나 제 뜻대로 마시고 아버지 뜻대로 하소서." 하고 말씀하셨다. 이렇게 기도하시고 나서 제자들에게 돌아와 보시니 그들은 자고 있었다. 그래서 베드로에게 "시몬아, 자고 있느냐? 단 한 시간도 깨어 있을 수 없단 말이냐? 유혹에 빠지지 않도록 깨어 기도하라. 마음은 간절하나 몸이 말을 듣지 않는구나!" 하시며 다시 가서 같은 말씀으로 기도하셨다. 그리고 다시 돌아와 보시니 그들은 여전히 자고 있었다. 그들은 너무나 졸려 눈을 뜨고 있을 수가 없었던 것이다. 그들은 무슨 말을 해야 할지 몰랐다. 예수께서는 세번째 다녀오셔서, "아직도 자고 있느냐? 아직도 쉬고 있느냐? 그만하면 넉넉하다. 자, 때가 왔다. 사람의 아들이 죄인들 손에 넘어가게 되었다. 일어나 가자. 나를 넘겨줄 자가 가까이 와 있다." 하고 말씀하셨다.

예수를 움직인 것은 정의감도, 자비심도 아니었어요. 연민이었죠. 안전한 울타리 안에 있는 아흔아홉 마리 양보다 잃어버린 양 한 마리 때문에 밤길을 헤매는 마음이었죠. 그 마음으로 로마제국과 종교권력과 맞섰던 거지요. 맨몸으로, 사랑으로……
  강화에 있는 아이들과 이라크 어린이들을 위한 그림을 그리고 만석동으로 갈 거예요. 기범이를 지원할 방법을 후배들과 함께 찾아야죠. 그리고 말할 거예요. "난 아이들 곁을 떠날 수 없다고. 꿈을 포기할 수 없다고."
  기범이에게 사랑을 전하며…… _2월 27일

이라크에서 나온다고 했는데 왜 연락이 없는지, 사고가 난 건 아닌지 걱정 많이 했어요. 오늘 아침에 『한겨레21』을 보다가도 기범이 생각을 했어요. 기자가 '세계

반전의 날' 집회에 갔다 만난 할아버지를 인터뷰한 기사였어요. 그 할아버지는 스스로 아나키스트라고 한대요. 인간과 자연을 억압하기는 자본주의도 사회주의도 마찬가지라고 생각한대요. 그래서 무정부주의자라고. 할아버지는 반전(anti war)이 아닌 비전(非戰)이라고 말하신대요. 그리고 할아버지는 당신이 추구하는 '비폭력 직접행동'을 '잡아뜯자론'이라고 해요. 기사에 나온 할아버지 말을 그대로 옮길게요.

빌빌대면서 지내. 결코 죽지 말고. 존재 자체가 저항이야. 하지만 틈 나는 대로 잡아뜯어. 체제를, 집단을, 국가를. 하지만 대항 체제와 집단과 국가를 만들어 또 다른 지배형식으로 잡아뜯는 게 아니라 우우 몰려가서 그냥 막 잡아뜯어. 여럿이 막 잡아뜯으면 언젠가는 다 뜯기게 돼 있어.

존재 자체가 저항이라는 말. 그 말이 와닿았어요. 빌빌대면서 지내는 거. 아무것도 아닌 존재로 지내며 온몸으로 저항하고 여리고 약한 이들 곁에서 사는 거. 그게 소중하다는 걸 느꼈어요.

사람들이 기범이의 선택에 대해 걱정하는 것에 너무 부담 갖지 마세요. 기범이가 이기적인 건 아니에요. 여기 남은 사람들 뭐가 중요하겠어요. 누구보다 하루하루, 순간순간 기범이의 무사함만을 빌고 계실 어머니도 결국 어머니 몫의 고통으로 감내하시겠죠. 어머니는 억울하면서도 어머니이기 때문에 기범이의 그 마음을 이해할 거예요.

나는 기범이가 다시 이라크로 가지 않기를 바라요. 기범이 마음이 찢어지게 아프더라도, 평생을 비겁자라는 자책에 시달린다 하더라도, 살아남을 자의 편에 서길 원해요. '살아서 할 일이 더 많아'라는 명분 때문이 아니라, 살아 있는 사람으로서 당연한 선택을 하길 바라고 원해요. '생명'을 선택하길. 아무 죄 없이 죽어갈 이라크 어린이, 무기력한 민중 곁에서 끝까지 함께하고픈 기범이의 마음을 알 것 같아요. 직접 아이들과 살을 맞대고 눈을 마주쳤을 텐데, 당연하지요. 그렇지만 난 기범이까지 미국의 탐욕에 희생되지 않았으면 좋겠어요. 살아남아서 거창한 말로 전쟁을 증언하라는 것도, 훌륭한 작품을 쓰라는 것도 아니고 그냥 기범이 모습 그대로 남아주었으면 하는 거예요. 용기 없는 사람이어도, 늠름하지 않아도, 멋지지 않아도 상관없잖아요. 그냥 그 마음 그대로, 약하고, 여린 모습 그대로, 기범이처럼 무기력한 사람들 곁에 살아남아요. 이라크 어린이들과 같은 선한 눈빛을 가진 무력한 생명들이 너무 많아요. 이라크에도 있고, 요르단에도 있고, 팔레스타인에도 있고, 인도에도 있어요. 아프가니스탄에도, 북한에도, 그리고 풍요가 넘치는 미국의 대도시 구석에도, 우리 이웃에도 있어요. 기범이가 그 아이들 곁에 있고 싶어하는 마음, 나도 그럴 거예요. 다시 돌아가고 싶을 거예요.

하지만 우리 이렇게라도 살아남아서, 우리의 비겁함을 씹으며 살아요. "나 비겁해. 나 살고 싶어." 하면서 그냥 살아요. 징허게 살아남아서 살아 있는 것들을 향해 행해지는 폭력과 맞서 살아요. 이라크로 돌아가 그 아이들의 손을 잡고 무력하게 무너지는 것이나, 살아남은 자들 곁에서 무기력하게 하루하루를 사는 것이나 다르지 않아요. 살아남은 아이들이, 앞으로도 더 많은 아이들이 세상으로부터 외면당한 채 그렇게 살아갈 거예요. 우리 그 아이들을 외면하지 않고 살아가는 삶을 선택해요. 어쩌면 그게 더 큰 용기인지 몰라요.

미국의 전쟁이 그렇게 쉽게 돌아가진 않을 거 같아요. 더 늦춰질 거 같아요. 최소한 일주일 이상은 미뤄질 것 같아요. 그 미친 전쟁광의 속을 알 순 없지만, 최근의 움직임을 보면 며칠 안에 결정될 순 없을 거예요. 기범이가 요르단에 있는 것 자체가 고통이고, 힘든 시간일 거예요. 아무것도 일어나지 않으면서 주는 위기감, 공포. 그걸 견디는 시간도 존재하기 때문에 가능한 거예요. 가끔 그곳에서 함께하는 사람들과 많이 힘들 거라는 생각을 해요. 서로 같은 목적을 갖고 모였다고 생각하지만 그렇지 않은 것들이 더 많을 거예요, 그죠?

기범이는 그냥 삶을 생각해요. 신이 우리에게 준 건 그렇게 많지 않아요. 부귀, 명예 따위 다 소용없잖아요. 생명이 가장 소중해요. _3월 7일

2부

죄 없는 목숨들이 죽어가고 있다

2003. 3. 13 ~ 4. 13

요르단으로 철수했던 한국이라크반전평화팀이 전운이 감도는 이라크로 재입국을 시도한다.

3월 11일 최혁, 최병수, 임영신, 『한겨레』기자 2명 이라크로 출국.

3월 13일 이해종, 러시아 유학생, 성혜란, 박기범, 『한국일보』기자 1명 이라크로 출국.

3월 16일 배상현, 유은하, 주재일 기자 이라크에서 이들과 합류.

3월 16일 이라크에 입국한 취재진과 한국이라크반전평화팀은 타흐리르광장에서 전세계 평화활동가들과 함께 반전평화시위를 벌이는 한편 올드바그다드에서 아이들을 만남.

3월 17일 개전이 임박하자 한상진, 배상현, 유은하 그리고 주재일 기자와 임종진 기자만 남고 나머지 사람들은 요르단 암만으로 철수.

3월 20일 이라크전쟁 발발.

3월 27일 요르단 한국대사관 앞에서 한국군 파병 반대를 위한 촛불시위. 함께 참여한 전세계 평화활동가들과 평화연대Peace Coalition 모임 결성.

3월 29일 요르단 로마원형극장 앞에서 '평화연대' 촛불시위. 배상현, 부상당하여 요르단 암만으로 나옴.

4월 1일 한상진, 요르단으로 나옴.

4월 2일 박기범, 휴먼실드 비자를 받아 이라크 재입국. 유은하와 함께 알 파나르Al Fanar호텔에 머물면서 낮에는 미셔너리즈 오브 채러티 등 장애 어린이 시설을 돌보고, 전쟁 피해 지역을 찾아다니며 전쟁범죄보고서 작성. 밤에는 방공호에서 이라크인들과 함께 전쟁을 겪음.

4월 9일 바그다드, 미군에게 점령당함.

4월 12일 박기범, 요르단으로 나옴.

84

다시 바그다드로

떠날 때는 늘 분주하다. 이번에는 좀 여유가 있을 줄 알았는데 막상 떠날 때가 가까워오니 마음이 바빴다. 여태까지는 늘 국경 통과 문제나 경비 문제, 가이드나 비밀경찰과 관계를 맺는 문제를 다른 사람이 맡아왔는데 이번에는 그럴 수 없다. 그러고 보니 내가 할 줄 아는 게 참 없다. 어디에서 누구에게 비자를 건네야 하고, 어디에서 누구에게 얼마를 주어야 하고, 무슨 문제가 생기면 어떻게 해야 하는지 하나하나 다 챙겨야 했다.

이제 암만 캠프에서는 난민구호사업을 준비할 숙이 누나와 승로, 주재일 기자, 대사관을 통해 개별비자를 계속 기다릴 배상현씨와 유은하씨만 남았다.

다섯 시간을 달려 요르단과 이라크 국경에 닿았다. 이라크 땅으로 넘어가니 반가운 사람이 기다리고 있다. 카심! 아주 오랜 동무를 만난 것처럼 우리는 힘껏 끌어안았다. 여전히 막막하기만 한 이라크 땅에서 카심이 우리를 안내하고 도와준다는 것은 무척 다행스러운 일이었다.

바그다드 시내로 들어섰다. 거리는 이상할 정도로 조용했다. 길에는 사람도, 차도 거의 없었다. 건물이 줄 지어 있는 곳의 상가도 모두 문을 내렸다. 그렇다고 군인이 많거나 전쟁 분위기가 감도는 것도 아니었다. 분명 우리가 암만으로 나올 때는 2백미터마다 군인이 서 있고 기관총이며 탱크 같은 무기가 시내 쪽으로 모여 있었는데 다시 들어온 바그다드는 그때와 분위기가 영 달랐다. 도대체 이게 무슨 일인가?

숙소에서 간단한 아침을 먹은 뒤 앞으로의 일정을 그려보았다. 우리가 이곳에서 할 수 있는 일이 무엇인지, 얼마만큼 할 수 있을지……

관광비자로 들어왔으니 관광청의 일정에 이끌려다니지 않으려면 먼저 우리에게 뚜렷한 계획이 있어야 한다. 하지만 이번에도 역시 관광비자의 한계는 명확했다. 정부요원과 함께 움직여야 하는 것은 물론, 그룹비자이다보니 머무는 기간도 내 뜻대로 할 수가 없다. 이곳으로 들어오면서 우리가 한 약속은 팀원들 가운데 하나라도 이라크를 나가고 싶다 하면 다 같이 나간다는 거였다. 지금 예상되는 개전 시점은 3월 17일, 목숨이 달려 있는 위급한 상황이다. 한 사람의 고집 때문에 돌아가고 싶어하는 이들까지 남아 있게 만들 수도 없고, 누구 하나라도 돌아가고 싶다면 나머지의 뜻이 아무리 남고 싶다 해도 다 함께 나와야만 하는 것이다.

우리는 카심에게 우리가 이곳에 온 까닭을 한번 더 설명했다. "우리는 여러가지 방식으로 전쟁을 반대한다는 뜻을 알리러 왔다. 그러니 우리가 일을 할 수 있도록 도와주기 바란다." 그런데 오늘 일정을 부탁하자 카심이 곤란한 표정을 지었다. 그 까닭은 오늘이 이라크 사람들에게는 무척 슬픈 날이기 때문이라는 것이다. 바로 한 이슬람 종교지도자가 죽은 날인데 이날만큼은 이라크인 모두가 집에서 나오지 않고 추모의 마음으로 조용히 보낸다고 한다. 그러니 악기 연주나 행사 같은 것을 하게 되면 사람들이 아주 좋지 않게 생각할 거라는 것이다. 아, 그랬구나. 거리에 사람이 없었던 것도, 자동차가 거의 보이지 않았던 것도 모두 그런 까닭이었구나. 카심은 오늘은 첫날인데다 아직 정부요원이 어떻게 생각할지 모르니 관광을 하면 좋겠다고 권했다.

우리는 카심의 의견에 따라 오후 한시부터 당국이 정해놓은 관광일정에 나섰다. 하이달이 운전을 하고, 운전석 옆에는 정부요원이 앉고, 카심이 우리를 안내했다. 곧 자동차는 도심으로 들어섰다. 너무나 조용한 도시. 오늘이 어떤 날인지 설명을 듣기는 했지만 직접 거리로 나서니 참 낯설었다. 어쩌면 이리도 사람이 없을 수 있나? 앨 훌라니^Al Khulani 전자상가단지를 거쳐 쇼르즈시장 뒤편으로 알 라시드^Al Rasheed거리를 지났다. 거리 모습은 눈에 익었다. 지난번 이라크에 머물 때 두어 번 지난 곳이다. 참 신기한 일이다. 그 북적대던 시장이 사람 한명 보기가 어려울 정도였다.

자동차를 타고 도시를 둘러보는 동안 티그리스강에 놓인 다리를 몇개나 건넜다. 참 예뻤다. 티그리스강은 자체만으로는 한강보다 나을 것이 없지만, 도시를 곁에 끼고 있으면서도 자연의 모습 그대로를 간직하고 있다. 지금도 나룻배로 건너다니는 사람들이 있다. 오늘처럼 사람도 자동차도 없는 날에 보는 티그리스는 더욱 평화로웠다. 사람의 일에는 아랑곳없이 수천년을 이렇게 흐르기만 했을 티그리스강.

자동차에 탄 채 시내 몇군데를 더 돌아보았다. 카심은 무슨 거리이고 저기는 어떤 건물이 있는 곳이라며 친절하게 설명해주었지만 나는 별로 관심이 없었다. 죽은 듯 고요한 도시인데도 드문드문 나와 놀고 있는 아이들에게 눈이 갔고, 문 닫은 시장 공터에 모여 앉은 몇몇 사람들이 궁금했다. _3월 13일

임박한 전쟁, 불안한 도시

이라크로 다시 들어와 나흘이 지났다. 우리는 그사이 바그다드의 초등학교를 다니며 한국 어린이들이 보내온 사진과 그림으로 마음을 전하기도 했고, 유엔본부 앞에서 '어린이와 평화'와 바끼통(박기범이라크통신) 이름으로 손수 그려 보낸 걸개그림을 걸었다. 올드바그다드 마을 아이들을 다시 만났고, 시내에서 벌인 이라크인들의 반전집회에 참여했다. 그러는 사이 암만에 남아 대사관에서 발급하는 개별비자를 기다리던 배상현, 유은하, 주재일 세 사람도 끝내 비자를 받아 바그다드로 들어와 우리와 합류했다. 그리고 오늘은 타흐리르광장에서 최병수 화가가 작업해온 걸개그림을 걸어놓고 행사를 가졌다. 많은 이라크 시민들이 모여 어울렸다. 오랜만에 나도 북을 들고 신명나게 놀았다.

하루하루 지날수록, 유엔결의안 심의 날짜가 다가올수록 언제 이라크에서 나갈 것인가를 논의해야 했다. 관광비자로 들어온 사람들은 어제 회의를 통해 일단 내일(17일)까지는 있기로 했다. 최소한 오늘 타흐리르광장 행사와 내일 있을 집회까지는 함께하고 싶기 때문이다. 우리는 러시아와

타흐리르광장 앞, 최병수 작가의 걸개 「야만의 둥지」 아래에서 바그다드에 모인 평화활동가, 이라크 시민 들과 함께 평화집회를 열었다(위). 유엔본부 앞 철망에 한국에서 보내온 걸개그림을 걸고 있다(아래 왼쪽). 바그다드의 한 초 등학교에서 만난 아이들(아래 오른쪽).

우크라이나, 일본의 스님 네 분이 지난 11일부터 바그다드에서 140킬로미터 떨어진 곳에서부터 '평화행진'을 해온다는 소식을 들었다. 이 분들은 개전일로 예상되는 내일 저녁에 폭격이 있을지 모르는 프레스쎈터 앞 티그리스강 다리에서 촛불과 랜턴을 들고 시위를 벌이기로 했다. 이 소식은 어느새 퍼져 바그다드에 와 있는 모든 평화활동가들이 그날 그 자리에 함께 모여 촛불과 랜턴을 들고 시위를 벌이기로 약속이 되었다. 내일 17일 밤은 이곳 달빛이 가장 밝은 때, 야간공습을 하기에는 최적의 조건이다. 부시의 '17일 개전 공습'을 예상하는 까닭은 이 때문이다.

   적어도 어제까지는 여론이 미국에 불리하게 돌아가 당분간은 전쟁을 시작하는 것이 어려울 거라는 예측도 나오고 있었다. 게다가 이곳 현지인들이 체감하는 공포도 그리 크지 않았기에 우리는 긴장 속에서도 조금은 마음을 놓고 있었다. 하지만 오늘 상황은 놀라울 정도로 빠르게 바뀌었다. 정보가 빠른 기자들부터 속속 빠져나갔고, 미국이 단독으로라도 행동할 것을 선언했다는 것이다. 17일 뒤에는 아무런 경고나 예고 없이도 공습을 시작하겠다…… 사실 그동안에도 개전이 당장 오늘내일일 거라는 예측이 몇차례 있어왔기에 이번에도 크게 휘둘리지 않으려 했다. 그런데 오늘 오전 카심이 다급한 얼굴로 우리를 찾았다. "암만으로 돌아가려면 어서 국경택시를 예약해라, 그렇지 않으면 차가 모자랄지 모른다. 나는 두렵지 않지만 우리 식구가 걱정이다." 카심이 이렇게 심각하게 이야기한 건 처음이었다. 분위기가 이상했다. 타흐리르광장에서 최병수 화가의 걸개그림을 걸고 하던 행사가 끝나가던 오후부터 여러 기자들이 전해준 정보 또한 지금이 그 어느 때보다 위급하며 전쟁이 확실시되는 것 같다는 것이었다. 이제는 길가 어느 곳에서도 둘 이상만 되면 지금 상황이 어떠한지, 앞으로 어떻게 할 것인지를 묻거나 얘기했다. 사람들 얼굴이 어제까지와 다르다.

재입국 첫날, 내가 무섭지 않느냐고 물었을 때 전혀 그렇지 않다고 하던 하이달의 얼굴 또한 몰라보게 달라졌다. 설령 전쟁이 나더라도 한달 뒤에나 날 거라며 부드러운 얼굴로 웃던 그였다. 그런데 조금 전 하이달은 아주 불안한 표정으로 지금 이곳은 매우 위험하니 내일 당장 암만으로 돌아가라고 거듭 당부하는 것이다. 나는 가지 않을 거라고 말했다. "하이달, 너와 함께 있고 싶어. 나는 관광비자로 왔기 때문에 우리 그룹이 암만으로 간다면 나도 가야 해. 하지만 다시 들어올게." 하이달이 걱정스러운 얼굴로 "왜?"라고 물었다. "우리는 친구니까, 위 아 프랜즈." 하이달은 '친구'라는 우리말을 배웠고, 나는 '싸디끄'라는 이 나라 말을 알았다. "오, 친구? 예스, 땡큐. 벗 유 머스트 고우 투 암만, 플리즈." 하이달이 나를 얼마나 걱정하는지, 그의 깊어지는 눈과 떨리는 목소리로 알 수 있었다. 제발 다시는 이라크로 돌아오지 말라며 두 손을 모아 말하는 하이달 앞에서 그만 울음을 터뜨리고 말았다. 오히려 하이달은 나를 위로했고, 자기도 나갈 테니 나도 꼭 나가라고 말했다. 하지만 나는 안다. 하이달은 나갈 수 없다. 아니, 나가지 않을 것이다.

타흐리르광장 행사를 마치고 숙소에 돌아오는 길. 주유소를 보니 자동차가 줄을 이었다. 기름 넣는 곳마다 차가 끝없이 서 있다. 어제만 해도 볼 수 없던 모습이다. 지금 전쟁은 당장 눈앞의 일이 되고 있다. 사람들은 자동차에 기름을 채워넣느라 정신이 없었다. 숙소에 돌아왔더니 카심에게 전화가 왔다. 국경택시 요금이 4백달러로 뛰었다고 한다. 바로 어제까지만 해도 백달러. "어서 예약해라, 안 그러면 한정 없이 뛸 거다. 전쟁이 터지면 만달러까지 뛸지 모른다……"

전쟁 준비를 하는 건 그래도 가진 사람들이다. 없는 사람들, 거리의 아이들은 여전히 전쟁에 아랑곳하지 않고 광장에 나와 뛰어놀고 있다. 노라와 낸씨, 오마르가 있는 미셔너리즈 오브 채러티도 그럴 것이고, 올드바그다드의 아이들도 그럴 것이고, 국경택시 정류장 앞 모하메드네 식구도 그럴 것이다. 아, 물론 우리의 친구 카심과 하이달 또한 마음으로 불안해하고 있다. 호텔과 고층 건물에는 테이프를 가위표로 붙이고 있다. 폭격의 충격으로 유리창이 깨질 때 파편이 튀지 않도록 붙잡아두기 위해서라고 한다. 폭격만큼이나 폭격의 진동으로 유리파편에 맞아 다치는 이들이 더 많다고 하던가?

저녁에 모두 모여 회의를 했다. 누가 돌아갈 것인지, 언제 돌아갈 것인지, 어느 그룹이 돌아갈 것인지…… 처음부터 의지가 확고했던 한상진 팀장과 배상현씨, 유은하씨가 끝까지 남을 것이고, 주재일 기자가 2주 정도 더 머물 것이며, 임종진 기자도 더 남아 취재를 하겠다는 입장이다. 그리고 최병수, 최혁, 임영신은 내일 암만으로 나가겠다고 하고, 관광비자로 들어온 우리 그룹 또한 내일 돌아가게 될 것 같다. 나 또한 그룹비자로 묶여 있는 처지이니 돌아가야만 했다. 하지만 반드시 돌아올 것이다. 전에는 솔직히 마음 한편에 누군가 나를 설득해주기를, 혹은 상황이 나를 내몰아주기를 하고 바라는 약은 마음이 없지 않았다. 적어도 내 뜻으로 이라크를 빠져나가는 게 아니라고 스스로를 위안하며 말이다. 겁이 나서 달아나는 게 아니라며 말이다. 하지만 지금은 그런 마음이 전혀 없다. 전에는 내가 이 전쟁 앞에서 할 수 있는 일이 아무것도 없다고 생각했지만, 지금은 그렇지 않다. 이곳에 있는 것, 그것만으로 나는 할 수 있는 것을 다하는 것이다. 전쟁이 일어나더라도, 마지막일지 모를 누군가의 손을 잡고 있는 것.

전쟁은 일어나지 않을 것이다. 전쟁은 일어나지 않 는 다. _3월 16일

다시, 시작

어제 저녁 우리는 프레스쎈터 앞에 있는 티그리스강 다리를 촛불로 수놓았다. 행진을 한 뒤에는 그 아래 둔치로 내려가 촛불을 하나씩 강물로 떠워 보냈다. 날이 어두워질수록 검은 하늘과 검은 강물 위를 작은 촛불이 점점이 꽃잎처럼 흘러갔다. 어쩌면 어쩌면 핏물로 가득 찰지 모르는 티그리스는 아주 아름다웠다.

밤 열시쯤, 어렵게 구한 버스에 올랐다. 버스에 올라타기 전 하이달이 주머니를 뒤적이더니 열쇠뭉치를 꺼냈다. 열쇠를 하나하나 끌러내더니 그 열쇠고리를 내 손에 쥐여주었다. "디스 이즈 마이 하트." 나도 무언가를 주어야 할 텐데 미처 그런 걸 따로 준비하지 못했다. 주머니를 막 뒤져

보다가 손에 잡히는 게 있어 그걸 꺼내었다. 손가락만한 랜턴. 한국에서 떠나오던 인천공항에서 꼭 필요할 거라며 누군가 가방에 넣어준 것이다. "하이달, 이게 내 마음이야." 나는 다시 한번 하이달의 가슴팍에 얼굴을 묻은 채 흐느꼈다. 내 머리를 감싸며 울지 말라고 말하는 하이달의 눈가에도 눈물이 번지고 있었다.

버스가 떠날 때 카심도 하이달도 우리 숙소의 일꾼들도 우리가 보이지 않을 때까지 손을 흔들었다. 그리고 거리의 아이들, 호텔 앞에서 구두닦이를 하며 밝은 얼굴로 눈인사하던 하싼과 쎄자르도 흔들며 우리 버스 뒤를 따라왔다. 저희를 버리고 가는 줄도 모르고, 엄지손가락을 높이 들면서, "미스터, 굿! 미스터, 굿!"

암만에 도착한 것은 다음날 자정쯤. 열네 시간이나 걸렸다. 대부분의 시간을 웅크려 잠만 잤지만 이따금씩 눈을 떠 바라본 이라크 땅은 아름답고 슬펐다. 검은 하늘에 떠 있는 별, 끝없는 황색 사막, 그리고 양떼들…… 마음은 기댈 곳 없이 무너졌다. 산산이 조각난 가루처럼, 녹아내리는 진물덩어리처럼.

이곳 암만으로 돌아나온 지 다섯 시간째. 넋이 다 빠진 듯 껍데기만으로 멍하니 있다. 부디 다시 이라크로 들어가기 전에 전쟁이 일어나지 않기를, 아니, 전쟁이 일어나지 않기를…… 이래서는 안돼, 기운을 내야 한다. 당장 내일부터 비자를 얻을 길을 찾아봐야겠다. _3월 17일

94

요르단, 비

나는 무너졌고, 막혀 있다. 개전은 눈앞에 닥쳤다. 하지만 다시 이라크로 들어갈 방법은 캄캄하기만 하다. 미칠 지경이다. 어젯밤 영어를 잘하는 승로에게 부탁해 벽보를 여러 장 만들었다.

"이라크에 들어가고 싶습니다. 지금 당장 관광비자로라도 들어가고자 하는 분은 저에게 연락주세요. 다섯 사람 이상이 모여야 가능합니다. 가능할 때까지 기다리겠습니다. 한국에서 온 박기범. 전화번호 0000000."

휴먼실드가 모여 있는 숙소와 IPT 사람들이 주로 머무는 알 몬저Al Monzer 호텔을 찾아 눈에 띄는 곳마다 붙여놓고 돌아왔다. 암만에는 아직도 이라크 입국 비자를 기다리거나 이라크에 들어갈 방법을 찾는 외국 평화활동가들이 있을 것이다. 어떻게든 그룹비자를 채워줄 다섯 명만 모아지면 된다. 이제는 그룹비자라 해도 상관없다. 어차피 지금 상황에서 관광비자로라도 들어가려는 이들이라면 나올 것을 전제로 들어가려는 사람은 없을 것이기 때문이다.

한가닥 지푸라기라도 붙잡는 심정으로 한번 더 이라크 대사관을 찾았다. 혹시라도 상황이 바뀌어 비자를 내주지 않을까 기대했지만 역시 빈손으로 돌아왔다. 하지만 내일도, 모레도 대사관을 계속 찾아갈 것이다. 지금껏 이라크 당국의 정책은 수시로 바뀌었고, 도무지 안된다는 상황 속에서도 거짓말처럼 비자를 내주는 일이 이따금 있었기 때문이다. 너무나도 가고 싶다.

저녁때까지 연락을 취해온 외국인은 단 두 명. 스페인인과 영국인. 그러나 그보다 먼저 알아보아야 할 게 있었다. 오늘부터 이라크 쪽과 전화가 거의 되지 않으니 혹 다섯 명이 채워진다 하더라도 관광비자를 얻을 수 없는 상황이 벌어질 수도 있다. 다급한 마음으로 전화를 걸어보니 아니나 다를까 이라크 쪽과 연락이 끊긴 상태라서 지금은 다섯이 모아진다 해도 비자를 낼 수 없다는 대답이다. 오히려 그쪽에서는 전쟁이 코앞으로 다가왔는데, 지금 왜 들어가려 하느냐고 되묻기까지 했다.

요르단은 지금 바람이 많이 불고 비가 내린다. 조금 전 팀장이 CNN에서 본 뉴스를 전해준다. 전쟁상황과 다름없는 화면이 연이어 나오고 있다고, 아직 전면전은 아니지만 쿠웨이트에서는 이미 포를 쏘기 시작했다고, 부시가 공격 시각을 정했다고……

전쟁이다!

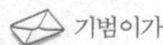 기범이가

미안해요, 엄마, 아빠, 형.

나는 그랬어요. 되기만 하면 다시 들어가려 했어요.

어제 받은 형의 편지, 아버지의 전화, 그리고 어머니의 전화. 나를 원망하는 형의 마음은 옳아요. 그래서 아무런 대꾸도 할 수 없었어요. 제발 소원이니 돌아오라는 말 외에 다른 말을 찾지 못하는 아버지에게 뭐라고 말씀드려야 할지 몰랐어요.

그리고 몸이 아파 잠을 이루지 못하는 어머니.

내가 하는 일이면 무엇이든 믿고 가슴으로 응원해주던 어머니가 처음으로 "기범아, 제발…… 기범아, 제발…… 엄마 좀 살려다오. 엄마가 평생을 얼마나 힘들게 살아왔니. 이제야 좀 마음 놓고 살려 하는데 기범아, 엄마는 어떻게 하니……" 그런데도 나는 속으로 눈물을 감추며 비자를 알아보러 다녔어요. 나는 정말 나 자신만 생각하는 나쁜 아들, 나쁜 동생이었어요. _3월 20일

공습이 시작되다

새벽 네시 오십분. 늦게까지 인터넷을 쓰고 숙소로 돌아오는 길, 한국에서 전화가 왔다. "공습이 시작됐대요. 한국 시간 열한시 삼십일분." 설마 했는데 기어이 바그다드로 미사일이 떨어졌다.

"일어나요, 일어나! 공습이 시작됐습니다!" 팀원들이 자고 있는 방마다 문을 두드렸다. 피로에 지쳐 쓰러져 자던 팀원들이 용수철처럼 벌떡 몸을 일으켰다. 눈앞이 아득해지면서 그동안 우리가 만나온 이라크인들 얼굴이 스쳐 지나갔다. 국경택시 정류장 건넛집 아이 모하메드, 올드바그다드에서 나를 집으로 초대해준 여인 메자르, 그리고 하이달과 카심. 장애 어린이집의 노라, 낸씨, 오마르…… 안돼, 죽지 마. 괜찮은 거지? 제발, 부디 그들이 잠든 곳 가까이는 아니었으면……

팀원들은 머리를 매만질 새도 없이 텔레비전 앞에 모였다. 숨 가쁘게 공습과 전쟁상황을 알리는 CNN으로 모든 눈과 귀가 모아졌다. 누군가는 눈을 질끈 감았고, 누군가는 울음을 터뜨렸다. 그리고 또 누군가는 눈을 부릅뜨고 뚫어지게 화면을 보았다. 바로 그때 동시다발로 숙소의 전화가 빗발치기 시작했다. 이곳 상황과 바그다드의 소식을 묻는 전화였다.

그 가운데 가장 많은 건 바그다드에 남아 있는 평화팀원 세 사람의 안전에 대한 것이었다. 이곳 암만 캠프에 발이 묶인 우리 또한 그것이 가장 걱정스러웠다. 특히 더 마음을 놓을 수 없는 건 인간방패로 폭격 예상 시설을 지키겠다고 들어간 상현이다.

경상도 사투리 진하게 쓰던, 미용재료 파는 일을 하다 가게도 아주 정리하고 왔다던 상현이라는 녀석이 있었다. 탤런트 박상면을 닮았다 해서 우리 사이에서는 "상면아, 상면아, 배상면!" 하고 부르던 친구. 스물여덟살.

"지는 그 비자로 들어갈 생각 없심더. 지는 거 안에 끝까지 남을 작정이기 때문에 그룹으로 들어가는 거는 안할랍니더. 우찌 됐든 지 혼자 끝까지 남을 수 있는 비자를 기다릴랍니더."

그때까지만 해도 개별비자를 받을 수 있는 가능성이라고는 없어 보였다. 그러던 때 팀에서는 일곱 명에게는 확실히 나오는 비자를 얻었고, 이라크에 가기를 원하던 이들은 그 일곱에 누가 들게 될지 알게 모르게 눈치를 보았다. 하지만 그 또한 결국 그룹비자, 상현이는 좋은 비자가 아니라면 관심이 없다며 그것을 스스로 포기했다. 그 비자로 먼저 다섯이 들어간 뒤, 나머지 다섯이 애써 관광비자를 마련하여 이라크 국경을 넘을 때도 녀석은 언제가 되더라도 끝까지 있을 수 있는 비자를 기다리겠다며 고집했다.

"행님, 휴먼실드가 들어가는 곳 중에 어데가 가장 위험합니꺼? 아니, 내는 그런 거 상관없다 아입니까. 후쎄인이가 인간방패를 자기들 정권에 이용해먹든, 진짜 자기네 총알받이로 써먹든, 어쨌건 그것도 전쟁을 최소화하고 싶다는 의지 아입니까? 내한테는 우쨌든 전쟁을 최소화하는 기 가장 우선입니더. 내는 누가 모래도 끝까지 있을 깁니더."

끝내 상현이는 우리가 떠나온 다음날 바로 노던 바그다드 파워 플랜트 Northern Baghdad Power Plant라는 발전소로 들어갔다. 지난 걸프전 때 열두 번이나 폭격이 있었다는 그곳.

티그리스에서 촛불시위를 마치고 바그다드를 떠나오기 전 저녁, 식당 밥상에서 녀석에게 전할 쪽지를 썼다.

"상현아, 사람들 다 떠나고 난 뒤 홀로 남아 몸 아프지 말고, 마음 물러 지지 마라. 내가 꼭 돌아올게. 우리는 여기에서 다시 만날 거야. 전쟁은 안 날 거다. 우리 시시하게 한국으로 돌아가자. 우리 아무 한 거 없이 시시하게 한국으로 돌아가서 내 마산에 가면 꼭 아구찜 사주라. 니 죽변에 오면 내가 죽변 대게 사줄게."

공습이 시작되고 하루가 지나 한상진 팀장과 유은하씨가 머무는 IPT 숙소(알 파나르호텔)로 어렵게 통화를 할 수 있었다.

"새벽에 굉음이 들렸다. 땅이 흔들릴 만큼 컸다. 두 사람은 아직 무사 하다. 거리에는 사람들이 거의 보이지 않고 간혹 자동차들이 최고 속도로 빠르게 지나간다. 일단 지금은 폭격이 멈춘 듯하다."

상현이도 오늘 파워 플랜트에서 나와 그이들이 있는 곳에서 같이 있다 고 한다. 아마 그곳에 들어가보니 생각한 것과는 많이 달랐던 모양이다. 그나마 다행.

지금 머무는 이곳 요르단 암만은 지옥이다. 바로 지척에서 폭격이 계속

되고 있지만 우리는 발이 묶인 채 몸도 마음도 함께 무너지고 있다. 아니, 지금 어디든 지옥 아닌 곳이 있을까? 바그다드야 말할 것도 없고 광화문이나 만석동, 조탑리 할 것 없이 눈을 뜬 자가 있는 곳이면 그곳이 바로 지옥일 것이다. 그게 어디 미국의 일반 시민들이 사는 땅이라고 해서 다를까? 우리는 이제야 비로소 눈을 떠 죽어가는 이들을 보고 있다. 그렇다면 눈을 뜨기 전, 이 죽음이 준비되고 있을 때 우리는 과연 무엇을 했는가? 지금이라도 똑똑히 보아야 한다. 그리고 할 수 있는 한 한시라도 빨리 이 미친 짓거리를 멈추게 해야 한다. 우리가 가진 것인 눈물과 촛불뿐일지라도, 작은 목소리를 모아 함께 외치고 기도하는 것만이라도……

지금 시각, 공습은 계속되고 있다. 모하메드, 하이달, 카심, 노라, 하싼, 카라르, 그리고 한상진 팀장, 은하, 상현아, 죽지 말고 살아다오. 부디, 제발.

암만에서 가진 집회

오늘 요르단에서 반전집회가 있었다. 지난주 민주노총에서 반전평화 민주노총 대표단 세 사람이 암만으로 들어왔는데 이 분들이 연락해주어 오늘 시위 소식을 알게 되었다. 무어라도 할 수 있으면 했는데 다행이었다. 워낙 이 나라는 피킷만 들고 나가도 외국인 경우에는 바로 추방하고, 이 나라 사람인 경우에는 발포를 하기도 한다 해서 우리가 할 수 있는 게 무엇이 있을지 참 막막했기 때문이다.

시위는 암만 곳곳에서 벌어졌는데 우리가 간 곳에는 사람들이 꽤 많이 모여 있었다. 벌써 시위를 시작한 사람들은 우리가 가는 방향과 거꾸로 바쁘게 돌아나오며 눈물을 닦고, 침을 뱉어냈다. 최루탄. 몇해 전부터는 한국에서 맡지 못하던 최루탄 내를 이곳 요르단에서 맡게 되다니.

사람들은 우왕좌왕, 최루가스가 별로 진하지 않은데도 우왕좌왕. 우리끼리라도 열을 지어 걷기로 했다. 한국에서 아이들이 그려 보내준 그림과 종이피킷을 가슴에 들고 앞으로 나아갔다. 우리 뒤로 금세 사람들이 모여들었다. "노우 워, 예스 피스!"라는 구호는 점점 더 커져갔다. 나는 들고 있던 아이들 그림을 곁에 있던 시민에게 넘기고 팔에 북을 매었다. 둥, 둥, 둥, 둥.

자연스레 우리 팀원들은 행렬의 맨 앞에 서게 되었고 그곳에 모인 시위대를 지휘하는 구실을 맡게 되었다. 격해진 사람들(대부분 팔레스타인인이거나 이라크인)이 저지선을 만들고 있는 군인들에게 돌을 깨 던질 때는 당황스럽기도 했다. 그럴 때는 오히려 우리가 격해진 사람들을 진정시키며 대오를 다시 추슬러야 했다. _3월 21일

우리 군을 이라크에 보내지 마라

한국에서 들려온 소식에 따르면 국회에서 한국군 파병을 결정하는 날이 하루 앞으로 다가왔다고 한다. 오늘 오전 한국이라크반전평화팀은 민주노총의 반전평화 대표단과 함께 성명을 준비해 요르단의 한국대사관 앞으로 갔다. 한국정부의 파병 결정을 철회하라는 간곡한 바람. 전쟁의 공범이 되지 마라, 이라크에 총을 겨누는 일은 바로 이곳에 와 있는 우리에게 총을 겨누는 일과 같다, 우리 군을 이라크에 보내지 마라……

어젯밤과 오늘 아침 사이에 팀원 넷이 한국으로 돌아가는 비행기를 탔다. 이제 요르단 암만 캠프에 모두 여섯, 바그다드에 셋이 남았다. 다시 마음을 다잡아야 한다. _3월 23일

한국대사관 앞 촛불시위

며칠 미루어지던 한국군 파병 국회동의안 처리가 다시 오늘로 예정되었다는 소식을 아침에 들었다. 이곳에서 우리가 세우고 있던 계획은 4월 2일로 예정된 파병 국회동의안 처리 날짜에 맞추어 한국대사관 앞에서 시위를 하는 것이었다. 국내 상황이 바뀐 만큼 우리 계획도 앞당겨야 했다.

역할을 나누어 바쁘게 움직였다. 외국 평화활동가들이 자주 드나들 만한 호텔이나 숙소를 찾아다니며 집회 안내문을 붙였고, 연락처를 아는 이들에게는 따로 전화를 걸어 오늘 집회의 뜻과 내용을 알렸다. 몇사람은 암만에 와 있는 기자들에게 따로 연락했고, 또 몇사람은 집회에 필요한 세세한 물품을 챙겼다. 피킷, 촛불, 마스크 등.

우리가 또하나 준비한 것은 집회가 끝난 뒤에 자리를 함께한 국제 평화활동가들을 우리 숙소로 초대해 모임을 갖는 일. 집회를 마치고 돌아오면 바로 밥을 먹을 수 있게끔, 손이 모자란 가운데서도 몇사람은 장을 봐와 음식을 준비했다.

저녁 여섯시, 날이 흐려 일찍 어두워졌다. 대사관 앞에는 요르단 경찰

한국 정부와 국회의 파병 결정을 앞두고 요르단의 한국대사관 앞에서 집회를 가졌다.

들이 곳곳에 있었고, 박홍철 대사 서기가 나와 있었다. 그리고 우리보다 먼저 나온 몇몇 취재진과 국제 평화활동가들. 거기에 우리 팀 아홉 사람이 가세하니 금세 긴장감이 감돌았다(우리 팀은 오늘 막 한국에서 온 신성국 신부와 대학생 김하운씨가 더해졌고, 정식 팀원은 아니지만 우리 팀과 숙소를 함께 하며 동행취재를 하는 방송제작팀 두 명까지 모두 아홉이었다).

N, O, W, A, R을 한 글자씩 써넣은 마스크로 다섯 명의 입을 가렸고, 「어린이와 평화」 그림과 최병수 화가가 한국으로 돌아가기 전에 그려놓고 간 「메두사 부시」 그림, '이라크 공격 반대' '한국군 파병 반대'를 써넣은 피킷을 하나씩 들었다. "우리는 지금 바그다드에 있습니다. 한국군은 우리에게 총을 겨누지 마십시오."

줄을 맞추어 서는 사이 외국인 평화활동가들이 하나둘 늘어났다. 우리 사이에 휴먼실드로 참여한 일본인 히로시 이마바와 영국인 로씨 데이비스가 와서 섰다. 스스로를 사빠띠스따^{Zapatista}민족해방군이라고 밝힌 멕시코인 띠오샤 보조르께와 휴먼실드로 온 아르헨티나인 호드리고도 와서 섰다. 그리고 우리 줄 앞에는 한국 언론뿐 아니라 각국의 외신이 또 한줄을 이루었다. 우리보다 몇곱이나 더 많은 수로.

임영신씨의 사회로 집회를 시작하며 우리는 먼저 묵념을 했다. 여느 때 가진 것보다 더 길고 무거웠던 묵념. 묵념을 마친 뒤 우리는 맨 오른쪽에 선 사람부터 한 사람씩 앞에 나와 초에 불을 붙이며 이야기했다. 먼저 최혁 선배가 나섰다. "정말로 미안합니다, 이라크인에게 미안합니다." 이렇게 말문을 연 최혁 선배는 마침내 울먹이며 한국 국회에 호소했다. 다음 하운이가 촛불을 이어받아 이야기했고, 신부님이 이야기했다. 그사이에도 조금 늦게 온 프랑스인이 우리 대열 사이에 와서 섰고, 일본인 둘과 스페인 사람, 그리고 이 나라 사람으로 보이는 아랍인이 와서 섰다. 촛불은 이들에게도 이어졌다. 이들 또한 앞에 나서서 영어로, 일어로, 불어로, 스페인어로 이야기했다. 그들이 만나고 온 이라크인을 떠올리며, 저마다 생각하는 전쟁의 본질을 밝히며 부디 한국 정부가 이 전쟁에 동참하지 말 것을 말했다.

시간이 지나면서 늦게 도착한 외국 평화활동가들이 하나둘 늘어났고, 우리가 선 줄도 옆으로 더 길게 이어졌다. 한국대사관 앞의 이 작은 집회는 어떻게 입소문을 탔는지 시간이 지날수록 무리를 크게 짓더니 어느 때부터인가는 한국인인 우리보다 훨씬 많은 외국 평화활동가들이 자리를 채웠다. 늦게 온 외국인들까지 모두 초에 불을 붙여 간절한 이야기를 하고 난 뒤, 내게 마지막 차례가 돌아왔다.

"저는 한국에서 왔습니다. 저는 한국에서 아이들에게 들려주는 글을 쓰는 사람입니다. 저는 단지 아이들을 사랑하고, 아파하는 아이들 곁에 있겠다는 마음으로 이곳에 왔습니다. 그리고 지난 2주 동안 바그다드에 들어가 아이들을 만났습니다. 모하메드, 알리, 까라르, 하싼…… 어쩌면 어제 텔레비전에서 본, 피범벅이 되어 거적에 덮인 채 들것에 실려가던 그 아이가 내 어깨에 매달리던 그 아이인지 모릅니다. 그리고 지금도 바그다드에는 상진이 형과 은하, 상현이가 남아 있습니다……"

어떻게 말끝을 맺었는지 모르겠다. 제발 우리 군을 보내지 말라고, 우리 친구를 죽이는 일에 나서지 말아달라고 말끝을 흐렸던가?

그뒤 모두 함께 부른 노래. "우리의 소원은 평화, 꿈에도 소원은 평화—" 어둠은 아주 짙었고, 우리가 밝힌 초는 선명하게 빛났다. 손을 맞잡은 우리의 간절함만큼이나 또렷하게 타올랐다.

모든 순서를 마친 뒤 우리가 밝히고 있던 초를 대사관 담장 위에 하나씩 세워놓았다. 부디, 이 간절함이 내일 한국 국회에까지 닿을 수 있기를.

촛불시위에 동참한 외국 평화활동가들과 함께 자연스레 우리 숙소로 돌아왔다. 우리로서는 손님을 초대한 입장이어서 좀 과하다 싶을 정도로 많은 음식을 정성껏 내었다. 미역국에 불고기, 호박부침, 두부부침, 샐러드와 과일, 그리고 아껴 먹던 김치와 깍두기, 장아찌까지.

서로 돌아가며 인사를 다시 했고, 푸짐하게 차린 음식을 맛나게 먹었다. 비록 말은 잘 통하지 않았지만 여기 암만에서 함께 만난 것만으로도 반가웠다. 그 가운데에는 전에 만나 낯익은 얼굴도 꽤 있었다. 바그다드에서 일주일 동안 평화 행진을 한 승려 네 분, 우리가 바그다드를 떠나기 전 날 티그리스강에 모여 촛불시위를 하자고 제안하고 준비하던 바로 그분들이다. 그리고 바그다드 숙소 앞에서 길을 묻던 일본인 저널리스트 마사끼, 암만으로 나오는 버스를 함께 탄 아르헨티나 청년 호드리고와도 반가워하며 인사를 다시 나누었다.

어느정도 인사를 마치고 우리는 앞으로의 활동에 대한 바람을 이야기했다. "우리는 모두 전쟁을 막아보겠다고 이 땅에서 만난 사람들이다, 어쨌든 전쟁은 일어나고 말았고 불가피하게 우리는 이라크 국경과 맞닿은 암만에 나와 있다. 우리가 알기로 바그다드에 들어갔다가 이곳 암만으로 나와 있는 이들이 적어도 삼사십명은 될 텐데 앞으로 우리가 꾸준히 만나며 함께 활동했으면 좋겠다. 우리는 각국의 평화활동가들과 연대해나가기를 진심으로 바란다……"

여러 나라 평화활동가들은 이 제안에 다들 반색했다. 이곳 암만에서 반전평화활동을 위한 국제연대를 만들어내는 일은 생각보다 수월하게 진행되었다. 모임 이름은 평화연대Peace Coalition. 그리고 당장 돌아오는 토요일부터 로마원형극장Roman Amphitheatre 앞을 시작으로 매주 촛불시위를 갖기로 했다. 기대 이상의 결과였다. _3월 27일

한국에서 반전평화 집회에 참여한 어린이들. "이라크에는 12만의 어린이가 있어요."(위) 로마원형극장에서 연 '평화연대'의 반전시위에 참여한 어린이들(아래).

다시 이라크로

암만 시내에서 '평화연대' 집회를 사흘째 하던 날, 공습과 함께 전쟁이 시작된 지 열흘째가 되던 날이었다. 기어코 이라크 대사관을 설득해 비자를 받아내었다. 비자 발급은 더이상 가능하지 않다는 게 이곳 요르단에 모인 평화활동가들의 판단이었지만 그래도 날마다 대사관을 찾았다. 아예 대사관 출입을 막는 문지기 앞에서부터 중간관리자에게도, 마침내는 대사를 만난 자리에서도 무릎을 꿇고 다리에 매달리며 비자를 내달라고 애원했다. 제발, 제발 이라크로 들어갈 수 있게 해달라. 그곳에 남겨둔 친구들 곁으로 가고 싶다. 묵묵부답인 그이들에게 울부짖으며 화를 내기도 했다. 내가 가려는 곳은 다른 곳도 아닌 바로 당신네 나라이다. 당신은 식구들을 남기고 나와 있으면서도 겁이 나 그들 곁으로 못 가고 있지 않느냐, 나를 그곳으로 보내달라. 내 목숨에 대한 책임을 당신네에게 묻지 않겠다. 나는 바로 당신네 나라 사람들과 운명을 함께하고 싶은 것뿐이다. 그이들 앞에 무릎을 꿇고 호소하면서 나는 카심과 하이달, 모하메드, 하싼을 생각했다. 나는 지금 대사관 관리들 앞이 아니라 국경 너머에 있는 내 친구들 앞에 무릎을 꿇고 있는 거라 생각하면서, 몸뚱이가 갈갈이 찢겨 죽어가는 그 목숨들 앞에 꿇는 거라 여기며. 마침내 눈물범벅이 된 내 얼굴을 보며 이라크 대사가 말했다. "당신은 기자인가?" "아니, 기자는 아니다." "그러면 당신은 의사인가?" "아니, 의사도 아니다." "그런데 당신이 무슨 일을 할 수 있겠다고 그토록 저 땅으로 들어가겠다는 것인가?"

답답했다. 그래, 내가 할 수 있는 일은 아무것도 없다. 솔직히 고백할 수밖에. "그렇다. 내가 할 수 있는 일은 아무것도 없는지 모른다. 하지만 쓰러진 아이가 있다면 내가 들쳐 업고 뛰겠다. 피 흘리는 아이가 있다면 아이의 피라도 닦아주겠다. 제발 내가 당신네 나라 국경을 넘을 수 있게 해달라!" 끝내 내 억지가 이라크 대사를 이기고 말았다. 나말고도 비자 발급을 원한 이들이 더 있었기에 나를 포함해 여섯 사람의 비자를 받았다. 출발은 그날로부터 이틀 뒤.

이틀 사이 팀 안에는 비장함이 감돌았다. 팀장을 비롯한 몇몇 이들은 반대를 하기도 했지만 끝내 뜻을 꺾지는 못했다. 그 뒤부터는 모두 손발이 하나가 되어 이라크로 들어갈 준비를 했다. 지금 이라크로 들어가는 것은 개전 전의 상황과는 판이하게 다르다. 당장 어떤 일이 닥칠지 모르는 일. 교전 속에서 어떻게 홀로 남겨질지도 모르는 일이며 그러한 순간이 되었을 때 내 한몸을 오로지 나 혼자 힘으로 건사해야 한다. 몇사람은 암만 시내를 돌아다니며 비상식량과 약품 들을 준비했다. 몇사람은 충분할 만큼의 손전등과 양초, 비닐 옷과 손칼 따위를 구하러 다녔다. 그리고 몇사람은 이라크 국경 너머까지 우리를 데려다줄 운전기사를 찾아헤맸다. 운전기사를 찾는 일은 만만치 않았다. 지금은 돈을 아무리 많이 준다해도 이라크까지 가겠다는 운전기사가 나서지 않았다. 이라크가 고향이라는 기사를 겨우 찾을 수 있었다. 그리고 마지막 상황이 닥쳤을 때 연락할 수 있을 만한 몇몇 연락처를 다시 정리했다. 카심과 하이달의 주소, 전화번호, 이라크에 있는 한국 대사의 전화번호, IPT가 머무르고 있다는 숙소의 연락처, 그리고 암만에 있는 팀 본부의 연락처 따위. 그리고 저마다 가지고 온 돈을 모두 내놓았다. 어떠한 상황이 닥칠지 모르나 그곳도 사람이 사는 곳, 돈을 써서 해결할 수 있는 상황이 있을지 모른다. 팀장은 내게 단단히 마음의 준비와 당부를 주었다. 국경을 넘는 바로 그 순간부터 위험이 시작된다는 것, 지금으로서는 미군이건 이라크군이건 양쪽 어디에서도 나를 직접 사격할 수 있다. 어느 쪽의 경계병을 만나게 되건 내가 가장 급하게 해야 할 일은 그들에게 나를 설명하는 일이다. 평화활동을 하러 왔다, 나에게는 아무런 위협 무기가 없다……

이틀 동안 그 어떤 준비보다 더 많은 시간을 써야 한 것은 사실 한국에서 걸려오는 전화를 받는 일이었다. 정신이 없었다. 안타까움 속에서도 모든 걸 걸고 지지해주던 이들조차 이것만은 아니라며 당장 그만두라고 했다. 몇은 울며 말을 잇지 못했고, 몇은 정신이라도 잃은 듯 제 목소리가 아닌 쇳소리로 끝없이 욕을 퍼부었다. 가지 말라고, 지금 거길 왜 가느냐고. 남겨진 이들은 어떻게 하느냐고. 어떻게, 어떻게, 어떻게 하지? 미안해요, 미안해요. 수화기를 사이에 두고 함께 엉엉 울기만 했을 뿐이었다. 아직 식구들에게는 직접 얘기하지 못했는데 어떻게 해야 하나? 내가 다시 이라크로 들어간다는 소식이 이미 한국에서 아홉시뉴스에 나갔다고 했다. 보도는 아주 선정적으로 마치 당장 죽는 일만 남은 것처럼 편집이 되어 나갔다는 것이다. 어머니는 그것을 본 뒤로 지금껏 쓰러져 있다는데.

떠날 준비를 모두 마치고 난 새벽, 바그다드에 있어야 할 상현이가 몸에 피 칠갑이 되어 숙소 문을 열고 들어섰다. 믿을 수 없는 일, 도대체, 어떻게, 상현이가 여기에 와 있는 거지? 그리고 그 피는? 흥분을 가라앉힐 새도 없이 모두들 상현이 둘레로 모여 이야기를 들었다. 상현이는 그 안에 남아 있던 이들의 결정에 따라 전쟁 상황을 바깥으로 알리러 나오는 길이라고 했다. 몇몇 외국인과 함께 비밀리에 국경택시를 구해 탔고, 지난밤 출발했는데 타고 있던 차가 폭격에 스쳐 상현이만 그 정도로 멀쩡하고 나머지 다섯은 모두 병원으로 실려갔다는 것이다. 상현이 안정이 우선이었지만, 상현이 또한 내일 내가 그곳으로 들어가기로 했다는 얘기에 놀라움을 감추지 못했다. "행님요, 지금 거기는 말이지예……" 최대한 정신을 곧추 세워 상현이가 전해주는 그곳 상황들을 들었다. 온몸이 긴장이다. 날이 밝으면 출발이다, 폭격의 그곳.

아버지, 형 그리고 엄마

집에 전화 드리는 일이 가장 걱정이었다. 나와 함께 들어가려는 다른 후배 팀원들에게는 꼭 식구들과 의논하고 동의를 얻어야 한다고 말을 하면서도 정작 나는 아직 집에 말하지 못하고 있었다.

지난 두 번의 입국 때하고는 다르게 아버지는 낯설 정도로 의연했다. 아니, 의연하다기보다 아주 조심스러우셨다. 전 같았으면 내가 무슨 말을 꺼내기 전부터 "이라크로 다시 들어가느냐, 가지 마라." 하는 말부터 먼저 꺼내셨을 텐데 아버지는 이런저런 안부만 더듬어 물을 뿐이었다. 내게 그 말이 나오지 않을까 조마조마해하고 계시다는 건 알았지만 먼저 묻지는 않으셨다. 아버지 목소리는 떨렸다. 나 또한 숨을 죽여가며 간신히 입을 떼어 말씀드렸다. "잘 다녀올게요." 그 순간부터 아버지의 숨소리에서 울음기가 들려왔지만 앞서 두 차례의 입국 때처럼 안된다고, 안되는 일이라고 소리를 지르시지는 않았다. 그저 마지막 부탁이라며 가지 않으면 안되느냐고 나직이 물으셨을 뿐이다. 내가 대답하지 못하고 있으니 아버지는 건강하라고, 조심하라고 그 말씀만 몇번이고 되뇌셨다. 아, 아버지. 그리고 울먹이시던 마지막 목소리. "기범이 너 밉다, 진짜 밉다. 가지 마, 가지 마, 건강해라, 거기에 들어가더라도 더 위험한 데는 가지 마." 하시던 아버지와 전화를 끊고 난 뒤 마음에 차오르는 그것을 무어라 말해야 하는지 모르겠다. 언제 아버지와 이런 떨림으로 이야기를 나누어본 일이 있었던가. 아버지, 미안해요.

형의 사무실로 전화를 걸었다. 형은 얼마나 내가 미울까? 형은 다 짊어져야 할 텐데. 형이 다 지어야 할 텐데. 어머니가 더 아파지기라도 하면, 아버지가 몸에 독이 되는 술을 자꾸만 드시게 되면 형은 그 슬픔까지 다 지어야 할 텐데. 형의 사무실 전화번호를 누르며 어떻게 말해야 하나, 어떻게 해야 하나 눈앞이 아득했다. 하지만 우리 형, 아주 침착했다. 어제 뉴스도 보았고 인터넷 게시판도 보았다면서 대충은 짐작하고 있었다. 형은 내가 이리로 온 뒤 한국으로 보내는 글이나 관련한 인터넷 글이라면 귀퉁이에 붙은 것까지도 모두 살펴 기억했다. 이곳의 하루하루 사정은 물론이고, 내가 이라크에서 만난 아이들의 이름까지. 형은 차분하게 물었다. 누구누구와 가는지, 어떻게 가는지, 가면 어떻게 활동할 건지…… 왜 말리고 싶지 않을까. 하지만 형은 말리는 말은 하지 않았다. 그 다음부터인가? 애써 차분함을 유지하던 형 목소리가 젖어드는가 싶더니 뜬금없이 물었다. "기범아, 나 좋아해?" 그리고 시작한 형의 이야기는 갈피 없이 흔들렸다. 아주 오래 전 어렸을 적 이야기, 한국에서 마지막 나누던 이야기. 가쁜 숨, 그건 그저 울음을 감추려고 아무 말이나 하는 것 같아 보였다. "형 울고 있는 거야? 울지 마." 이내 전화기 너머에서는 꺽꺽 숨을 참는 소리가 커졌고 끝내 형은 큰소리로 울기 시작했다. 형이 울다니, 내 앞에서 형이 울다니. 언제나 틈이 없어 보이고 자존심 강한 우리 형이 그 사람 많은 사무실에서 그렇게 무너지듯 울다니. 숨을 들이켜는 소리, 콧물 들이켜는 소리. 형은 그렇게 눈물 콧물에 뭉개지는 소리로 내 이름을 부르다가 그대로 전화를 끊었다.

어제 다시 이라크로 들어갈 수 있는 비자를 받는 순간부터 나는 내 마음만 생각하고 있었다. 평온, 평화. 그대로 저 너머 땅으로 갈 생각만 했다. 신기할 정도로 아무것도 무서운 게 없고, 겁나는 것도 없었다. 벌써 마음으로는 땅 위가 아니라 공기 위라도 걷는 것처럼 그리 가고 있었다. 아파할 사람들은 생각하지 못했다. 나만 두려움을 이기면 된다고 생각했다. 엄마, 아빠, 형, 동생 그리고 사랑을 나누어온 벗들이 감당해야 할 아픔 같은 건 헤아리지 못했다. 아버지의 목소리 그리고 형의 울음, 그제야 비로소 마음이라는 것이 갈기갈기 찢겨나가는 걸 느꼈다. 아직 어머니하고는 통화하지 못했다. 엄마에게는 어떻게 말을 하나? 안 그래도 엄마는 내가 한참 비자를 얻겠다고 대사관을 찾아다니던 엊그제 전화를 걸어왔다. 그때까지만 해도 이라크로 다시 들어가는 일은 나조차 불가능하다고 여기고 있던 터. 그런데 엄마는 어떤 기운에서 불안함을 느꼈는지 다짜고짜

애원하듯 말했다. "위험한 데는 가지 마, 더는 위험한 데 가지 마. 엄마랑 약속해, 제발 약속해줘. 제발이야, 제발. 엄마는 어떻게 살라고……" 그때 만 해도 어차피 못 갈 거라고 여겼기에 걱정 마라며 내가 오히려 엄마를 안심시킬 수 있었다. 아, 이제 엄마에게는 어떻게 말을 하나? 엄마!

✉ 기범이가

나는 지금 마음이 아주 좋아요. 이 마음, 이게 정말 평화이고 사랑인가보아요. 잘 다녀올게요.

나는 지금 마음이 아주 좋아요. 따뜻한 햇살 같기도 하고, 선선한 바람 같기도 하고, 아무것도 없이 비워진 것 같기도 하고…… 잘 다녀올게요. 고마워요, 고맙습니다.

그래요, 저는 처음 이곳으로 떠나올 때부터 목숨을 걸겠다는 결연한 의지가 있었던 건 아니지만 목숨을 두고 이리저리 재지도 않았어요. 전쟁이 일어나지 않기를 바랐어요. 미사일과 총탄 아래 죄 없는 목숨들이 죽지 않기를 바랐어요.

저는 약한 사람입니다. 약하고 겁이 많은 사람입니다. 전쟁, 생각만 해도 끔찍하고 무서웠어요. 무서운 마음에 눈을 질끈 감지만 그렇게 눈을 감으면 포성과 불길 속에서 공포에 떨고 있을 사람들이 떠올랐어요. 피 흘리며 죽어가는 사람들 모습이 떠올랐어요. 잿더미 위에서 울고 있을 아이들 얼굴이 떠올랐어요. 아마 그들 대부분도 저처럼 약하고 겁이 많겠지요? 그래서 왔습니다. 아무 죄 없이 고통과 공포, 죽음 아래에 놓인 또다른 약한 이들 곁에 함께 있고 싶어 왔습니다. 제발 전쟁이 일어나지 않았으면…… 하지만 전쟁은 일어났고 사람들이 죽어갑니다. 지금도 많은 이들이 죽거나 다치고 있어요. 삶의 자리가 엉망이 되고 있습니다.

내가 무슨 큰일을 할 수 있으리라고는 생각하지 않아요. 피투성이가 된 아이가 있다면 그 피라도 닦아주고 싶어요. 무서움에 떨고 있는 아이가 있으면 그 애 꼭 안고

114

싶어요. 다치고 죽어가는 아이가 있으면 들쳐 업고 뛰기라도 하고 싶어요. 그래서 다시 들어가려 합니다.

저를 사랑하는 식구와 동무들을 생각하면 절로 눈이 감깁니다. 위험한 곳으로 스스로 들어가는 일이 그들을 얼마나 가슴 아프게 할지 모르지 않기 때문입니다. 많은 분이 더욱 지혜롭게 판단하도록 많은 말씀을 해주셨고, 또 많은 분이 '물러설 줄 아는 용기'를 일러주기도 했습니다. 하지만 저는, 내가 나를 이기지 못했습니다. 죽어가는 이들을 보며 어찌할 줄 모르는 내 마음을 견디지 못했습니다. 그래서 갑니다. 피 흘리는 그들 곁으로 가려 합니다. 끝내 나는 약해서 가는 것이고, 나는 내 마음밖에 몰라서 가는 거예요. 사랑하는 식구와 동무들, 미안해요. 아파하며 걱정하는 마음 저버릴 수밖에 없어서 미안해요. 이 전쟁이 끝나는 날 탈 없이 돌아올게요.

평화와 사랑을, 그리고 용서를 바랍니다. _3월 31일

 아버지가

오늘은 4월 1일.

만우절이던가. 오늘만큼은 나 개인적 주변의 사실이 거짓이었으면 하는 마음이 간절하였으나 그렇지가 않았다. 오전 열시가 조금 지나려는 순간 집 안에 전화벨이 여느 때와는 달리 급하면서도 적막을 울리는 듯했다. 받아든 전화기에서 들려온 목소리는 요르단에 있는 기범이. "아. 기범이구나." 하고 내심 반가우면서 또한 두려움으로 대화가 시작되었다.

"아버지예요?" "그래, 나다. 기범이구나. 얼마나 힘이 들고 고생하겠느냐, 식사는 잘 하고 있느냐?" "네. 잘 하고 있어요."라고 말하면서 말을 이어가던 기범이의 입에서 머뭇머뭇 "저 오늘 다섯시에 이라크로 들어가요."

죄 없고 천진난만한 아이들이 전쟁 폭격 속에 피 흘리며 쓰러져가는데, 이들을 안

고 업고 달리기라도 하여야 한다고.

순간 이 아비는 심장이 멈추는 듯하여 말을 더듬거렸다.

"뭐라고? 어딜 간다고? 안된다. 그러지 말자. 기범아. 살아서 건강해야 반전이고 평화운동이고 이룰 수 있는 거란다." 하며 애원하였건만. 결심이 끝난 그에게 마음만 상하게 할 것 같아 더이상 만류치 못하고 "주의해라. 모든 것 네가 알아서 하거라. 니가 사랑하는 형한테 전화를 걸어주렴." 하고 전화 대화는 끝이 났다.

이 순간부터 초조, 안절부절, 서 있는 것도, 앉아 있는 것도 아니고 서성거렸다.

지난 2월 22일인가, 글을 쓰기 위해 저 멀리 경북 울진군 산속 조그마한 마을 한구석에서 있던 기범이가 갑자기 상경했다. 마침 나는 멀리 다른 장소에 있었고, 기범이는 외국에 다녀올 일이 있어서 인사를 왔다는 것이었다. 나는 글을 쓰기 위하여 현지 체험을 하기 위해 어디 외국에 잠시 다녀오는 거로 생각하고 "그래 잘 다녀오고 건강해라." 하고 전화로만 통화하고 떠나는 비행장은커녕 얼굴도 보지 못하였다.

그러나 그날 기범인 바로 요르단으로 들어가 27일경 이라크로 입국하였던 것이다. 그게 반전평화운동을 하기 위하였음을 그때야 알게 되었다.

화가 나기 시작했다. 그리고 불안하기 시작했다. 그러던 중 3월 19일인가. 사정이 있어 기범 일행이 요르단으로 다시 넘어오게 되었던 모양이다. 그 소식을 들은 이 아비는 다소 안심을 하였으나, 오늘 4월 1일 다시 이라크로 들어간다니 바그다드 시가전이 목구멍에 와 있는데 이걸 어찌하여야 하겠는가.

아버지 생각엔 기범이가 그저 좋은 훌륭한 동화작가로서 큰 덕을 쌓아나가길 바랐고, 또 그러려니 했는데 이게 웬 말인가. 지가 쓴 책의 제목처럼 문제아가 아닌가, 문제아도 큰 문제아.

이미 전쟁이 터진 마당에 이라크 현지에 들어가서 그 와중에 무엇을 어떻게 하겠다는 걸까. 부디 살아서 평화를 위한 길에 다른 방법을 찾았으면 기도하는 마음이다. 제발 아무 일 없거라.

파병을 반대합니다. _ 4월 1일

116

박기범님은 이라크 국경을 넘었습니다

　4월 1일 새벽 이라크로 향했던 사람들 중에 김하운님과 신성국 신부님이 결국 이라크 국경을 넘지 못하고 요르단 암만으로 되돌아왔습니다. 김하운님이 이스라엘을 거쳐 요르단으로 들어갔는데, 그때 여권에 찍힌 이스라엘 비자 스탬프가 문제가 되었다고 합니다.

　한국이라크반전평화팀 내에서 논의할 때에도, 만약 이라크로 향하는 과정에서 문제가 발생하면 함께 돌아와야 한다는 논의가 되기도 했지만 결국 박기범님은 이라크 국경을 넘었습니다.

　아직까지 이라크에서 연락은 없었습니다. 만약 박기범님이 이라크 바그다드에 도착하면 한국인 기자와 만날 약속이 있는데 그렇게 되면 그때 한번쯤 전화연락을 할 수도 있겠다고 요르단에 있는 팀원이 전했습니다.

　_ 한국이라크반전평화팀 지원연대

포화 속의 바그다드

　바그다드에 잘 도착했다. 여섯 명이 함께 떠나려 했지만 예상치 못한 일로 결국 이라크 국경을 혼자 넘었다. 오는 도중 고속도로는 곳곳에 폭격을 맞은 흔적이었다. 버스가 뒤집혀 있기도 했다. 요 며칠 가장 위험한 곳은 바그다드와 암만을 잇는 고속도로이다. 지금까지 서른여덟 대의 차량

이 고속도로 위에서 사고를 당했다고 한다. 내가 들어올 때도 연달아 터지는 네 번의 폭격을 보았다. 바그다드로 들어오니 차라리 마음이 놓인다.

지난 두 번의 입국으로 낯익은 거리들. 나는 일단 알 파나르Al Fanar 호텔로 들어와 IPT 사람들과 함께 머물고 있다. 내가 들어오기 전날 한상진 팀장이 추방당했기 때문에 이곳에 있는 평화팀은 유은하씨 혼자였다.

나는 IPT 회원도 아닌데다가 아직 당국 책임자의 허락을 얻지 못했기 때문에 알파나에 머물 수는 없었다. 하지만 당장 갈 곳이 없는 나는 유은하씨의 도움으로 첫날 밤을 이곳에서 보낼 수 있게 되었다. 7층 방을 얻었다. 높은 층일수록 위험하다 하지만 남아 있는 방이 그곳밖에 없었다. 처음 보는 IPT 회원들은 모두 친절했다. 내가 7층 방을 얻었다는 말을 듣고는 한결같이 걱정해주었다. 방에 들자마자 유리창에 테이프를 붙였다. 솔직히 겁이 많이 난다.

이튿날 나는 제이드(IPT를 관리하는 이라크 당국의 책임자)에게 허락을 받아 카심과 하이달을 찾아나섰다. 이곳에서는 제이드의 허락 없이는 누구도 알 파나르호텔 바깥을 나가지 못한다. 어느 누가 평화활동가를 위장한 침략군의 스파이인지 모르는 상황이기 때문에 외국인이라면 누구나 이라크 당국의 관리를 받아야 한다. 안타깝게도 카심은 만나지 못했다. 하이달의 주소를 보여주며 택시기사에게 찾아달라고 했다. 헤매고 헤매다 하이달의 집을 마침내 찾았다. 터지는 눈물, 하이달은 입으로는 왜 왔느냐고 물었지만 반가움을 감추지 못하고 아프도록 내 몸을 끌어안았다. 하지만 차 한잔 제대로 마실 시간조차 없었다. 집을 찾는 노력으로 허락받은 시간이 다 되었기 때문이다. 알 파나르로 돌아가 다시 제이드의 허락을 얻어 오후에 다시 만나기로 했다. 하이달은 잡은 손을 놓지 않으며 점심은 꼭 자기 집에 와 먹으라 한다. 기쁘다, 하이달을 만나다니!

차를 타고 움직이는 동안 타흐리르광장도 지나고, 알 카리지호텔도 지났다. 사람들은 거리를 거닐고, 장사를 하기도 한다. 공터에서는 아이들이 맨발로 축구를 하기도 한다. 그냥 일상 같다.

세시에 다시 하이달을 만났다. 하이달의 여동생도, 조카도, 어머니와 삼촌도 함께 나와 반겨주었다. 하이달은 음식을 차려주며 이것밖에 없어 미안하다고 했다. 하이달은 김광석 테이프를 틀어주며 이 노래를 들으면서 나를 생각했다고 한다.

저녁에는 미셔너리즈 오브 채러티에 갔다. 앞서 말한 것처럼 나는 알 파나르에 머물 자격이 없기 때문에 앞으로 어디에서 지내야 할지 정해야 했다. 나 스스로 계획을 세우고 대책을 마련해야 한다. 우선 가장 유력한 가능성은 이라크 당국에 의해 폭격 예상 시설로 보내지는 것, 그것은 원치 않는다. 폭격이 두렵기는 하지만 그것이 이유는 아니다. 그랬다면 다시 들어오는 일 따위는 없었을 것이다. 하지만 폭격 예상 시설에서 그저 죽음의 차례를 기다리고 싶지만은 않다. 누군가, 나처럼 약한 누군가의 곁에 있고 싶은 것이다. 겁많은 누군가의 손을 잡고, 혹은 겁에 질린 아이를 끌어안으며. 그래서 생각한 것이 지난번에 다녀가 인연을 맺은 미셔너리즈 오브 채러티이다. 그곳으로 가면서 이러한 내 처지와 마음을 담아 수녀님께 긴 편지를 썼다. 빼빼 마른 동화작가를 기억하시느냐고, 나는 오로지 여기 아이들을 만나러 다시 들어왔다고, 수녀님이 허락해주지 않으면 폭격 예상 시설로 갈 수밖에 없다고…… 죽는 건 두렵지 않지만 그렇게 가서 폭탄받이가 되고 싶지는 않다고, 아이들 곁에 있게 해달라고.

　다행히 수녀님들이 반겨주었다. 아이들을 보니 눈물이 난다. 오! 노라, 낸씨, 꾸아꾸아, 오마르, 마르완, 두니아, 재키…… 가져온 약품 대부분을 우선 전달했다. 저녁을 먹는 내내 아이들을 보다가 숙소로 돌아왔다.

　밤이 되자 폭격소리가 거세졌다. 무서웠다. 침대에서 일기를 쓰다가 몇번이나 놀랐다. 나도 모르게 침대 밑으로 내려와 엎드렸다. 누가 보았으면 우스웠을지도 모르겠다. 겁이 났다. 그렇게 몇시간을 있다가 더욱 거세어지는 소리에 더듬더듬 밑으로 내려갔다. 이미 전기는 끊겼다. 2층의 유은하씨를 깨워 방공호를 가르쳐달라고 했다. 유은하씨는 나보다 훨씬 의연했다. 나는 방공호에서 잤다. 어제만 8백 발의 미사일 폭격이 있었다고 한다.

　오늘 하이달과 함께 카심을 만났다. 호텔 앞에서 구두닦이 쎄이프, 알리, 하린도 만났다. 어쩐 일인지 하쌴의 모습은 보이지 않았다. 그래도 만날 사람들은 거의 다 만난 셈이다.

　오늘부터 앞으로 사흘 동안 집중포화가 있을 거라고 한다. 내 짐은 모두 2층의 유은하씨 방으로 옮겼다. 나를 비롯한 고층에 숙박한 사람들은 당분간 방공호에서 생활해야 한다. 현재 나를 제외한 IPT 회원은 모두 열여섯 명이다. 오늘 한번 더 미셔너리즈 오브 채러티에 다녀왔다. 오늘은 가지고 온 식량을 그곳에 모두 전했다.

전쟁중인 바그다드로 들어가 다시 만난 아이들, 구두를 닦는 알리와 하린 남매.

　　IPT 회의 때 자기 거취를 어떻게 정할지 의논했다. 나와 유은하씨는 미셔너리즈 오브 채러티에 아주 살고 싶다고 말했지만 그것은 쉽지 않았다. 수녀님들이 좋다고 해도 당국의 허락을 얻기란 쉽지 않은 일이기 때문이다. 게다가 전쟁이 시가전으로 접어들면 이라크인들도 상대적으로 안전한 그곳으로 몰려들지 모른다고 했다. 나 역시 말로는 아이들을 돌본다고 하지만 안전한 곳에 있고 싶은 속마음이 있는 것은 아닐까? 혼자 폭격소리를 듣는 것보다 아이들 곁에서 아이들을 안고 있으면 무서움이 덜할 거라는 마음이 있는지도 모른다.

　　폭격소리가 거세다. 아이들을, 친구들을 만나서 참 좋다. 내가 겁이 많아 무서움을 많이 타기는 하지만 그래도 알 파나르는 안전한 편이다. _4월 2일

방공호의 아이들

 몸이 좀 좋지 않다. 아침마다 목이 붓고, 몸살기가 있고, 배도 아프다. 하지만 끙끙 앓지 않고 견디는 건 긴장상태이기 때문일 거다. 정신력이 강해서가 아니라 정말 아파서는 안되는 상황이기에 억지로 내 몸이 버티고 있다. 지금 나는 아파서는 안된다. 울어서도 안되고, 다치는 건 더더욱 안된다. 정신을 똑바로 차리자.

 7층 방 욕실에 뜨거운 물을 받아놓고 그 안에 들어가 누웠다. 폭격은 계속되었다. 그래도 그제와 어제 이틀을 겪고 나니, 특히 엄청나게 퍼부어대던 어젯밤을 겪고 나니 조금 담담해졌다. 뜨거운 물에 몸을 담그니 아무 생각도 없다. 이렇게 욕조에 몸을 담근 사이 이 건물 지붕 위로 폭격이 떨어지면 어쩌나 하는 걱정이 잠깐 들기도 했지만 그래도 뜨거운 물속에 오래 있고 싶었다.

 한참을 그러고 있는데 이제까지 들어본 것 중 가장 큰 폭격소리가 났다. 무서웠다. 물속에서도 내 어깨가 떨리는 걸 느낀다. 아니, 내 몸뿐 아니라 건물이 요란하게 흔들린다.

 미사일소리가 계속 나고, 이라크 군인들이 응사하는 대공포소리가 기관총처럼 계속 났다. 얼른 욕조를 나와 물기를 씻고 옷을 입었다. 2층 유은하씨 방으로 내려와 다른 사람들과 상황에 대해 얘기를 나눈 뒤, 지하 방공호로 내려갔다. 지하방공호에서 하루 자보았기 때문에 그곳 사람들이 낯설지 않았다. 소년 마루완이 "기쁨!" 하고 인사했고, 마루완의 형인 하싼도 장난스럽게 따라 인사했다.

　방공호는 공기가 안 좋다. 하지만 7층 방에서 무서워 벌벌 떠는 것보다는 방공호가 낫다. 구석 침대에 앉아 일기를 쓰려 하는데 하싼이 다가와 아주 밝은 랜턴을 주고 갔다. 장난기가 많고 잘 까불지만 아주 친절한 소년이다. 방공호에는 나처럼 고층에 머무는 사람들이 내려와 자기도 하지만 대부분은 알 파나르호텔의 식구나 친척이 대피해 있다. 하싼과 마루완도 호텔 매니저의 조카라고 했다.

　랜턴 불빛 아래서 일기를 대충 쓰고 나서 보니 하싼과 마루완이 무슨 놀이를 하고 있다. 장기판 혹은 체스판과 비슷해 보인다. 나도 모르게 그 옆에 앉았다. 녀석들 하는 걸 보면 나도 배울 수 있을 것 같았다. 주사위 두 개를 던져 말을 옮기는 놀이인데 한참을 보고 있어도 방법을 알기가 어려웠다. 그사이 한 판이 끝났다. 하싼이 이겼다. 나도 한번 해보고 싶다고 했다. 마루완이 자리를 비켜줘 하싼과 둘이 하게 되었다. 우선 장기처럼 말들을 배열해야 하는데 그것부터가 쉽지 않다. 그 다음 주사위 두 개를 던져 말을 움직여간다. 주사위 두 개가 같은 수로 짝이 맞으면 말을 세 번 더 움직일 수 있다. 마치 우리나라 윷놀이에서 윷이나 모가 나오면 한 번 더 던지는 것처럼. 중간까지도 나는 감을 제대로 잡지 못했다. 그러다가 점점 깨치기 시작했다. 나와 상대는 각각 흰 돌과 검은 돌을 스무 개씩 가지고 시작하는데, 내 돌을 모두 나와 가까운 오른쪽 구석으로 나가게 해야 하는 거다. 그것도 마치 우리 윷놀이가 말을 다 나게 하는 것과 같다. 그렇게 닮은 것이 신기했다. "응, 응. 알았어. 이해했어."

　자리에서 일어나자 아이들이 내 이름을 기억해 불러주며 인사를 했다.

나는 하싼에게 같은 이름을 가진 다른 아이를 알고 있다고 말해주었다. 내 슬리퍼를 닦는 시늉을 해 보이며 그 아이는 구두닦이인데 내일쯤 이 호텔로 올 거라고 했다. 하싼이 밝게 웃었다.

그 놀이의 이름을 물었다. '다울리'라고 했다. _4월 3일

죄 없는 목숨들이 죽어가고 있다

방공호는 해가 들지 않기 때문에 깨었다가도 뒤척이며 다시 눈을 붙여 늦도록 잠을 자게 된다. 아홉시가 넘어 일어났다. 밤새 기침을 많이 했다. 또 목이 부어 있다. 소금으로 가글을 자주 해야겠다.

어제 미셔너리즈 오브 채러티에서 먹고 자고 머물 수는 없지만 매일 오전 오후 두 차례 와서 봉사하는 건 좋다고 알려왔다. 수녀님들로서는 그마저 허락해주기도 쉽지 않았을 것이다.

오전 열시. 미셔너리즈 오브 채러티에 가려면 서둘러 아침을 먹어야 한다. 빵과 달걀로 대충 해결한다. 식당 안에는 다른 IPT 회원들도 많다. 아직 이름을 다 기억하진 못하지만 사흘째 함께 지내며 대부분 낯을 익혔다. 모두 친절하다. 거의 모두가 할머니, 할아버지, 아줌마 들이다. 지금껏 남아 있는 IPT 회원 가운데 유은하씨와 내가(물론 나는 IPT 회원은 아니지만) 가장 어릴 것이다.

그때 제이드가 다가와 오늘 바로 비자를 바꾸러 다녀오라고 한다. 내 비자는 이라크 당국에서 준 것이 아니라 암만 주재 이라크 대사가 휴먼실

124

드 비자 양식을 빌려 직권으로 내준 것이었다. 다시 말해 이 비자로는 나를 온전히 증명할 수가 없다.

유은하씨는 미셔너리즈 오브 채러티로 갔고, 나는 제이드와 함께 비자를 바꾸러 갔다. 제이드는 차가워 보이지만 친절하다. 제이드는 사실 평화활동가들에게는 그다지 좋은 존재는 아니다. 후쎄인의 대리인, 말 한마디면 누구라도 추방시키거나 잡아갈 수 있는 무시무시한 사람. 그래서 IPT회원 대부분은 가능하면 제이드의 눈을 피했고, 제이드의 심기를 건드리지 않고자 애를 썼다. 하지만 나는 그런 것을 모르는 양 부러 더 그이에게 곰살맞게 굴었다. 손을 잡고 팔짱을 끼면서 먼저 말을 걸기도 하고, 제이드가 무얼 허락해주거나 하면 크게 기쁨을 표시했다. 그런 모습에 제이드도 따뜻하고 다정한 웃음을 자주 보였다. 어쨌든 전쟁통에도 사람들은 살아가는 것이고, 아무리 감시와 통제 아래 있을지라도 정이 있고 연민을 느끼게 마련이겠지.

제이드가 나 대신 비자 서류를 꾸며주었다. 이로써 나는 휴먼실드 비자에서 휴먼워크 비자로 다시 받게 되었다. 기간은 한 달이다. 비자를 바꾸러 간 곳에는 많은 이라크인이 몇겹으로 에워싸고 차례를 기다렸다. 국경 바깥으로 피난을 가려는 이들로 보였다. 비자를 발급받는 동안에도 폭격 소리는 계속 이어졌다. 적어도 어제까지는 밤사이에만 폭격이 심했는데 오늘은 날이 밝아도 그치지 않는다. 차례를 기다리는 동안에도 폭발음은 계속 들렸다. 한번 폭발음이 울리면 나도 모르게 움츠린 거북이 목이 되거나 순간적으로 허리를 구부렸다. 그러면 곁에 있던 이라크 사람들이 웃는다. 나는 조금 창피하기도 하고 민망하기도 해서 따라 웃는다. 이라크인은 누구도 나처럼 크게 놀라거나 목을 움츠리지 않는다. 또다시 폭음소리가 울리고 나는 움찔 놀라며 허리를 구부정하게 굽혀 주저앉는다.

점심을 먹고 나서 바로 미셔너리즈 오브 채러티로 떠났다. 전쟁통인 바그다드에서 그곳에 가 있는 시간이 가장 행복하다. 아이들 방에 들어가자마자 노라와 눈이 마주쳤다. 노라가 방싯 웃는다. 두 팔, 두 다리가 없는 아이. 노라가 웃으니 지금이 전쟁중이라는 것도, 마음대로 움직일 자유가 없다는 것도 한순간 다 잊고 말았다.

오전에 다녀온 유은하씨의 말로는 아이들 낯빛이 무척 어두웠다고 한다. 노라도 자꾸만 울상을 지었고, 오마르도 힘없는 얼굴이었고…… 아이들은 알 것이다. 본능으로 알 것이다. 이토록 많은 미사일과 포탄이 하늘을 울리고 땅을 흔들고 있으니 어찌 모를까?

그런데 우리가 오후에 갔을 때 아이들은 달랐다. 노라는 특유의 웃음을 방싯방싯 지으며 좋아했다. 한쪽 구석에 있던 오마르도 "기범!" 하며 나를 불렀다. 뇌성마비로 움직임이 불편하지만 말귀가 또렷한 아이, 말을 잘하는 아이다. 내가 오마르에게 다가가니 오마르는 "아이 리멤버 유." 하고 말했다. 나도 오마르의 얼굴을 감싸며 "아이 리멤버 오마르." 하고 말했다. 가슴이 뭉클했다.

노라와 눈을 맞추다가, 나를 불러주는 오마르와 얘기를 하다가, 무릎걸음으로 다가와 관심을 보여달라는 앤썸과 손짓으로 놀았다. 꾸아꾸아와 눈을 맞추고 얼굴을 만져주며 놀았다. 그리고 옆방으로 건너가 침대 난간을 붙잡고 서서 나를 쳐다보는 쎄이브 앞으로 갔다. 쎄이브와 그렇게 가까이에서 눈을 맞추기는 처음이다. 미셔너리즈 오브 채러티에 있는 시간이 한시간 정도로 한정되어 있으니 아이들 모두에게 하나하나 눈길을 보내기는 어려웠다. 그래서 두번째 방문부터는 낯을 익힌 아이부터 찾게 되었고, 그런 식으로 아이들을 만나게 되니 아직 눈길을 주지 못한 아이가 많다. 쎄이브 또한 그런 아이 가운데 하나였다. "쎄이브 미안, 내가 쎄이브를 몰랐네……" 하며 쎄이브와 눈을 맞추고 놀았다. 쎄이브는 침대 난간을 붙잡은 채 몸을 앞뒤로 움직이며 고개를 흔들흔들 했다. 나도 쎄이브를 따라 몸을 앞뒤로 움직이며 고개를 흔들거렸다. 쎄이브가 웃으며 좋아했다. 나도 좋아 웃었다.

다시 아이들 방으로 갔다. 유은하씨가 어제부터 이야기하던 아트마르에게 갔다. 아트마르는 정말 착한 아이라고 했다. 어제 아이들에게 밥을 먹이는데, 손이 모자라 아이들을 다 챙기지 못하자 세살이 채 안된 아트마르가 몸을 가누지 못하는 꾸아꾸아에게 음식을 먹였다는 것이다. 아트마르 또한 건강한 아이가 아니어서 숟가락질을 한 번에 못해, 바닥에 흘리면 그걸 다시 집어서 꾸아꾸아에게 먹여주었다고 한다. 바깥에서는 욕심 많은 사람들이 이렇듯 전쟁을 일으키고 폭탄을 퍼부으며 사람들을 죽이고 있는데, 제 몸마저 불편한 아이들이 서로의 입에 먹을 것을 떠 넣어주는 모습이라니.

시간이 다 되어 그만 나오려는데, 오마르가 불렀다. "하이, 기범!" "왜, 오마르? 오늘은 그만 가야 해. 내일 만나." 그런데 오마르가 손가락으로 가리키며 "디스 원, 디스 원!" 한다. 아아. 내 잠바. 오마르는 내가 들어와서 잠바를 어디에 벗어두었는지까지 다 기억하고 있었던 것이다. 혼자서는 움직일 수도 없는 아이, 목도 가누기가 힘든 아이, 오마르.

그래, 이곳 바그다드에는 이 아이들의 삶이 있고 한편에는 있는 대로 사람을 죽이며 전쟁을 벌이는 자들이 있다. 같은 곳, 같은 시간에.

　알 파나르로 돌아오는 길. 날은 여전히 푹푹 찐다. 폭격소리는 더욱 대단하다. 무심히 창밖을 보고 있는데 운전사가 놀라며 앞을 가리킨다. 대공포다. 대공포를 우리 숙소 가까이까지 갖다 놓았다. 헬기나 비행기를 맞춰 떨어뜨리기 위한 대공포. 긴장이 되었다.

　저녁 여섯시. 7층 숙소로 올라가 잠깐 누웠다. 설핏 잠이 들었는데 전화가 울렸다. 장애 어린이 시설까지 태워다주었던 택시기사인데 10달러를 달라고 한다. 뒷돈으로 달라는 건지 아니면 내가 꼭 내야 하는 돈인지 몰라 일단 내려가겠다고 했다.

　그런데 하싼이 있었다! 드디어 만났다. 구두통은 매지 않고 맨몸으로 호텔 앞에 와 있었다. "하싼, 하싼! 나야. 기억하지? 코리아 피스 팀!" 하싼은 고개를 끄덕이며 그 아름다운 눈웃음을 지었다. 나는 마음이 급해 무엇부터 말해야 할지 몰랐다. 네가 보고 싶었다고, 너무너무 보고 싶었다고. 그리고 나뿐 아니라 우리 한국팀 모두 너를 보고 싶어했다고. "혜란이 기억해? 있잖아, 너희들이 리틀 맨이라고 부르던 아가씨, 키가 요만한 리틀 맨. 카메라를 이렇게 들고 다니면서 찍던 혜란이." 하싼이 고개를 끄덕였다. "그래, 하싼. 리틀 맨이 너를 보고 싶어해."

　나는 하싼 앞에 쭈그려 앉아 얘기했다. 하싼의 신발이 다 찢어진 게 눈에 들어왔다. 엄지발가락이 나와 있다. 하싼은 전보다 훨씬 말라 보였다. 마음이 아팠다.

128

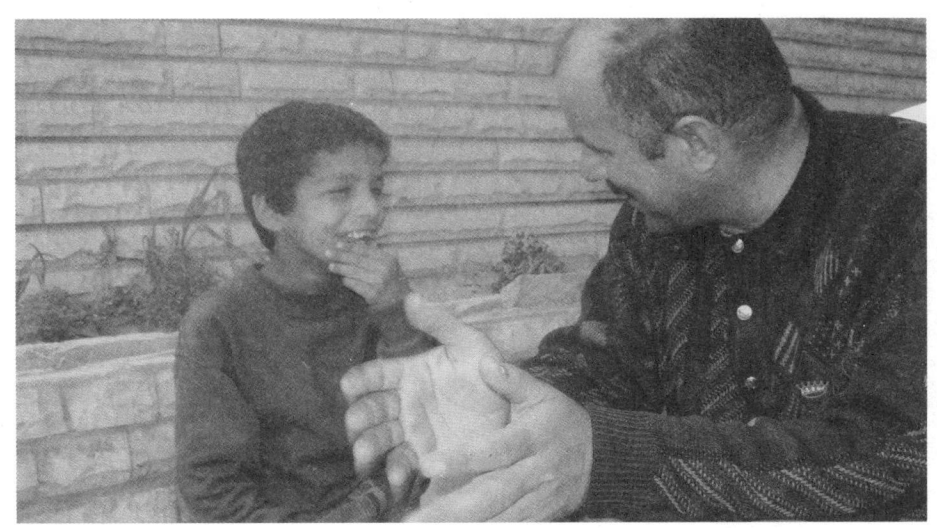

수소문을 해 하싼을 다시 만날 수 있었다. 하싼은 여전히 씩씩하고 밝은 모습이었다.

하싼과 이야기하는 동안 택시기사가 옆에서 통역을 해주었다. 내가 영
어로 말하면 택시기사가 아랍어로 옮기는 식이었다. 나는 택시기사에게
하싼과 함께 기다리라고 하고는 7층으로 올라가 초콜릿바 하나를 가지고
내려왔다. 그걸 하싼에게 건네주고 택시기사에게 물었다. 내일 나와 같이
하싼의 집에 가줄 수 있느냐? 당장이라도 남은 비상식량과 약품 들을 하
싼에게 주고 싶지만 지금은 그것들이 은하씨 방에 있으니 그럴 수가 없
다. 내일이라도 하싼의 집엘 찾아가고 싶었다. 택시기사는 좋다고 했다.
자기가 제이드에게 대신 말해놓겠다고 했다. 잘됐다. 혜란아, 이것 봐라.
약속 지켰다.

일곱시가 넘었는데도 팔레스타인호텔에 갔던 유은하씨가 아직 오지

않은 모양이다.

식당이 곧 문을 닫을 것 같아 혼자 가서 밥을 먹었다. 고양이 녀석이 내 발 아래에서 야옹 야옹 울었다. 밥을 몇순갈 떠서 바닥에 놓아주었다. "야옹아, 너는 이 건물에 폭격이 있으면 어떻게 할래?"

알 파나르에 들어와 가장 먼저 사귄 건 짐승들이다. 바로 이 고양이와 앵무새 두 마리, 그리고 원숭이 한 마리이다. 그 가운데 원숭이 '코피'는 무척 안됐다. 건물 한쪽에는 매점이 있었는데 전쟁이 터지면서 주인이 짐을 싸 도망을 갔다고 한다. 코피는 그 매점 주인이 기르던 원숭이. 주인에게 버림받은 뒤에는 새장 같은 조그만 철창살 안에 갇혀 있다. 하루 종일 그 철창 안에 있다. 폭격이 쏟아지는 밤이나 낮이나 언제나 그 안에 있다. 가끔 IPT 회원들이 코피를 들여다보고 먹을 것을 챙겨주곤 하지만 그래 봐야 잠깐일 수밖에. 폭격소리엔 나도 무서워서 침대 밑으로 기어들곤 하는데 아직 어린 코피는 얼마나 무서울까? 불안함 때문인지, 사람에 대한 미움 때문인지 코피는 누군가 철창 가까이 다가가면 손을 뻗어 할퀴려 한다. 그래서 친해지기도 쉽지 않다.

두 마리의 앵무새 중 하나는 꾸꾸, 다른 하나는 암바르. 둘 다 말을 어찌나 잘하는지 어떤 때는 고양이 소리를 내고, 어떤 때는 영어로 뭐라고 한다. 나는 이 녀석들이 고양이 소리를 낼 때가 가장 신기하다. 이 둘은 식당 들머리에 있어서 사람들에게 사랑도 많이 받고, 잘 때는 식당 직원이 방으로 데리고 가서 함께 자는 등 분수에 없는 호강을 누린다. 그래서인지 이 녀석들에게는 그다지 연민이나 정감이 느껴지지 않지만 폭격 아래에 놓인 가련한 목숨이기는 이 또한 마찬가지이다.

마지막으로 고양이. 이름은 아직 모른다. 검은 털과 흰 털이 섞여 있으니 그냥 얼룩이라고 할까? 얼룩이는 내가 이곳에 온 첫날부터 친해졌다. 이놈은 쏘파에도 아무렇지 않게 오르고 찻상 위에도 훌쩍 뛰어오르곤 했다. 턱이나 머리를 만져주면 좋아하고, 발을 잡으려 하면 장난치듯 까불댄다.

어제 저녁 굉장히 큰 미사일 폭발음이 들리고 나서 하늘이 울리고 땅이 흔들렸다. 그러자 얼룩이가 겁에 질려 황급히 구석으로 몸을 숨겼다. 그래, 맞아. 너도 나와 똑같은 목숨이야. 도대체 이 전쟁은 얼마나 많은 목숨을 앗아가는 걸까? 얼룩이를 볼 때마다 깜비가 생각난다. 홀로 대문을 지키다 나를 맞아주던 개.

밤 열두시. 지하방공호로 내려갔다. 방공호는 날이 지날수록 사람들로 더욱 가득하다. 나는 지하방공호에서 맨 구석 침대를 쓴다. IPT 회원인 할머니는 가운데 침대를 쓴다. 할머니는 잠들기 전까지 랜턴 불빛 아래서 책을 읽는다. 나는 공책을 펴고 일기를 쓴다. 공책에 써내려가다가 짬 나는 대로 유은하씨의 노트북에 옮긴다.

엎드려 일기를 쓰는 동안 폭격소리가 계속 들린다. 땅 울림이 이곳 지하방공호에까지 생생히 전해진다. 한번은 무척 큰 미사일소리를 들었다. 아마도 가까운 곳에 떨어진 모양이었다. 침대에 누워 있던 몇사람이 놀라 몸을 일으켰다.

일기를 쓰다 말고 하이달에게 '다울리'를 하자고 했다. 어제 배운 그 게임이다. 하이달은 "여기는 사람들이 이미 잠들었으니 저쪽 방으로 가자."고 했다. 나는 이 방공호 안에 또다른 방이 있는 줄은 몰랐다. 방이라기보다는 나무판자로 벽을 대는 시늉을 하고 문만 단 곳이다. 바닥에는 침대가 있고 거기서 뚱뚱한 하싼이 라디오를 듣고 있다. 아하, 이 방은 파디나 하싼, 하이달 같은 젊은 사내들이 모여 자는 곳이구나.

자리를 잡고 다울리를 시작했다. 뚱보 하싼이 워낙 까부는데다 또래들까지 있으니 아주 시끌시끌해졌다. 할 수 없이 다시 넓은 방으로 나왔다. 허름한 나무탁자 위에 판을 놓고 걸상에 앉아 게임을 했다. 게임을 하는 내내 하싼이 우스꽝스러운 표정을 지으며 알 수 없는 소리를 냈고, 내가 그들 말을 못 알아듣기라도 하면 더 크게 웃었다. 잠든 사람들이 깰까 조마조마했는데, 깨어 있던 여성들이 한쪽에서 우리를 보며 웃음을 지었다. 사실 이곳 이슬람권에서는 여성들에게 말 걸기가 무척 조심스럽다. 그래서 내내 서먹하게 지냈다. 그런데 이들과 어울려 노는 게 계기가 되어 편안하게 마주 웃거나 눈을 맞출 수 있어 참 잘됐다 싶었다.

다울리 게임은 5전 3승제로 한다. 내가 세 판을 내리 졌다. 아무렴, 이 친구들이야 말을 놓는 것부터가 아주 다르다. 주사위를 던지자마자 어떤 말을 어떻게 움직여야 할지 순식간에 아는 모양이다. 반면에 나는 더듬더듬 칸을 세고 어떻게 말을 놓을지 한참을 헤맨다. 그래도 게임을 세 판이나 하고 나니 분명하지 않던 자세한 규칙까지 잘 알게 되었다.

하이달과 게임을 끝내자 이번에는 파디가 자기와 하자고 나선다. 이제 그만 자야 하니 내일 밤에 하자고 했더니, 이곳에 폭탄이 떨어지면 내일 당장 떠나야 하는데 그럼 어떻게 하느냐며 지금 바로 하자고 졸랐다. 순간 구멍이 난 듯 가슴 한쪽이 횅했다.

내가 뜻을 굽히지 않자 파디도 마지못해 물러섰다. 그러고는 내 나이를 물었다. "서른하나." 파디는 스물다섯, 하싼은 열여덟. 아마 하이달과 또 다른 사내아이들도 열여덟 안팎일 것이다. 파디는 내게 게임 규칙을 잘 설명해주려고 애를 썼다. 알아듣기 쉽도록 천천히, 그리고 쉬운 단어를 골라가며 일러주었다. 파디는 주사위가 이곳 말로 자르^{zar}라고 한다면서 한국말로는 어떻게 말하는지 물었다. "어, 한국에서는 주사위라고 해. 주, 사, 위." 파디는 주사위의 숫자를 읽는 법도 알려주려 했는데 그건 이라크 말이 아니라 이란말이라는 설명까지 보탰다. 글쎄, 왜 그런지는 잘 모르겠다. 혹시 이 놀이가 이란에서 시작해서인가? 하여튼 숫자는 내일 배우기로 했다.

어느새 한시간이 훌쩍 지나 있었다. 그사이 방공호 식구들이 다 깨어난 모양이다. 모두 우리 쪽으로 시선을 향하고 있었다. 시끄러워서 잠을 설쳤나 미안했는데, 내가 침대로 들어가려 하자 모두 웃으며 잘 자라는 인사를 보냈다. 오늘로 방공호 생활 사흘째, 이렇게 인사를 주고받기는 처음이다. 기분이 좋았다. 어제만 해도 우연히 눈이 마주치면 어색해 슬그머니 피하기 일쑤였는데.

폭격은 계속되고 있다. 나는 이곳 사람들과 한결 친해졌고, 덕분에 마음이 많이 편안해졌다. 허나 오늘도 시내 곳곳에서는 헤아릴 수 없이 많은 이들이 죽거나 다쳤을 것이다. 내가 할 수 있는 일은 이렇게 방공호 식구들과 함께 지내는 일뿐이다. 이 건물 지붕으로도 언제 떨어질지 모르는 폭격 전까지는, 이들과 함께. _4월 4일

교전이 시작되다

저녁 여섯시. 셰러턴Sheraton 호텔에 머무는 조성수 기자 방에 왔다. 그이의 위성인터넷을 빌려 일지를 한국으로 보내기 위해서다. 조성수 기자는 반전평화팀원이 아니라 홀로 활동하는 사진기자로 바그다드에 들어와 취재를 하고 있다. 그러니 지금 이곳의 한국인은 유은하씨와 나, 그리고 조성수 기자까지 모두 셋이 된다. 그이는 분쟁지역 전문 기자로 세계에서도 손꼽히는 이라고 들었다. 91년 걸프전 당시에도 홀몸으로 취재를 들어갔다가 연락이 끊겼는데, 한달 가까이 지나 기적처럼 살아났다고 한다. 단파라디오 하나에 의지해 살길을 찾았다는 것이다. 그 뒤로도 세계 곳곳의 분쟁지역만 찾아다니며 취재를 해오고 있다는데 아주 담대한데다가 경험이 많아 상황 판단이 무척 빠른 분이다. 나에게는 가장 위급한 순간 기댈 수 있는 사람이기도 하다.

오전에는 하싼 집에 가보지 못했다. 제이드가 허락하지 않았다. 아마도 하루하루 폭격이 더 심해지고, 바그다드 외곽에서는 벌써 교전이 벌어지고 있어 몹시 위험하기 때문일 것이다. 말로는 민간인 가정 방문은 금지되어 있다는 것인데, 지난번 하이달 집과 카심 집에 다녀올 때는 아무 말 없지 않았던가. 제이드는 이렇듯 외국인들을 관리, 감시하는 역할을 하고 있는 사람이지만 어떻게 생각하면 우리를 보호해주고 있는 것인지도 모른다. 몇번이나 졸라보았지만 제이드는 끝내 허락하지 않았다. 대신 택시기사가 내일 호텔로 하싼을 데려오면 그때 선물을 전해주라고 했다.

어쩔 수 없이 내일까지 기다려야 하나.

오후엔 미셔너리즈 오브 채러티에 다녀왔고, 지금 셰러턴호텔로 온 것이다. 이제는 폭격소리뿐 아니라 기관총소리도 들린다. 치열한 교전이 벌어지는 것 같다. 강 건너편에서 기관총소리와 수류탄소리가 연이어 들려온다.

저녁 일곱시 반. 유은하씨와 알 파나르로 가는데, 길에는 사람이 하나도 없다. 어제부터 저녁 여섯시 이후 통행금지 조치가 내려진 것을 깜빡했다. 이제까지의 폭음소리와는 다르다. 티그리스강 건너편에서 한창 교전이 벌어지고 있다고 한다. _4월 5일

탱크와 개

알 파나르에서 가까운 티그리스강 너머에서 교전이 있던 그날 뒤 정확히 나흘이 지나 바그다드는 미군에게 함락되었다. 그 뒤로 나는 아무것도 쓰지 못했다. 숙소에서 숨을 죽이며 총과 포, 그리고 미사일의 소리에 떨고 있기만 했다. 미군 탱크가 팔레스타인호텔 둘레에 가득했고 그들은 벌써부터 제 세상이라도 된 듯 길목 곳곳에 검문소를 두고 오가는 모든 시민들을 검문했다. 미군이 들어오던 날 까불기만 하는 줄 알았던 파디의 눈에 눈물이 흘렀다. 그리고는 탄식에 젖어 하는 말. "왜 우리 이라크인들은 우리 운명을 스스로 가꾸어갈 수 없는가."

큰길로 나가면 미군 탱크의 행렬에 옷을 벗어 흔들며 뒤를 따르며 좋아

하는 시민들도 적지않게 볼 수 있었다. 그런가? 과연 이들이 미군을 진정으로 환영하기 때문일까? 후쎄인의 폭정에서 해방되었다는 기쁨을 표현하는 것일까? 아니면 진정으로 그들이 말하는 자유민주주의라는 것을 만났기 때문일까? 문득, 반세기 전 우리네 할아버지 할머니 들이 마을을 접수하는 군복 빛깔에 따라 인공기와 태극기를 번갈아 숨기고 꺼내가며 흔들어야 했던 그 역사가 떠올랐다.

엄청난 화력의 미군이 도심과 도시 곳곳의 주요 건물, 큰길을 장악했지만 가까운 곳에서는 미군에 맞서 총을 쏘는 시민들의 저항이 끊이지 않았다. 탱크와 장갑차로 길목을 가로막고 오가는 자동차와 사람들을 검문하던 미군의 눈빛, 처음에는 그저 오만한 눈빛으로만 여겨졌지만 그 눈빛의 날카로움은 단지 오만함만이 아니었다. 그이들은 두려워하고 있었다. 총알이 언제 어디에서 날아올지 모른다는 공포, 어느 자동차가 폭약을 숨긴 채 돌진할지 모른다는 공포.

점령 후의 바그다드, 카심 아저씨를 다시 찾아 나섰다. 혹시라도 그사이 엄청난 화력을 쏟아부은 폭격에 무슨 일이라도 있지 않았을까? 알 만수르^{Al Mansur} 지역을 지나게 되었다. 후쎄인 정권의 관저와 은신처가 많다는 그곳. 쑥대밭이 되었다는 말은 바로 그런 때 쓰는 모양이었다. 폭격이 있고 며칠이 지난 뒤에도 많은 건물은 아직 불길조차 잡히지 않았다. 벌건 화염이 솟는 건물, 시커먼 재가 되어버린 집, 다 주저앉아 흔적만 겨우 찾을 수 있는 집터. 카심 아저씨는 무사했다. 하이달도, 하싼도, 그리고 미셔너리즈 오브 채러티의 아이들도 다치지는 않았다. 고작 내가 아는 이들의 안전을 확인한 것뿐인데 다행이라는 말을 써도 되는지, 하지만 솔직한 마음은 그나마 고마웠다.

점령군이 되어버린 그 땅에서 홀로 무엇을 해야 할지 가슴은 텅 비어버렸다. 아니, 할 일은 이제부터 더 많겠지. 혼자는 할 수 없다. 우선 요르단 암만으로 나가 팀원들과 함께 의논해야 한다는 생각뿐이었다. 그리고 한국에서 함께해오고 있는 바끼통 식구들, 평화의 편 사람들과 함께해야 한다. 이제 다시 시작이다. 언제나 처음, 길게 내다보고 추슬러 새로이 시작해야 한다.

바그다드를 뒤로 한 국경도로는 곳곳이 폭격으로 엉망이었고, 길 양편에는 포탄을 맞아 뒤집힌 탱크의 잔해들이 있었다. 겁에 질려, 숨 가쁘게, 그리고 절망으로 지낸 지난 며칠간의 일들에 대해서는 밀린 일지 쓰기를 할 자신이 없다. 그사이 몰래몰래 찍어둔 몇장의 사진으로 그 시간들을 대신한다.

미군이 막 들어오던 날, 셰러턴호텔로 조성수 기자를 만나러 갔다가 미군이 들어오는 것을 보고 놀라 그 모습을 지켜보다가 알 파나르호텔로 돌아오니, 바로 우리 숙소를 보고 탱크가 서 있었다. 숙소 2층에서 현 수막을 내걸고 시위를 하는 이들은 IPT 회원들이다.

미군이 들어온 뒤 알 파나르호텔 앞에는 미군 탱크와 병사들이 계속 지키고 있었다. 우리는 최병수 화가의 「야만의 둥지」를 탱크 앞에 깔고 돌아가며 일인시위를 했다. 미군들은 그 그림을 궁금해하며 다가오곤 했다. 자연스레 그 그림 위는 미군과 우리 평화활동가 사이의 이야기자리가 되었다.

개들. 미군 탱크가 처음으로 바그다드로 들어오던 날, 길가의 누런 개들이 안절부절못하고 돌아다녔다. 개라면 다
좋아하는 나는 그 녀석들에게 눈길이 갔다. 녀석들도 갈 곳을 잃고 아주 불안해했다.

미군 탱크와 군대가 진을 치고 있는 팔레스타인호텔과 세러턴호텔 둘레에서 하싼을 보았다. 내가 "하싼!" 하고 반갑게 부르며 다가가니 하싼과 나란히 앉아 있던 미군이 물었다, 아는 아이냐고. 그래서 대답했다, 맞다고 내 친구라고. 그런데 말을 들어보니 하싼이 어젯밤 거기에서 잤다는 거다. 호텔 앞 꽃과 나무, 잔디를 심어놓은 화단에서.

하싼은 아버지 어머니가 떠났다고 했다. 무슨 까닭인지 모르겠지만 아버지 어머니가 바스라로 떠나고 홀로 남았다는 거다. 하싼은 모든 게 끝이라고, 집도 없어졌다고 했다. 예전 만났을 때 구두를 닦던 하싼은, 이 다음에 크면 아메리카와 싸우겠다던 하싼은 이제 구두를 닦지 않는다. 대신 담배를 들고 다니며 미군들에게 담배를 판다. 하지만 하싼은 어느 때처럼 눈빛이 똘망했고 얼굴이 밝았다. 하싼에게 내 방으로 가서 함께 자자고 하니까 계속 싫다 한다. 자기는 안 갈 거라고, 그곳 화단이 자신의 집이라고. 그러면서 하싼은 "안녕, 또 봐!" 하고는 종종걸음으로 달아났다. 그래, 하싼. 그렇게 씩씩하게만 지내면 된다. 하싼은 잘 지낼 거다, 아주 씩씩한 녀석이니.

미군의 점령 뒤로 길을 걷는 일이 더욱 위험했지만 제이드의 통제를 받지 않아도 되었으니 여기저기 걸어다녔다. 미
셔너리즈 오브 채러티에 다녀오는 길, 웅성웅성 소리가 나 그리로 가보니 이라크인 둘이 쓰러져 있다. 총에 맞아 다
쳤다고. 무서웠다.

알 파나르호텔 앞에 걸개그림을 깔고 일인시위를 하고 있는데 한 아이가 와서 그림을 유심히 보았다. 그래서 이리 오라고, 같이 하자고 했다. 아심이라는 아이. 자기도 신발을 벗고 올라와 내 곁에 앉았다. 걸개그림 「야만의 둥지」는 각국의 미사일로 엮은 둥지 위에 배고픈 아이, 아픈 아이, 죽어가는 아이 들이 힘겨워하는 모습을 담은 것이다. 아심은 이 그림을 한참 들여다보더니 길가에 구르던 나뭇잎을 주워 그림 속 아이에게 먹이는 시늉을 했다. 아심이 보기에도 너무 안쓰러워 무언가를 먹여주고 싶은 마음이었나보다. 아심과 함께한 이인시위는 아주 좋았다. 가만히 앉아 있던 아심이 미군의 눈치를 살피더니 나를 툭툭 치고는 몰래 말했다. "아메리카 이즈 노우 굿." 그 말을 하며 아심은 손가락을 하나씩 펴고는 가위표를 그려 보였다. 잘 보면 아심하고 나하고 생긴 게 참 많이 닮았다.

후쎄인정권이 무너지고 난 뒤 곳곳에서 사람들은 물건을 내가곤 했다. 주로 관공서에 문을 따고 들어가 기물을 내갔다. 이러한 모습을 두고 어떤 이들은 폭동이 일어날 조짐이라며, 폭동에서 내전으로 이어지면 침공보다 더 끔찍한 일이 이어질 거라 예견했다. 또 미국이 내전 씨나리오를 가지고 폭동을 은밀히 지원하고 있다는 이야기도 있었다. 가까이 지내던 함벳 아저씨는 물건을 내가는 그이들을 보며 "알리바바, 노우 굿!" 하며 얼굴을 찌푸렸다. 하지만 하이달은 사람들이 관공서에서 물건을 꺼내어오는 것은 남의 물건을 훔치는 것이 아니라고 했다. 왜냐하면 지금껏 후쎄인정권에게 빼앗겼던 내 물건 찾아가는 것이니 당연하다는 것이다. 미국 쪽 언론은 이러한 모습을 자꾸 비추어주면서 이라크가 아주 혼란스럽고, 이라크인들이 마치 폭도라도 된 양 말한다. 아마도 미국은 이라크가 아주 혼란스럽고, 이라크인들은 스스로 설 수 없을 거라는 인상을 심어 이라크 점령에 대한 근거를 마련하고 싶을 것이다. 어쨌든 바그다드는 미군이 점령한 뒤부터 내가 국경을 넘어 나오던 때까지 거리마다 그러한 '알리바바'가 넘쳐났다. 그러나 참 역설적이게도 그 안에는 그네들 나름의 질서 같은 것이 있어 보였다.

이라크를 나오던 날. 바그다드에서 요르단 암만으로 이어진 길 위. 다섯 시간이 넘게 달린 길가 곳곳에는 새까맣게 타다 남은 이라크 탱크가 버려져 있었다. 곳곳에 미군이 총을 들고 지키고 서서 여권을 내보이라 했다.
잠깐 주유소에서 내렸을 때 IPT 회원인 네빌 할아버지와 사진을 찍었다. 오스트레일리아에서 온 목사 할아버지, 일흔세살. 이라크에 들어온 지는 석 달이 되었다 했다. 이제 돌아갈 생각을 하니 손자들이 몹시 보고 싶다 한다. 할아버지는 서울이라는 도시 이름을 아는지 나에게 서울에 사느냐 물었고, 나는 아니라고, 지방의 바닷가 가까운 마을에 산다고 답했다. 할아버지도 시골에 산다 했다. 그곳도 바닷가 가까운 마을이라며…… 그 폭격 아래에서 지내는 동안 할아버지와 같이 있어 참 좋았다. 좋은 할아버지였다.

아, 햇살!

　일찍 눈을 떴다. 볕이 참 좋다. 아, 햇살! 창밖으로 연한 연둣빛 새 이파리가 돋았다. 왜 몰랐지? 이렇게 날이 좋은 걸. 바그다드도 마찬가지였을 텐데……

　어제 아침 바그다드에서 나왔다. 암만 숙소에 도착하니 최혁 선배가 고추장으로 양념한 돼지고기를 볶아주어서 맛있게 먹었다. 그간 보지 못한 인터넷 게시물과 메일만 읽는 데도 몇시간이 훌쩍 가버렸다. 따로 메일을 보내거나 소식을 길게 전하는 글은 쓰지 못할 것 같다. 그래도 아쉬워서 가기 전에 잠깐 인사나 하려고 이렇게 글을 쓴다. ……다들 너무 보고 싶다.

　4월 12일, 바그다드 시내는 미군에게 완전히 점령당했다. 무너진 집과 불에 탄 자동차, 철갑을 쓴 것처럼 버티고 있는 점령군의 탱크, 그리고 먹을 것을 구하는 사람들, 죽어 쓰러진 사람들…… 요르단으로 나온 지금 모든 긴장이 풀려 아, 햇살이 너무 좋다 하다가도 어깨가 부르르 떨리곤 한다. _4월 13일

김중미 편지글

되돌아오지 않을 거라는 기범이 편지를 받고 이틀 동안 아무 일도 손에 잡히지 않았어요. 오늘 아침 부시의 최후통첩은 이곳 사람들까지 우울증에 빠지게 했죠. 아무런 희망도 보이지 않는 것 같아요. 미국이 투하할 미사일이 걸프전의 열 배라고 해요. 그러면서 부시는 이라크인들이 자신들을 해방군이라고 환영할 거라고 했다는군요.

누가 살아남고, 누가 누구를 맞이할 것인지. 미국에겐 이런 호재가 없겠죠. 미국의 경제적 이익은 이라크 민중의 죽음과 맞바꿀 만큼 대단한 거죠. 부시와 그 일당들만의 문제가 아니에요. 내 가족, 내 이웃의 죽음이 아닌 먼 나라 사람들의 죽음은 인터넷게임에서 죽어가는 인형들과 다름없을 뿐이에요. 가증스럽게도 그들은 평화를 말해요, 끊임없이. 숨이 막히도록 가슴이 아플 거예요. 아무것도 손에 잡히지 않겠죠? 아무 생각도 할 수 없을 거예요. 그래요, 그럴 거예요. 우리가 이런데 그곳 사람들은 어떻겠어요. 전쟁은 일어나고 말 거예요. 아무도 살아남지 못할 수도 있어요. 이라크의 아이들, 전쟁으로 사라져가는 생명들, 설사 살아남는다 해도 그들은 몸과 마음이 모두 심하게 다치겠죠. 그리고 살아남은 우리는 하루하루를 죄인처럼 살겠죠. 전쟁은 우리의 평화를 모두 깨버리고 말 거예요. 그래도 살아 있는 우리는 일상을 살고, 그러다가 잊고, 또 일상을 살아갈 거예요. 고통스러운 하루하루라 하더라도.

고통스러워도 그냥 지금의 현실을 받아들여야 해요. 다시 이라크로 들어가는 것만이 전부는 아니에요. 기범이는 그들 곁에 있어요, 지금. 그들도 그걸 알 거예요. 기범이가 거기에 있는 동안 우리 마음이 거기에 다 가 있던 것처럼.

기범이에게 메일을 받고 힘들었어요. 하지만 강화 집 공사가 끝나지 않아서 애써 몸을 움직이고 있을 때, 한 선배에게서 전화를 받았어요. 혹시 아기를 키워줄 사람을 소개해줄 수 있냐고. 전화기에서 들려온 첫마디에 모든 게 무너져내리는 것 같았어요. 절망했다는 게 아니라 무장해제가 된 거죠.

"어떻게 된 사정인데?" "엄마가 임신한 뒤 내내 우울증을 앓다가 정신분열증이 되고 말았어. 아빠는 정신지첸데 아이를 보고 충격받고 행방불명이고." "아기가 몇 살인데?" "낳은 지 한 달 되었대. 입양을 보낼 수가 없어. 엄마가 정신이 돌아오면 아이를 데려가겠다고 할 수도 있고. 입양이 아닌 위탁모는 구하기가 더 힘들어서……" "언니, 딸이야? 아들이야?" "딸." "그럼 내가 키울게. 아니, 잠깐만 언니. 나 우리 식구들과 의논하고 전화할게."

전화를 끊고 물었죠.

"단비야, 솔비야, 그리고 단비 아빠. 우리 아기 키울까?" "그러지 뭐."

남편도 아이들도 어떤 아인지 묻지 않았어요. 우리 아이들은 오히려 좋아했고요.

"엄마가 솔비랑 단비한테 소홀해질 수 있는데?" "괜찮아."

아기가 건강한지, 장애는 없는지, 어떻게 두 사람에게서 아이가 생긴 건지 아무것도 묻지 않았어요. 물을 수가 없었어요. 내가 전화를 받은 순간 그 아이와 나의 인연이 시작된 거 같았어요. 엄마가 건강을 되찾아 다시 찾아간다 해도 어쩔 수 없다는 생각이에요. 그렇게 된다면 그때 그 아이와 나의 인연이 다한 것뿐일 테고. 토요일 날 아기 데리러 가요.

기범이, 아무런 희망도 없을 거 같은 세상, 우리에게 주어진 시간이 단 한시간이 될지 그 보다 더 짧을지 아니면 일년이 될지 십년이 될지 모르죠. 이 어둠 속에서도 제가 할 수 있는 일이라는 게 그저 내 일상을 지키는 것뿐이라는 생각이 들어요. 지금 내 곁에 있는, 내가 볼 수 있고 만질 수 있고 이야기할 수 있는 존재에게 최선을 다하는 것, 그것밖에 없어요.

괴롭겠지만, 한순간 한순간이 고통이겠지만, 기범이에게 다가온 이 현실을 그냥 받아들여요. 기범이에게 주어진 몫을 그냥 그대로 받아들여요. 이슬람에서 '인샬라'라고 하죠? 신의 뜻대로, 저는 모든 일을 언제나 신에게 맡겨요. 인간이 할 수 있는 일은 그리 많지 않아요. 우리가 뭐든 할 수 있다고 생각할 때 오만해지고 권력이 생기고 폭력이 주어지죠. 기범이에게 이라크 친구들이 준 선물, '인샬라' 아닌가요?

너무 울지 말아요. 자학하지 말아요. 지금 요르단에 있는 그 순간도 삶이에요. 국경 너머 이라크 사람들이 맞는 순간순간도 다. _3월 19일

오늘은 뉴스조차 보지 않았어요. 모두 거짓처럼 느껴져요. 기범이가 보내준 사진 속의 아이들이 지금 무사할지, 그들에게 미래는 어떤 의미를 갖게 될지…… 부시 행정부가 말했다는군요. 점령당한 나라의 재산처분권은 점령군에게 있다고. 벌써 미·영이 전쟁 뒤의 전후 복구 사업권을 따내는 것을 갖고 신경전을 벌인다는군요. 수천 수백 명의 생명이, 그들의 삶의 터전이 몇몇 지도자의 탐욕으로 이렇게……

오늘 소식을 보고 마음이 놓였어요. 다른 나라 평화팀과 연대하게 되는 게 얼마나 다행인지. 어려운 게 없진 않겠지만 그렇게 서로 힘을 모으게 되어서 다행이에요. 기범이도 힘을 얻겠죠? 오늘 전화를 한다는 게, 아기랑 씨름하다 시간을 놓쳤어요. 요즘은 정말 아무것도 하지 못해요.

오늘은 처음으로 냉이를 캐러 갔었죠. 참, 다람쥐를 만났어요. 주린 배를 채우려고 욕심을 부렸는지 볼이 빵빵하도록 뭔가를 물고 있더군요. 꼭 우리 아기 같았어요. 반짝이는 눈과 먹을 욕심까지. 도망가지도 않고 한참 동안 눈을 맞추고 있었어요. 힘들어하고, 뒤에 처져 있기도 하고, 무력감에 빠져 아무것도 하지 못하는 그 순간도 그냥 받아들여요. 혹시 간음한 여자 얘기 알아요? 성서에 나오는.

간음한 여자를 바리사이파들이 끌고 와서 돌팔매질로 벌을 주려고 할 때, 예수가 말했잖아요. 너희 중에 아무 죄도 없는 사람만 돌멩이를 던지라고. 그리고 그 다음이 중요해요. 예수님이 아무것도 하지 않고 땅에다 뭔가를 쓰면서 모르는 척하고 있었

잖아요. 그게 숨 돌리는 시간이래요. 그 침묵이 저항이래요. 때로는 아무것도 안하고 있는 것 같은 시간이 더 의미있을 수 있어요.

사람들을 만나며 다시 힘을 얻었으면 좋겠어요. 밖에서 힘을 얻지 못할 때, 결국 자기 안에서 힘을 만들어내는 수밖에 없잖아요. 힘내요.

기범이는 생명이에요. 언제까지나 생명 편에 서 있을 거죠? 생명은 약하고, 여리고, 부드럽고, 드러나지 않는 거래요. 끊기지 않고, 멈추지 않죠. 기범이에게, 이라크 사람들에게 평화가 함께하기를……

건강하게, 기쁘게 지내요. _ 3월 29일

지금 어디 있을까? 어제 팔레스타인호텔이 공격을 받았다는 소리에 너무 놀라서 지도를 살펴봤지만 기범이가 어디 있는지 찾을 수 없고. 지금 고아원에 있는지, 아이들 곁에 있으면 위로라도 받을 텐데…… 방공호에서 친구들과 게임을 하고 있을까? 이렇게 처참하게 무너지지 않기를……

이미 시작된 전쟁 오래오래 계속되기를 바랐어요. 미국에 멋진 복수를 해주기를, 세계 여론에 얻어맞고, 미국인들에게 비난을 받아 그 권좌에서 처참하게 쫓겨나기를 바랐어요. 그러다가 전쟁이 오래될수록 고통받을 사람들이 생각났어요, 그제야. 복수는 더 고통스러운 거예요. 그래요, 기범이가 거기에 있는데, 폭격이 터지는 그곳에 있는데, 어떻게 이 전쟁이 길어지길 바랄 수 있는 건지……

오늘 아침 강화집에 놀러 온 공부방 아이들 밥을 해주다가 생각했어요. 이 전쟁이 박기범을 어떻게 바꿔놓을까? 기범이의 삶을 어디로 이끌어갈까? 갑자기 먼 사람처럼 느껴졌어요. 그 터널을 빠져나온 뒤의 박기범의 모습이……

기범이가 혼자서 소풍 가듯 이라크 국경을 넘던 날, 난 우리 아기를 제 집으로 데려다주었어요. 그리고 지금까지 제정신이 아니었어요. 내가 슬퍼할 수 있는 건지, 내 가슴이 너무 아프다고 할 수 있는 건지……

낯선 곳에(친아빠 손이지만) 버려진 우리 아기. 숨소리도, 냄새도 다 낯선 곳에 버

150

려진 우리 아기를 생각하면, 하필 그날 혼자 국경을 넘은 기범이를 생각하면, 울 수도 없었어요.

이제 아기를 보낸 지 일주일이 다 되어가요. 기범이가 바그다드로 들어간 지 일주일이 다 되어가요. 아기를 안고 이라크 사람들을 생각할 때와 우리 아기를 보내고 그 아이들과 그 어미들을 생각할 때와 달랐어요. 고작 열두 밤 품은 아이 때문에 이렇게 아픈데, 팔다리가 잘려나가는 자식을 바라보는 어미의 마음이 어떨지, 죽은 아이를 가슴에 품은 어미의 마음이 어떨지…… 아들을 보낸 기범이 어머니, 아버지의 마음이 지금 어떨지. 가슴이 다 무너져버려서 다시 쌓을 수가 없을 거예요.

기범이가 돌아온 뒤에야 모든 게 가능할 거예요. 보지도 못할 편지를 보내요. 자꾸만 후회가 돼요. 잘 다녀오라고, 끝까지 믿는다고 말하지 못한 게. 그렇게라도 붙잡고 싶었던 건데……

잘 지내요. 거기 있는 기범이를 지켜주는 건 기범이 자신이 아니죠? 함께 있는 사람들, 아이들, 살아남을 아이들이에요. 아이들 곁을 떠나지 말고, 그래서 포기하지 않고, 꼭 살아서 돌아와요, 꼭.

기범이는 하느님의 사람이에요. 꼭 지켜줄 거예요. 꼭! _4월 9일

오늘이 성금요일이에요. 예수님이 죽은 날이죠. 지금 예수는 어디에도 없는 거예요. 오늘은 미사를 드리지 않는 날이죠. 그 대신 예수의 죽음을 묵상하는 날이에요. 십자가를 메고 골고다Golgotha 언덕을 올라가는 예수. 몇번씩 넘어지고, 사람들에게 멸시를 당하고, 십자가에 못 박히죠.

어제는 만석동에서 공부방 아이들과 세족례(발을 씻어주는 예식)를 하고, 오늘은 강화에서 강화 식구들끼리 '십자가의 길' 기도를 했어요. 이라크 사진을 인터넷에서 뽑고, 신문에서 오려 방에 펼쳐놓고, 예수가 걸었던 십자가의 길을 묵상했어요. 아이들에게 로마와 미국을, 옛 이스라엘과 이라크를 견주어 이야기를 했어요. 그러면서 다시 한번 확인해요. 인류의 역사가 그리 새로운 게 없다는 걸요. 그렇게 열네 개의

기도를 하고 나서야 깨달아요. 내가 두려워했던 게 죽음이라는 것을요. 희망이 없어 보이는 것, 내가 할 수 없는 게 너무 많아 절망했던 것, 자꾸만 끝으로만 가는 것 같아서 두려웠던 것. 그게 모두 다 제가 죽음을 두려워했기 때문이라는 것을 알았어요. 그런데 죽음 없이 부활은 오지 않지요.

오늘은 비가 왔어요. 농부들에게 반가운 비예요. 이 비가 기범이가 한국에 오는 날도 내리면 좋을 것 같아요. 그러면 왠지 많이 지쳐 있을 기범이를 위로해줄 것 같아요. _4월 18일

3부

평화지킴이상
2003. 5. 10 ~ 6. 19

그때부터 수없는 꿈과
두려운 안간힘과 사랑으로
다니고,
두려워 말라고
가슴 속에 있는 얘기
나누고.
깜깜한 수업으로
그랬어요.

… 이제 눈앞으로 직장으로 새로운 시작을 하려고
편안하게 눈부한을 …
내가 제일 사랑하는 그리움의 예이에요

2004. 9. 16

4월 25일 박기범 한국 입국.
5월 5일 전쟁반대활동을 벌여온 제1기 바끼통 활동 마무리. 민중지원활동 중심의 제2기 시작.
5월 23일~30일 '동화작가 박기범이 들려주는 이라크 이야기' 강연회를 전국 여덟 곳에서 개최.
한국이라크반전평화팀은 5월부터 이라크 사람들과 함께 '평화와나눔을위한연대' 라는 단체를 만들어 뉴바그
다드New Baghdad 지역에서 빈민구호활동을 벌이는 한편 전쟁 피해 지역 조사활동을 벌임.
6월 5일 김하운, 배상현 1차 출국. 최혁을 팀장으로 목지영, 이동화, 이상래 2차 출국.
6월 13일 박기범, 성혜란(영상제작팀) 3차 출국.
6월 25일 전승로, 오수연, 강인화, 정희영과 대학생의료지원단 이계순, 구철민, 장혜진 4차 출국.

죽변, 안녕

한국에 돌아오면서부터 내내 죽변 간다고, 죽변 갈 거라고 참 많이 찡찡대었는데 이제야. 바다, 달, 파도, 갈매기, 짠 내음, 멀리 떠 있는 배······

집에 왔어. 버려두고 간 지 석 달이 다 되어가는데 혼자 잘 있었니? 미안해. 그렇게 혼자 두어서. 물어보네, 잘 갔다 왔냐고.

―응, 잘 갔다 왔어.

―어디 갔다 왔는데?

―응, 어디 이상한 데 갔다 왔어.

―이상한 데?

―응, 이상한 데.

밤늦게 들어가느라 그랬을 거야. 무서웠어. 집 주변은 사람 손이 닿지 않아서 풀이 얼마나 자랐는지, 꼭 귀신, 귀신이 아니면 뱀이라도 나올 것 같은 모습. 흉가, 폐가 그런 거. 정말 무서웠어.

문을 따고 들어가니, 휴우. 야반도주하는 것처럼 급하게 짐을 챙겨 떠난 흔적이 그대로 있어. 냉장고 문을 열었더니 겨울에 먹던 귤이 그새 술이 되었는지 알싸한 냄새를 풍기는 거야. 부엌 개수대에도 거미 한마리 제 집 만들어놓았네. 아니, 거기 외에도 텔레비전 안테나에, 책꽂이 사이에, 늘 펴놓는 상다리 주위에도 아주 거미들이 잔치 잔치를 벌이고 있네. 집 안은 온통 습한 기운에 축축하고 이상한 느낌. 심란해라. 전화하려고 수화기를 드니 이상한 소리만 나고 통 걸리지가 않아.

아, 무서워라, 무서워.

무서워서 텔레비전이라도 켜려 했더니 그것도 나오지가 않아. 지붕에 세운 안테나가 넘어졌나봐. 어젯밤은 정말 무서웠어.

아침이 되었어. 환해지니까 이제 무섭지 않아. 눅눅한 이불을 걷고 기어나오니 마루에서 삐삐 하는 소리가 나네. 보일러가 배고프다고 아우성이야. 집 안에 뜨거운 기운 좀 풀어놓으려 했더니, 에이그.

오늘 오전까지 '한국이라크반전평화팀 지원연대'로 메일을 써 보내기로 했는데 집 주변을 둘러보니 도무지 심란해서 나갈 수가 없는 거야. 낫을 들었어. 하필이면 니들은 왜 문간까지 와서 뿌리를 내렸니?

한참 풀을 베고 있는데 아, 건넛집 할머니가 호미 하나 들고 곁에 와 앉았어.

"어데 갔다 왔노?"

"저기, 외국에요, 다른 나라에 좀 갔다 왔어요. 갑자기 가게 돼서 인사도 못 드리고, 헤이이."

"안다, 내도 다 안다. 테레비에 나오대?"

156

"예에, 그거 봤어요?"

"다 봤지. 거 엄한 데는 머 한다고 가노?"

"헤이이."

보고 싶다는 말처럼 사무치는 게 또 있을까? 보고 싶다는 마음처럼 슬프고 외로우면서, 또 기다려지고 일으켜지게 하는 마음이 또 있을까?

바다가 좋은 건, 바다에 서면 보고 싶은 게 다 보인다는 거다.

아, 보고 싶다.

여기는 바다, 죽변 우리 집. 좀 있다 깜비 무덤에 가. 가서 얘기해줄게. 나 잘 갔다 왔어. 안녕. _5월 10일

정생이 할아버지

5월 29일. 안동 조탑리의 권정생 선생님을 찾아뵙고 싶었지만 용기가 나지 않았다. 전화를 받는 것도 힘이 부치는, 누가 찾아와 십 분 정도만 이야기를 나누어도 온 하루를 앓는다 하시는 선생님이기에 그건 너무 어려운 일이었다. 언젠가 서울에서 안동까지 기차를 타고 갔다가 그냥 되돌아온 적이 있다. 게다가 얼마 전 어느 책에 쓴 글에는 앞으로 누구든 찾아오지 않았으면 한다는 글이 있었다. 조마조마, 결국 낮은산출판사 아저씨가 대신 전화를 드렸는데 할아버지가 다녀가라고 허락해주셨다.

내려가면서도 문간에 서서 인사만 드리고 와야지, 선생님 힘들지 않게

얼굴만 뵙고 와야지 했다. 그런데 와아, 우리 할아버지. 할아버지가 거 어디더라? 아유, 까먹었다. 먼 데 밥집에 같이 가주었다. 위쪽 지방에서는 다슬기 혹은 올갱이라고 하는데 거기서는 뭐라고 하더라, 하여튼 그 국을 함께 먹었다. 그러고는 할아버지가 고운사에도 데려가주었다.

아주 좋았고 아주 행복했다. 아주 고마웠고, 그리고 마음이 아팠다. 할아버지에게 꼭 붙어엉겨 애교 부리며 곁에 있는 건 더없이 행복하지만, 이렇게 나다니고 나면 또 얼마나 앓으실까 걱정이었다. 할아버지가 오래오래 사셨으면 좋겠는데, 보고 싶은 사람을 만나도 아플 일 없이 정답게 지내실 수 있으면 좋겠는데……

할아버지 발 싸이즈가 265란다. 와, 나하고 같다. 까만 운동화를 신었는데 아주 새것이다. IMF 터졌을 때 길거리 좌판에서 오천원 주고 사셨단다. 할아버지 몸에 지니던 것 뭐 하나 가지고 싶어서 계속 운동화를 바꿔 신자고 했다. "선생님 나랑 신발 바꿔요, 내가 바꿔 신고 갈 거야." 근데, 에이 내 운동화, 깨끗이 빨기라도 했으면 모를까 너무 낡았다. 마음만 그랬지 바꿔 신지는 못했다.

할아버지에게 "선생님, 그런데요…… 선생님도 아직 이오덕 선생님 무섭고 어렵고 그래요?" 하고 물었다. 그랬더니 할아버지가 살짝 웃으며 하시는 말씀, "아, 지금은 기운도 없는 사람인데 뭐가 무서워?" 하신다. 선생님의 재미있는 말씀에 한바탕 같이 웃었지만, 두 분 할아버지 건강이 새삼 염려돼 마음이 많이 아팠다.

할아버지도 연속극을 본다고 한다. 요즘 KBS1에서 저녁마다 하는 연속극. 왜 보는고 하니, 이웃 할머니들이 매일 그 연속극 얘기라서 안 볼 수가 없다는 거다. 어쩌다 어느 할머니 한분이 그걸 못 보면 할아버지에게 전화를 해서 오늘은 어떻게 되었느냐고 물어본단다. 그래서 잘 보아뒀다가 줄거리를 얘기해주어야 한다고.

선생님 말씀 중에 오래 남는 게 있다. 아마 아이들 공부 얘기를 하다 그랬나? 수학 어쩌고 하는 얘기에서 그랬나보다. 할아버지 말씀이, 수학이라는 게 없었으면 원자폭탄도 없지 않았겠느냐며, 훌륭한 일, 위대한 일을 한 사람들이 꼭 세상에 좋은 일만 한 것 같지는 않다고…… "예수님을 보세요. 예수님 때문에 얼마나 많은 사람들이 죽었어요?"

또 절 입구에 있는 사천왕상을 보시더니 이렇게 말씀하신다. "나는 언제부턴가 부처님은 이제 가짜 같아요. 늘 웃고만 있는 부처님 얼굴보다는 이 사천왕이 진짜 같아요."

절에까지 올라갔다 왔으니 할아버지가 많이 힘드셨을 거다. 할아버지도 그만 쉬셔야 하고 인천, 서울, 가평에서 온 분들도 되돌아가야 했다. 그래서 다들 그만 헤어지려는데 가기 싫다고 우겼다. 할아버지랑 같이 자기로 했다고, 할아버지가 재워준댔다고. 실은 할아버지와 그런 얘기를 한 적은 없다. 나 혼자 바람이었는데 다른 이들은 정말 할아버지와 따로 약속이 된 줄로 믿었다. 할아버지도 기다 아니다 말은 않고 웃기만 했다. 정말로 할아버지 곁에서 하룻밤 자고 가면 얼마나 좋을까? 혼자 누우면 달싹거릴 수도 없을 만큼 좁은 방, 거기에서 할아버지와 꼭 끌어안은 채 자고 싶었다.

할아버지와 함께 잘 수는 없어도 헤어지기 전에 한번만 더 안고 싶은데, 말이 잘 안 떨어진다. 그러다가 이제 정말 돌아서야 할 때쯤 용기를 내어 안아달라고 징징댔다. 두 팔을 벌리고 따라다니면서 "안아줘요." 했다. 그랬더니 할아버지가 내 배를 툭툭 치면서 "아유, 빨리 이라크나 다시 가. 한국에 오니까 귀찮게만 하고……" 하신다. 그러면서도 꼬옥 안아주셨다. 안은 팔을 놓고 싶지 않았다. 그러고는 안은 채 귓속말로 "사랑해요." 하고 말을 했더니, 툭 밀쳐내면서 사랑한다는 말 하나도 안 믿는다 하신다. 사랑한다는 사람이 그렇게 애를 먹이고 걱정을 끼치느냐고. 실제로 할아버지는 이날 처음 인사를 드릴 때는 야단을 치셨다. 이라크에 가는 걸 미리 알았으면 말렸을 거라며 말이다. 전쟁터는 살아 있는 것이든 죽은 것이든 모조리 미쳐 괴물로 만드는 곳이라고, 전쟁이라는 게 어떤 건지 아느냐고.

할아버지, 오래오래 사셔야 해요. 나, 할아버지랑 같이 살고 싶다.

_6월 11일

거기, 만석동

이상하다. 내가 만석동을 간 건 겨우 다섯 번인데, 거기만 가면 마음이 편안하다. 마치 아주 오랫동안 살았던 것처럼.

6월 3일, 그날도 그랬지. 사실 아이들을 만나러 가면서 걱정이 좀 앞섰다. 마음이고 몸이고 도무지 쌩쌩하지 못했다. 아이들을 만나 신나게 놀고 싶은데, 그러지 못할 것 같았다. 그런데 큰길에서 꺾어들어가 마을이 보이자마자 언제 지쳤냐는 듯 기운이 났다.

160

그날 나는 세상에서 가장 큰 상을 받았다. 이모 삼촌 들도 모르게 아이들이 준비한 것. 학교에서 주는 것처럼 꼭 그렇게 생긴 상장.

사실 그 값진 상은 오히려 그곳 아이들이 받아야 할 터였다. 날마다 아이들은 학교에서 돌아오면 평화꽃을 접으며 이라크 동무들을 위해 기도하고, 평화지킴이라는 약속을 만들어 일상적인 사소한 갈등과 다툼을 풀어왔다고 했다. 더욱 놀라운 것은 이 모든 일이 이모 삼촌 들이 이끌어 시작한 게 아니라 아이들 스스로 마음을 움직여 가꾸어온 일이라 했다. 그런 아이들에게 받는 상이라니.

평화지킴이상

박기범 삼촌

위 박기범 삼촌은 평화를 사랑하고 전쟁을 반대까지 하였기에 이 상장을 드립니다. 이라크 사람들과 함께 전쟁이라는 폭력 앞에서 평화를 지키고 우리에게 평화라는 소중한 것을 일깨워주셨기에 이 상장을 드립니다.

2003년 6월 3일
기찻길옆작은학교 아이들 드림

나로서는 세상에서 받은 어떤 상보다 크고 값진 상을 받은 거였다. 꼭 사진틀에 담아 집에 걸어두어야지. 그리고 아이들은 누가 볼세라 가려가며 몰래 적은 쪽지 편지를 하나하나 건네주었다. 공동체 집 1층에서 아이들과 놀았다. 까망곰 이모가 일러주는 대로 아이들과 깍지도 끼고, 뱅글뱅글 돌기도 하고, 손을 꼭 잡고 우르릉구르릉 놀았다. _6월 13일

무너미에 다녀온 이야기

이오덕 선생님이 편찮다는 말을 여러 자리에서 들었는데 막상 찾아가 뵙고 보니 정말로 안 좋아 보였다. 지난해 뵈었을 때만 해도 이 정도는 아니었는데.

이오덕 할아버지가 여전히 어렵고 조심스럽지만, 함께 있다 보면 어느새 긴장은 사라지고 자꾸만 할아버지의 아이 같은 마음이 느껴진다. 한평생 꿋꿋한 정신으로 살아온 선생님, 어쩌면 그 꿋꿋한 정신이란 결국 아이 같은 마음, 그것과 같은 말일지도 모른다.

할아버지가 바깥에 나가 햇살을 보고 싶어했다. 보리밥집 하는 큰아드님이 사진을 찍어주는 동안 할아버지는 휠체어에 앉아 산딸기며 쥐똥나무를 보며 그 작은 것들에 아직도 신기해하신다. 할아버지가 가리키는 곳을 따라 위쪽으로 올라가 윗도리를 벗어 보자기를 만들어서는 그 예쁜 열매들을 따다 모았다. 그것말고도 코따대기, 개망초, 토끼풀, 질경이. 할아버지 댁 담장 아래에 있는 작은 뜰을 보면서 풀 얘기를 들었다. 그렇게 손

바닥만한 자리에도 온갖 풀들이 어우러져 저희들의 세상을 살고 있었다.

볕이 따가워서 걱정스러웠지만, 뜰에서 꽤 오래 풀 얘기를 나누다가 방으로 들어가 할아버지의 옛 사진들을 보았다. 두꺼운 사진첩이 모두 일곱 권, 거기에다 작은 것들까지. 할아버지의 어릴 적 얼굴도 보았고, 소년이 되고 청년이 된 얼굴을 찾기도 했다. 그러다가 어느 사진이 궁금해 여쭈어보면 할아버지는 쑥스러운 얼굴로 그때 얘기를 들려주셨다. 할아버지에게 풀 이야기며 지난날 이야기를 듣느라 시간 가는 줄 몰랐다.

할아버지 댁에서 내려와 노광훈 아저씨 댁으로 갔다. 초승달이 하늘 가운데로 오를 때까지, 개구리 소리만 떠들썩하니 남을 때까지 선생님들과 마당에 앉아 있었다. 참 예쁜 마을, 예쁜 사람들. _6월 14일

 기범이가

한국에 와 지내며 자꾸만 찌푸린 얼굴, 눈썹 모으고 있어 미안해요. 미운 얼굴, 미운 말, 그런 건 다 그 누가 미워서가 아니라 내가 벅차서, 내 스스로 선택한 일을 감당하지 못해서 그런 거예요.

잘 다녀올게요. 모두 함께 하는 일, 저만 힘든 양해서 미안해요. 그래서 참 많이 받은 사랑, 걱정, 위로, 그 고마운 마음들 어떻게 보답해야 하는지. 사실 그렇게 받은 마음을 제가 가질 게 아니라 저 먼 데 있는 나라 아이들, 사람들에게 온전히 전해야 한다는 걸 잘 알아요. 그리 할게요. 잘은 못하지만 잘하려고 애쓰고 올게요. 그리고 팔월에 돌아올 때는 예쁜 얼굴로 돌아올게요.

몸 마음 튼튼, 안녕. _6월 15일

다시 암만으로

요르단에 온 지 이틀째. 이곳 시간 새벽 네시. 이제 쓰기 시작한다.

인천에서 출발해 오오사까大阪에서 한번, 두바이Dubai에서 또한번 갈아타고 요르단으로 왔다. 내가 어리어리하여 비행기나 잘 갈아타고 다닐 수 있을까, 짓궂게 걱정하는 분도 있었는데 어찌어찌 물으며 잘 찾아왔다.

그런데 문제는 나나 혜란이가 아니라 내 가방이었다. 비행기에 오를 때마다 몸 검사에 짐 검사를 하곤 하는데 배낭에 싼 이발가위가 말썽이었다. 그건 사실 내가 쓰려는 게 아니라 먼저 이라크에 들어가 있는 상현이에게 전해주려던 것이다. 상현이는 한국이라크반전평화팀으로 함께하기 전까지 미용재료 파는 일을 했는데, 그 일을 하며 틈틈이 머리를 깎는 일도 익혔다 한다. 그래서 이번에 들어올 때 가위를 구해오면 그걸로 아이들 머리를 잘라주면 참 좋겠다고 해서 준비한 것이다.

오오사까에서였다. 짐 검사를 하는 경찰에게, 우리는 지금 이라크로 가는데 그곳 아이들 머리를 깎아주려고 가위를 가져간다고 사정을 말했더니, 한참 동안 윗사람에게 알아보고는 방법을 찾아주었다. 위험한 물건을 가지고 비행기에 오를 수는 없으니 가위가 든 가방을 짐칸에 실으라는 것이었다. 직원의 태도는 무척 친절했다. 내 짐은 이미 허용된 무게를 초과해서 짐값을 따로 내야 했는데, 그 값도 받지 않고 거저 해주겠다고 했다.

그런데 그 가방이 또 말썽이었다. 오오사까에서 두바이로, 다시 두바이에서 암만으로 왔는데 나중에 짐을 찾으려고 보니 짐 상자 아홉 개는 모두 있는데 그 배낭이 없다. 비행기를 바꿔 탈 때 그 가방만 옮겨 싣지 않은 것이다. 그나마 신고를 했으니 곧 찾을 수 있을 거라고 한다.

어차피 요르단에서 이틀이나 사흘은 준비해야 할 것도 있었다. 한국에서 준비물을 구입할 때 요르단에서 살 수 있는 것은 제외했기 때문에 그 물품을 마저 사야 했다. 또 그림책 슬라이드의 아랍어 내레이션도 준비해야 했다. 이것은 여기 요르단에서 알고 지낸 유학생이 자기 아랍 친구에게 부탁할 수 있다고 한다. 그래서 가방을 찾는 대로(그 가방에 슬라이드 대본이 들어 있다) 그 아랍인 친구에게 낭송을 부탁해 녹음할 생각이다.

그리고 또하나는 아랍말로 옮겨놓은 우리 아이들 노래를 아랍말로 배우는 거다. 우리 팀원들부터 먼저 우리말 노래가 익숙해야 아랍말로 바꾼 노래를 자연스레 부를 수 있을 텐데 아직 나도 그 노래들을 잘 모른다. 그러니 자꾸 귀에 익혀 확실히 배워둬야 한다.

바그다드에서 활동하고 있는 이들과 위성전화로 얘기를 나누었다. 그간 다른 사람들을 챙기느라 지친 모습 한번 보이지 않던 최혁 선배의 목소리가 좋지 않았다. 무엇보다 몸이 힘든 듯했다. 어제 날씨가 52도였는데, 오늘은 더 올라갔다고 한다. 그러면서 언제쯤 이라크로 들어올 수 있는지, 어서 들어왔으면 한다고 말했다.

지금 바그다드에 있는 팀원은 모두 다섯이다. 줄곧 책임을 지고 있는 최혁 선배와 5월 초부터 다시 바그다드로 들어가 일하고 있는 하운이, 민중 지원으로 활동을 바꾼 뒤부터 함께하고 있는 목지영씨, 건축가 이상래씨와 성공회대에서 NGO를 전공하는 대학원생 이동화씨(이발가위를 챙겨

오라던 상현이는 바로 엊그제 한국으로 돌아갔단다).

아직 소식이라곤 이 정도뿐이다. 참 이상한 건 이곳 요르단이 너무 낯설다는 것이다. 가끔 혜란이가 필름 작업을 위해 정리해놓은 글을 보곤 하는데, 불과 두어 달 전 일들이 꽤 아득하게 느껴지는 기분이 참 얄궂다. 그 글을 읽다보면 지금의 나도 참 낯설고, 그때의 나는 더 낯설고, 한국에서 지낸 한달여의 시간도 아주 낯설게 느껴진다. 도대체 무엇이 바뀐 걸까, 도대체 뭐가 달라진 걸까? _6월 17일

기다려, 내일 간다

요르단에서 나흘, 잃어버린 가방을 찾느라 머무는 동안 앞으로 이라크에 들어가 아이들과 만날 준비를 했다. 이제 이곳 시간으로 내일 밤 열두시에 국경택시를 타고 바그다드로 간다. 지난 4월 2일 폭격이 쏟아지는 그 길을 넘어갈 때도 무서운 것이 없었는데, 이제 다시 들어가려니 무척 겁이 났다. 이제부터는 쓰러진 마을과 폐허가 된 땅, 죽어가는 사람들을 만나야 한다. 이 전쟁을 보고 겪는 일은 정녕 이제부터이다. 전쟁이 삶을 어떻게 바꿔놓는지, 삶의 자리를 어떻게 망가뜨리는지, 누가 죽고 누가 다치고 누가 거리에 버려지는지.

요르단에 닿은 뒤 날마다 한번씩 바그다드에서 위성전화를 받았다. 누구도 말은 하지 않았지만 힘들어하는 것을 느낄 수 있었다. 어서 오라고, 어서 왔으면 좋겠다고. 어제는 하운이가 전화를 걸자마자 "언제 와, 언제

166

와, 언제 와, 응?" 울음이라도 쏟을 듯, 숨이라도 넘어갈 듯 "언제 와, 언제
와?"만 했다.

　바끼통 까페에 있는 현지활동 모음에서 일지를 보았다. 지금 놀이방을
들일 터에 연못 조성하는 일을 시작했고, 계속 현지인들을 만나고 있다고
한다. 몇군데 중요하게 둘러볼 일정은 혜란이와 나를 기다리며 조금 미루
고 있단다. 어제 전화할 때는 어린애처럼 "언제 와, 언제 와?"만 하던 하
운이가 쓴 보고서를 보니 일 하나는 야무지게 잘하는 모양이다.
　기다려, 내일이면 갈 거야. _6월 19일

아이 참, 편지가 다 날아갔네. 부활절인데다 공부방 모임이 있어 이틀 동안 만석동에 있다 왔어요. 빨래랑 청소하고 메일을 열어보고 답장을 쓰다가 그만 뭘 눌렀는지 편지가 날아가버렸네. 화도 못 내고(우리 둘째 딸이 잠 안 온다고 내 옆에 서서 기범이한테 쓰는 편지를 낭독하고 있거든).

내가 생각해도 난 참 잘 견디는 것 같아요. 그게 단순해서 그런 거 같기도 하고, 아니면 힘든 걸 이겨내는 나름대로의 노하우가 있거나.

난 별로 생각 안해요. 너무 힘들어지면 머리나 가슴이나 그냥 텅 비워버려요. 순간순간 그 기억을 자극하는 것들과 만나면 순간 무너지려고 하지만 다시 추스르죠. 내가 후각이 예민해서 모든 기억이 후각과 연결되는 편인데, 그럴 땐 코로 숨을 안 쉬죠. 입으로만 숨을 쉬면서 냄새를 안 맡아요. 시각도 예민한 편인데 그럴 땐 '까마귀 소년'(그림책 『까마귀 소년』에 나오는 아이)처럼 눈동자를 가운데로 모아서 아무것도 안 보는 거예요. 머릿속으로 자꾸 생각이 스며들면 공상을 해버리고, 가슴으로 슬픔이 스며들면 벌떡 일어나 사람들 속으로 숨죠. 사람들 속에서 웃고 떠들면, 그러면 잊혀져요. 나는 사람들 속에서 사니까 그게 가능하죠.

사실, 우리 아기 보내고 기범이가 세번째 바그다드로 간 뒤 참 힘들었어요. 아마 공부방 아이들이 강화 집에 오기 시작하지 않았으면 견디기 힘들었을 거예요. 우리 아이들이 워낙 꼴통들이잖아요. 걔들하고 자고 먹고 지내면 딴 생각을 할 수가 없죠.

168

우리 아기가 간 뒤, 강화 집 곳곳에, 만석동 공부방에조차 아기 냄새, 기억이 스며 있어서 감정과 사고를 분리하느라 힘들었어요. 힘들다고, 슬프다고 말할 수도 없잖아요. 겨우 열흘 품고 있던 아이를 보내고 엄살을 부릴 수가 없잖아요. 이라크에서, 아프가니스탄에서, 그리고 언론에서 주목도 받지 못하는 아프리카에서, 남미에서 죽어가는 아이들, 그 아이들을 보내는 어미의 슬픔을 생각하면 말이에요. 그래서 오히려 더 떠들고, 더 많이 웃고, 화도 내고……

이틀 동안 공부방에 있으면서도 늘 제자리라는 걸 확인하죠. 사람들, 그 사람들이 갖고 있는 한계, 늘 똑같은 모습. 자기만 사랑받지 못하고 있다고 울고 짜는 후배들 붙들고 이야기하면서 생각했어요. 어차피 한 번 살다가는 건데, 왜 그렇게 피하고만 살려고 하는 건지, 내 안락, 내 평화만 중요하다고 울부짖는 건지……

그래서 쪼금 짜증이 나다가 다시 생각해요. 그래, 이게 내가 사랑하는 이들의 전부인걸. 내가 좋아 선택한 길이고, 내가 좋아 지금 함께하는 건데 까짓것 좀 답답하면 어때. 늦게 가면 어때. 아니, 아예 꿈만 꾸고 여기서 비비적대다가 끝나도 할 수 없지 뭐. 이렇게 함께 가는 거지 뭐. 그래서 안될 거 있나? 그러면서 그냥 부딪치는 거예요. 사람도, 사건도, 세상도……

기범이가 거기 간 거, 그리고 지금까지 온 거, 또 앞으로 기범이가 짊어져야 할 이들 모두 계획했던 거 아니었지요. 그냥 전쟁을 막아야겠다고, 아니 막을 수 없어도 거기 이라크에서 죽어갈 아이들, 그 아이들 곁에 있어야겠다고 생각한 거였죠. 뭘 도울 수 있을지 모르는 채로, 그냥 무작정 마음이 그리로 갔죠. 기범이를 움직인 건 마음이었어요. 그런데 그 다음엔 신의 몫인 것 같아요. 내가 사랑하는 예수로 말하면, 하느님의 종이 되어 그가 쓰는 대로 자신을 비우는 거죠. 하느님의 도구가 되는 거죠. 그런 건 이슬람식으로 말해도, 불교식으로 말해도, 힌두교식으로 말해도 다 마찬가지일 거예요.

앞으로 더 힘들지도 몰라요. 마음이 더 무너지는 경험을 하게 될지도 모르고, 현실적으로 더 큰 위험에 부딪힐 수도 있고. 그때마다 묻는 거예요. 내가 왜 여기까지 왔지. 지금 내가 왜 여기에 있는 거지? 내가 뭘 해야 하는 거지? 그러면 대답이 들릴 거예요.

성금요일, 공부방에서 오랫동안 만났던 아이 아빠가 한밤중 빗길을 뚫고 강화 집에 왔었어요. 사는 게 너무 힘들어서 더이상 못 견뎌서 왔던 거예요. 참 힘들게 산 사람이거든요. 만석동의 전형적인 캐릭터죠. 하지만 참 건강한 사람이었어요. 건강한 노동자였어요. 그런데 지금 그에게 남은 건…… 그의 이야기를 새벽까지 들으며 생각했어요. '살아 있다는 것 그 것만으로 희망이다'라는.

그가 다 버리고 다시 일어서려고 하는데 얼마나 부끄럽던지. 그는 혼자 그 힘든 시간을 보내고 나서 온 거였어요. 우리가 할 일은 그냥 그의 말을 듣고 있는 것뿐이었죠. 그를 보내고 다시 확인한 게 있었어요. 공동체가 사상누각이어서 다 무너져버려도, 다 떠나고 아무도 남지 않아도 남는 것, 가난한 사람들 그 사람들과 함께한다는 처음의 그 약속이오. 만석동이 재개발이 되어 없어진다 해도, 그래서 사람들이 뿔뿔이 흩어져도 정말로 사라질 수 없는 가난한 사람들. 그 사람들 때문에 또 절망하고, 가슴이 문드러지고, 화가 나고, 억장이 무너지겠지만……

어쩌면 기범이나 나나 만신창이가 될지 몰라요. 나중에는…… 그래도 우리가 선택한 이 삶이 옳을 거예요. 평화는 사랑에서 오는 거예요. 난 그걸 믿어요. 그 질긴 생명력을…… _4월 20일

열받네. 편지를 또 날렸네. 우와, 삼십 분 넘게 쓴 건데. 그냥 여러가지로 고민이 되서 이런 저런 말 쓴 건데. 다시 기억을 더듬어서……

몇년 전 캄보디아로 간 이가 있어요. 계속 머무를 생각은 아니었는데 가서 전쟁이 끝난 뒤 수십년이 지났는데도 여전히 전쟁으로 인한 고통이 계속 되는 그곳에서 만난 사람들 때문에 주저앉았대요. 너무나 착하고 약한 그 사람들 때문에. 또 언론에서는 보도되지도 않는 아프리카 분쟁지역에서 전쟁으로, 에이즈와 가난으로 고통받는 이들을 돕는 이들도 있어요. 그이들과 보이지 않는 연대를 하거든요. 거기에 있는 한 사람을 믿고, 지지하고 지원하는 사람들이 있어요. 서로 만난 적도 없고, 기구도 없

지만 얽히고 얽힌 인연으로 맺어진 관계를 이어가는 거죠. 언젠가 서로 만나서 해야 할 필요가 있다면 그때 하면 된다는 게 제 생각이에요.

제게 맞는 일은 그런 것 같아요. 기범이가 바그다드로 들어가서 일을 하는 걸 선택한다면, 내가 돕는 방법도 그런 방법이 될 거예요. 저는 기범이가 지금 이런저런 생각을 하는 것보다는 한국에 돌아와서 생각을 하는 게 좋을 것 같아요. 그곳 상황으로부터 좀 떨어져서 객관적으로 보면서, 사람들과 만나 얘기하면서, 정말 기범이가 어떻게 쓰이길 원하는지 신의 목소리를 들어보는 거예요. 그렇게 해서 선택하게 되는 기범이의 선택이라면 무엇이든지 기범이를 자유롭게 해줄 거예요. 우선은 그곳에만 마음과 몸을 두고 열심히 지내요. 한국에 와서 일은 온 다음에 생각하고요.

다시 봄비예요. 아이들이 왔는데 비가 오네요. 덕분에 마음이 아주 차분해졌어요. 아이들은 가랑비가 내리는데도 밖에서 숨바꼭질을 하고 있어요. 오늘 비가 오는데도 산에 가서 나물을 캤어요. 할머니들이 이미 훑고 지나간 길을 가자니 고사리, 고비, 취나물 들아 모두 찌그렁이뿐이지만 그래도 아이들과 한끼 무쳐 먹었죠. 비가 오는데도 오늘 수수꽃다리가 피었어요. 매화꽃도 아직 지지 않았고, 진강산 중턱까지 벚꽃이 올라갔어요. 기범이가 오기 전에 이 벚꽃이 다 지지 않으면 좋겠는데…… 남편은 비 오는데도 논일을 하고 돌아왔어요. 가끔씩 논에 가 있는 남편을 생각하면 기분이 좋아요. 이제 제법 농부 같아 보여서……

재밌는 얘기 하나 해줄까요? 우리 신부님 고향이 브라질이잖아요. 그런데 얼마 전 미국 교과서 문제로 브라질이 술렁거렸대요. 왜냐면 미국 교과서에 아마존 일대가 어느 나라에도 속해 있지 않는 임자 없는 땅으로 되어 있대요. 브라질 국경을 멋대로 그린 셈이죠. 그런 아마존 땅조차 언제든지 미국인의 소유가 될 수 있다는 사고(프론티어정신)를 교육하는 것일 수 있다는 거죠. 그 신부님 말이 미국이란 실체를 제대로 인식해야 한대요. 미국이 남미에서, 아프리카에서 벌인·일들을 생각하면 이라크 침략은 그렇게 호들갑 떨 일도 아니지만 문제는 미래라는 거죠, 왜 이라크를 침략했는가 하는.

우리가 맞서야 할 악의 세력이 너무 막강해요. 지금 전세계 민중의 저항이라는 것이, 평화운동이라는 것이 너무 미약해서 힘이 될 수 있을지 의심되지만, 다른 어떤 희망도 없어요. 이제 우리도 시작이라는 생각이에요. 이제 겨우 발을 내딛은 거죠. 엄청난 희생과 시간이 필요할 거예요. 멀리 보지 않으면 아무것도 할 수 없어요, 아무것도.

기범이, 그러니까 정말 조급하게 생각하지 말고 돌아와요. 만나서 풀다보면 아주 작은 희망이라도 보이겠죠. 혼자 방에 틀어박혀 있지 말고, 사람들 많이 만나보세요. 요르단 거리를 걷다보면, 이땅과 이어진 다른 세상을 생각하면 답이 보일 것 같아요.

_4월 22일

172

4부

전쟁이 휩쓸고 간 자리

2003. 6. 20 ~ 10. 14

6월 20일 박기범, 성혜란 등 이라크 입국. 이들은 뉴바그다드 알 마시탈Al Mashtal을 비롯한 빈민지역에서 민중지원활동을 벌인다. 쓰레기 혹은 탄피를 치우거나, 쓰레기집하장 설치를 돕고, 어린이 놀이방과 도서관을 연다. 그러한 활동 가운데 박기범은 주로 이라크 어린이를 위한 활동을 맡아 했다.
7월 31일 한국이라크반전평화팀 공식일정 종료.
8월 23일 박기범 한국 입국.

174

다시 아이들과 만나다

6월 20일 0시. 드디어 다시 바그다드로 들어가는 국경택시를 탔다. 처음 바그다드행 국경택시를 타던 날이 떠올랐다. 한국이라크반전평화팀의 성명서를 읽은 뒤 하나둘 차에 오르던 그 흥분, 설렘, 비장함. 그리고 우여곡절 끝에 다시 올라탄 두번째 이라크행과 폭격이 쏟아지던 국경을 홀로 넘던 길.

이번에는 달랐다. 전쟁을 앞두고 있는 것도 아니고 한창 전쟁이 벌어지고 있는 것도 아니었다. 해야 할 활동에 대한 부담이나 긴장감이 전혀 없지는 않았지만 지난번에 비하면 아무것도 아니었다. 달리는 동안 자동차 안에서 떠들썩하게 웃기도 하고 지난 이야기를 나누기도 했다. 예전에 보았던 건물이나 길이 나오면 그저 반갑고 신기해서 할 이야기가 많았다. 하지만 다들 어찌 즐겁기만 했으랴. 그 엄청난 전쟁을 겪은 땅, 우리는 저마다 그곳의 기억을 가지고 있기는 하지만 전쟁이 지나간 그곳은 왠지 아주 낯선 곳일 것 같았다. 마치 한 번도 가보지 못한 곳을 가는 것처럼.

자다 깨다를 반복하면서 요르단 국경에서 몇시간을 기다려 비자를 받

국경택시 정류장 맞은편 모하메드와 네자르 형제의 집. 아이들은 미군이 탱크를 밀고 들어와 포탄을 쏘아대었다면서 포탄을 맞아 구멍이 나고 무너져내린 자리를 보여주었다.

고, 이라크 어느 길가에 내려 아침을 먹었다. 그렇게 열두 시간을 달려 마침내 국경택시 정류장에 닿았다. 우리의 목적지는 국경택시 정류장이 아니라 알 파나르호텔 앞이다. 아마 운전기사가 길을 물으러 그곳에 잠시 차를 세운 모양이었다.

아, 모하메드. 국경택시 정류장 바로 맞은편 집에 사는 아이. 운전기사가 내린 틈을 타서 나도 뛰어나갔다. 모하메드의 집 대문을 두드리며 "모하메드! 모하메드!" 큰소리로 몇차례 부르니 안에서 대답하는 소리가 들리는 것 같았다. 나는 더욱 반가워 모하메드를 한번 더 크게 불렀다. 문이 열렸다. 먼저 모하메드의 어머니가 나왔고, 그 뒤를 따라 모하메드가 나왔다. "미스터 박!" 한달도 넘게 지났지만 모하메드는 아직 내 이름을 잊지 않았다. 좀더 함께 있고 싶었지만 곧 헤어져야 했다. 어느덧 차에 올라탄 운전기사가 "얄라얄라!"(빨리빨리)를 외쳐댔기 때문이다. 어쩌지? 차로 돌아오면서 모하메드에게 급히 말했다. "돌아올게, 만나러 또 올 거야!" 운전기사가 야속했다. 가방에는 모하메드에게 주려고 가져온 선물도 있는데, 그리고 어쩌면 팀 활동을 하느라 모하메드를 만나러 다시 오지 못할지도 모르는데. 자동차가 아이의 집앞을 지나치는데, 모하메드가 큰소리로 다시 물었다. "유 윌 컴, 컴?" "응, 그래! 올 거야. 올게!" 어떻게든 시간을 내서 와야지, 꼭 다시 만나야지. 아, 나는 왜 힘껏 그 애를 안아주지 못했나. 내가 이라크에 들어와 처음 만난 아이, 그리고 일주일이 지나 만났을 때 내 이름을 기억해준 아이, 내게 장미꽃을 선물로 준 아이. 한달 만에 다시 들어온 지금, 또다시 처음으로 만난 아이. 고맙다, 무사히 살아 있구나. 모하메드는 그때 모습 그대로였다.

국경택시 정류장에서 알 파나르호텔로 가려면 알 만수르 지역을 지난다. 전쟁중 폭격이 가장 심했던 곳. 잿더미, 쑥대밭이 되어버린 그곳을 지나 첫 공습을 앞두고 촛불시위를 벌이던 티그리스강 다리 위를 건넜다. 그리고 멀리 알 파나르가 보였다.

바깥에서 본 알 파나르는 예전 그대로였다. 황토빛 건물도 그대로였고, 로비도 화분과 의자들도 모두 그대로였다. 폭발음이 있을 때마다 어깨를 움찔거리며 바깥을 살피던 곳, 한밤중의 거센 폭격에 무서워 지하방공호로 피해 내려가던 곳.

봉고차를 타고 숙소로 갔다. 전쟁이 끝난 뒤 한국이라크반전평화팀은 호텔을 숙소로 삼지 않고 앞으로 우리가 지원활동을 벌일 마을에 집을 빌렸다. 생각보다 큰 집이다. 부엌에는 해먹을 음식거리가 놓여 있고, 방마다 살림살이도 놓여 있다. 사람 사는 냄새가 나서 좋다.

저녁을 먹은 후 하운이와 혜란이를 따라 마을 구경에 나섰다. 아직 바그다드의 치안이 불안하기 때문에 여섯시가 지나면 바깥 활동을 하기가 어렵다. 너무 멀리 가지 말라는 주의를 듣고 집을 나섰다. 골목을 꺾어 도니 아이들이 양편에 골대를 세워놓고 축구를 하고 있었다. 그중 한 아이가 달려오더니 아는 척을 했다. 뒤이어 축구하던 아이들 모두 몰려들었다. 누구는 알리라고 했고, 누구는 하이달, 누구는 파디, 누구는 조세프, 누구는 무스파타…… 제각기 천진스럽게 자기 이름을 외쳐 말했다. 얼굴과 이름이 또렷이 연결되지는 않았지만 하이달, 알리, 파디, 조세프는 내가 아는 아이들과 이름이 같아서 지금도 생생히 기억이 난다. 아마도 이 나라에서 그 이름들은 철수나 순이처럼 아주 흔한 모양이다.

처음 보았는데도 아이들이 무척 정이 갔다. 단지 좋아서 쫓아다니며 눈이라도 한번 더 맞추고 싶어하는 아이들을 만나니 이제야 비로소 내가 바그다드에 와 있다는 실감이 났다. _6월 20일

로아이, 로아이!

아침이 다 되어 잠든 탓에 눈이 떠지지 않았다. 겨우 일어났다. 일어나보니 다른 팀원들이 부랴부랴 아침을 준비하고 있었다. 먹는 둥 마는 둥,

어제 저녁에 나온 누룽지를 한그릇씩 훌훌 덜어 먹고 아침 일을 하러 나섰다. 벌써부터 아마르의 차가 대문 앞에 와 있다.

이곳에서 활동을 하려면 먼 거리를 이동해야 하는 때가 많은데, 우리가 자동차를 이용하는 방법은 필요할 때마다 아마르의 봉고차나 살람의 승용차를 타는 것이다. 아마르와 살람은 우리 팀의 현지인 파트너이다. 일단 우리가 어느 곳에서 차에 내리면 그 다음 움직이게 될 시간을 미리 일러주고 그때 와달라는 식으로 약속을 하는 것이다. 전화를 자유롭게 쓸 수 없는 형편이니 미리 계획을 잘 짜놓고 약속한 대로 움직여야 한다.

알 마시탈 보건소

아마르의 차를 타고 간 곳은 우리 팀의 주요 활동지역인 뉴바그다드New Baghdad 알 마시탈Al Mashtal의 보건소다. 이 보건소는 원래 이라크군 기지가 있던 곳으로 전쟁이 지나간 뒤 현지인들과 더불어 보건소로 운영하고 있다. 구역 안에는 진료소로 쓰는 건물뿐 아니라 비어 있는 건물이 더 있는데 그 가운데 한곳을 지역 어린이들을 위한 공간으로 만들려는 것이다. 팀원 가운데 한 사람인 건축가 이상래씨가 구상하여 진행하고 있고, 지금은 우리 팀원들이 건물을 새로 단장하기 위해 페인트칠을 하고 있다.

끌을 들고 벽을 다듬거나 못을 뽑는 일은 오래 걸리지 않았다. 그 다음 일은 반죽처럼 갠 석고로 벽 틈이나 흠을 메우는 것이었다. 처음 해보는 일이라 손이 서툴렀다. 반면 한 이라크인은 아주 익숙한 손놀림으로 반죽을 개어 끌질을 했다. 기술자인 모양이다.

땀을 식히려고 잠깐 쉬는 사이, 구경 나온 아이 녀석들을 만났다. 말이 통하지 않으니 그저 "앗 살라무 알라이꿈." 하고 인사를 건네거나 눈을 맞추며 우리말로 "안녕? 학교 다녀왔어?" 하고 말을 걸어볼 뿐이다.

아이들 곁에 앉아서 눈웃음으로 억지 얘기를 나누고 있는데 혜란이가 불쑥 "얘들한테 노래를 시켜 녹음하면 되겠다." 하고 말했다. 정말! 영어도 곧잘 하고 글도 읽을 줄 아니 안성맞춤이다. 바로 아이들에게 「딱지 따 먹기」의 노랫가락을 들려주었다. "라라, 라라라라라, 랄랄라 라라라라라라." 한 소절 음을 불러준 뒤 "자, 그럼 지금 한 거 따라해봐." 하고 말을 했다. 그냥 한국말로 한 거였는데 아이들은 신기하게도 뜻을 알아듣고는 따라 부르기 시작했다. 와아, 참 잘한다.

나도 신이 났고, 아이들도 신이 났다. 나는 마치 지휘봉이라도 잡은 듯 손가락을 휘저어 박자를 넣으며 크게 불렀고, 아이들도 서로 얼굴을 마주보고 키득 웃기도 하면서 따라했다.

아이들의 도움을 받아 아랍어로 옮긴 노랫말을 가락에 붙여 부를 수 있을지 잘 모르겠지만 음을 일러주고 따라하는 그 순간이 참 기뻤다. 같이 웃는다는 것, 서로 마주본다는 것, 그리고 함께 기뻐한다는 것, 그것만으로도 충분히 즐겁고 고마웠다.

엄지손가락씨름

석고반죽 같은 것으로 벽 틈을 메우고 난 뒤 잠시 쉴 때 아이들에게 이 놀이를 가르쳐주었다. 붙임성이 많은 알리와 수줍음이 많은 하이달. 먼저 알리에게 알아듣거나 말거나 우리나라 아이에게 말을 하듯 천천히 놀이를 설명했다.

180

놀이방 준비를 하는 곳에는 마을 아이들이 기웃거리며 드나들었다. 아이들에게 엄지손가락씨름 놀이를 가르쳐주었다. 한마디 말도 통하지 않았지만 아이들은 금세 따라 배웠다.

　"이렇게 손을 잡고, 엄지손가락으로 상대 엄지손가락을 위에서 누르면 이기는 거야. 이렇게. 으응, 그러면 너는 피해야지. 자, 그럼 네가 해봐. 네 엄지로 내 엄지를 잡아서 눌러. 응, 맞아. 자, 다시. 나는 요렇게 피해다니지? 너도 내가 잡으려고 하면 피해."

　내 엄지로 상대의 엄지를 잡아 누르는 것까지는 알리가 곧 이해했다. 녀석 꽤 영리하네. 그 다음 상대의 엄지를 눌렀으니 손등을 때려야 한다는 걸 가르쳐줄 차례다.

　"자아, 그럼 해보자. 그래, 그렇게 피하면서. 내가 잡았지? 이렇게 잡으면 내가 네 손등을 때리는 거야. 으응, 그런데 진 사람은 가만히 맞고만 있는 게 아니라 이렇게 밑으로 손을 집어넣어서 손등을 막는 거야. 자, 그럼 다시 해보자. 시작! 그래, 그래. 어어, 네가 잡았네? 봐봐, 네가 이겼으니까 내 손등을 때리는 거야. 그래, 그렇게 손등을 찰싹찰싹. 자아, 이제 다시 한다. 이번에 내가 지면 가만히 있지 않고 못 때리게 막을 거야……"

이긴 편이 진 편 손등을 때린다는 것, 그럴 때 진 편은 못 때리게 막는다는 설명이 좀 어려웠는지 아까만큼은 잘 알아듣지 못하는 것 같았다. 하지만 이 또한 금세 깨우쳤다. 옆에서 구경하던 혜란이와 상미, 하운이도 그 애와 내가 금세 놀이를 하게 된 것을 신기해하며 쳐다보았다. 나도 신기했다. 나는 정말 영어 한마디, 아랍어 한마디 하지 않았는데 이렇게 놀이를 가르쳐줄 수 있다니, 그리고 이렇게 금세 같이 하게 되다니.

다시 작업을 했다. 벽마다 여기저기 못자국도 많고 갈라진 곳은 또 왜 그리 많은지 쉬이 끝날 일이 아니었다. 그래도 새 페인트칠을 하려면 그런 흠이나 틈을 꼼꼼히 잘 메워야 했다. 한참을 일하다가 반죽을 새로 개는 사이 잠깐 또 나왔다. 알리와 하이달, 지하드는 그때까지 그 자리에 앉아 있었다. 아이들은 보기만 하면 웃는다, 눈만 마주치면 웃는다.

엄지손가락씨름을 다시 하자고 하니 이제 손등 아픈 게 가셨는지 손을 내밀었다. 이번에는 살살 해야지. 놀이를 더 하고 나서 팀에서 간식으로 준비한 사온 음료수를 나누어 마셨다. 좀 넉넉하게 사와서 함께 일하는 아저씨들부터 하나씩 다 돌아갔는데도 몇개가 남아 아이들에게도 하나씩 줄 수 있었다. 그런데 알리가 안 받겠다고 손사래를 쳤다. 몇번이나 실랑이를 하다가 겨우 손에 쥐여주었다. 하이달도 마찬가지였다. 그런 면에서는 오늘 만난 이 아이들이 참 이상하게 여겨졌다. 내 기억으로는 이곳 아이들이 주는 걸 마다하는 일은 한 번도 없었다. 오히려 아무 때나 눈살이 찌푸려질 정도로 무얼 달라고 손을 내밀고 옷깃을 잡아당기는 일이 예사였다. 이 아이들이 보통의 아이들 모습일까? 길에서 만난 아이들이었기에, 유독 가난한 마을의 아이들이었기에 그랬을까? 잘 모르겠다.

그렇다. 아무리 이 나라에서 전쟁을 함께 겪으며 몇달을 지낸다 해도 내가 보고 겪는 것이라야 아주 작은 일부분일 뿐이다. 나는 섣부르게 이 나라를 안다고 말할 수 없고 그래서도 안된다. 기껏해야 장님 코끼리 더듬기다.

내 이름은 로아이

그늘에 앉아 팀원들과 쉬고 있는데 알리가 다가와 내 아랍 이름을 지었다며 일러준다. "로아이." "로아이?" "예스, 유어 아라빅 네임 이즈 로아이." 와아아, 나도 이제 아랍식 이름이 생겼다. 로아이. 아랍 이름을 갖게 된 것이 무슨 커다란 자격이라도 되는 양 기뻤다. 게다가 아이들이 지어준 이름이니 더 기분이 좋았다. 로아이, 로아이, 로아이!

다른 팀원들에게 나도 아랍 이름이 생겼다고, 이 아이들이 지어주었다고 자랑했다. 그런데 알고 보니 그사이 나만 아랍 이름이 없었고, 다들 벌써 가지고 있었다. 하운이는 '알리야'('알리'의 여성형), 상미는 '쑤아드'(행복), 목지영씨는 '자밀레'(아름답다), 혁이 형은 '싸이드'(행복한 이)…… 그리고 혜란이는 전에 카심이 장난스럽게 '왈라드'(작은 남자아이)라는 이름을 지어주었는데 방금 아이들에게 새로 지어달라 하여 '하디르'(작은 강물)라는 새 이름을 얻었다. 아이들이 나에게 지어준 이름 '로아이'가 무슨 뜻인지를 그 자리에서 제대로 듣지 못했는데, 낮에 카심이 우리 숙소에 찾아왔을 때 물어보니 '영리한'이라는 뜻이란다. 곁에 있던 혁이 형이 "라, 라, 라! 로아이! 낫 클래버!" 하며 크게 웃었다. 카심 아저씨도 나도 따라 크게 웃었다.

아이들은 내가 지나가면 괜스레 "로아이, 로아이!" 하고 불렀고, 또 아주 처음 본 사람처럼 내게 이름을 묻기도 했다. 내가 "마이 네임 이즈 로아이." 하고 대답하면 "굿!"이라며 좋아했다. 저희도 내게 이름을 붙여준 일이 좋은 모양이었다. 물론 더 좋은 건 나였다.

활동지역을 둘러보다

네시부터 팀원들은 모두 오전에 일하던 알 마시탈로 갔고, 어제 들어온 혜란이와 나는 팀장의 안내로 주요 활동지역을 돌아보았다. 뉴바그다드의 알 카마리아Al Kamaria, 알 마시탈, 알 라쎄Al Rasse, 알 슈하다Al Shuhada, 알 우바이티Al Ubaiti 등. 그동안 왜 그렇게 위생상태니 청소문제를 그렇게 심각하게 언급했는지 비로소 알 것 같았다. 말 그대로 마을 전체가 쓰레기장이었다. 어떤 곳은 악취가 코를 찔러 숨쉬기조차 어려울 지경이었다. 그나마 불도저로 밀고 포크레인으로 퍼올려서 다소 나아졌다고 하는데 내가 보기에는 아직도 아득했다. 도무지 어디에서부터 손을 대야 할지, 이 쓰레기들을 어찌 해야 할지.

다섯 개 지역, 열다섯 곳의 쓰레기집하장과 보건소 한 곳을 들르는 데만 꼬박 두 시간이 걸렸다. 이제는 페인트칠 작업을 하는 팀원들과 합류하러 알 마시탈로 돌아가야 한다. 그런데 좀 낫는다 싶었던 몸살이 더 심해졌다. 구급약이 넉넉히 있다는 말을 믿고 챙겼던 약을 놓고 온 것이 잘

민중지원활동을 시작한 뉴바그다드는 올드바그다드 못지않게 가난한 곳이었고, 더구나 전쟁이 지나간 뒤에는 모자란 전기와 수도, 넘쳐나는 쓰레기로 몸살을 앓고 있었다.

못이었다. 할 수 없이 보건소에 들어갔다. 진료를 받으면서 "아이 참, 민중지원활동을 한답시고 와서 거꾸로 짐이 되나보다. 이거, 한국에서 들고 온 구호약품으로 내가 치료를 받게 되었네." 하며 쓴웃음을 지었다. 이라크인 의사가 청진기를 대고 입 속을 살피더니 약을 조제해주었다.

밤 열시, 회의가 끝나자마자 또 불이 나갔다. 램프 등 아래서 오늘 하루의 일을 쓰기 시작했다. 처음엔 석유램프가 네 개 있었는데 지금은 쓸 수 있는 것이 하나뿐이다.

일지 정리를 하고 난 지금은 새벽 여섯시. 바그다드에도 닭을 치는 집이 많다. 여기저기에서 닭들이 꼬끼오 꼬꼬댁 아침을 알리고 있다. 내일부터는 좀 일찍 자야겠다. _6월 21일

이방인, 산타클로스, 그리고 친구

살람 아저씨네 집

살람 아저씨는 우리와 이라크 활동을 함께하게 된 현지인이다. 나는 이번에 처음 만났기 때문에 아직 그이를 잘 알지는 못한다. 서글서글한 인상에, 우리를 이해하고 도와주려는 사람이라는 인상을 받았을 뿐이다.

살람이 자기 누이가 살고 있는 알 후리야Al Hurriya의 시골마을 아이들을 위해 일해주었으면 좋겠다는 제안을 했다. 오백명가량 아이들이 다니는 조그만 시골 학교, 그곳 또한 우리가 지원하고 있는 뉴바그다드의 알 마시탈 못지않게 몹시 어려운 환경이라고 한다. 그래서 우리 팀에서는 힘이 닿는 대로 그 마을 아이들을 위한 일을 해보자고 의견을 모았다. 이를테면 마을 아이들과 함께 놀아주거나 모든 아이에게 학용품쎄트(책가방 하나에 공책과 연필, 지우개, 자 따위를 담아 꾸린 것)를 나눠주기로 했다.

살람의 집은 자동차로 한시간쯤 걸렸다. 그의 식구들은 우리를 아주 반갑게 맞아주었다. 한눈에도 손님 준비를 많이 해놓은 것 같았다. 물을 뿌려 열을 식혔는지 방바닥이 아주 시원했다. 선풍기에 에어컨을 틀어도 열기가 좀체 식지 않는 우리 숙소를 생각하면 바닥이 차다는 사실이 신기할 정도였다. 그건 살람의 집이 특별히 지은 부잣집이어서가 아니다. 그만큼 우리를 맞으려고 마음을 써서 준비했기 때문이다. 살림 형편으로 봐서는 우리 숙소가 너무 호화로울 정도로 그의 집은 조그마했다.

다른 팀원들은 이미 아이들의 얼굴과 이름을 알고 있었다. 내가 바그다드로 들어오기 며칠 전에 한번 다녀간 모양이다. 여느 아이들처럼 이 아이들도 무척 예뻤다.

나는 아이들의 방이 궁금했다. 아니, 방 자체가 궁금했다기보다 이곳 아이들은 어떤 장난감을 가지고 노는지, 책상에는 무엇이 놓여 있는지, 벽에는 어떤 걸 걸어놓거나 붙였는지 따위가 궁금했다. 야구모자를 쓴 사내아이 무스타파의 손을 잡고 아이들의 방을 봐도 되겠냐고 살람에게 물어보았다. 살람은 기꺼이 2층으로 안내했다. 계단을 올라가 2층 방으로 들어서려는데 살람의 아내인 듯한 여인이 웃으며 들어오지 말라는 표정을 지었다. 아마 방이 너무 어지러워서 보여줄 수 없다는 뜻인 것 같았다. 살람은 괜찮다고 웃으며 문을 밀고 들어갔다. 아이들만 쓰는 방이라고 하기에는 제법 컸다.

"여기가 아이들 방이에요?" "아니, 우리 식구가 함께 쓰는 방이에요. 나와 아내, 그리고 아이들이 다 이 방에서 살아요."

그 집에는 세 가정이 함께 사는데 살람의 식구는 2층 방 하나에 모여 산다고 했다. 방 하나에서 네 식구가 산다니 다소 놀라웠다. 이제까지 보았던 이라크인들의 집은 아무리 가난해도 방 몇개에 부엌과 거실이 따로 있었다. 하지만 살람은 전혀 부끄러워하지 않았다. 아, 그래. 내가 살람에게 정겨움을 느낀 건 바로 그때부터였나보다. 물론 아이들의 책상이나 책꽂이 따위도 없었다.

방안을 이리저리 살펴보다 무스타파의 책가방이 놓여 있는 선반에 눈길이 갔다. 아주 낡은 책가방이었다. 무스타파가 가방에서 책을 하나하나 꺼내 보여주는데 아랍말로 되어 있어 읽을 수는 없지만 무슨 과목 교과서인지는 알 수 있었다. 수학책, 과학책, 아랍어 교본, 숙제장 따위였다. 수업시간에 한 듯한 낙서가 눈에 많이 띄었고, 선생님들이 숙제검사를 하면서 써주었을 '참 잘했어요' 같은 말도 보였다. 어느 교과서에는 눈에 익은 그림이 실려 있었다. 이라크 아이들도 우리와 비슷하게 연을 날리고 노는 것 같았다. 연의 생김새나 연 날리는 모습이 아주 닮았다.

마침 그때 다른 팀원 몇명과 무스타파의 여동생 도하가 2층에 올라왔다. 갑자기 목지영씨가 환성을 내질렀다. 도하가 그녀에게 팔찌를 선물한 것이다. 살람의 말로는 도하가 이틀 전부터 준비했다고 한다. 하운이에게도 팔찌를 선물했다. 팀원들이 모두 기뻐했다. 도하는 선물을 건네면서도 무척 수줍어했다. 무스타파와 도하를 보고 있자니 영화 「천국의 아이들」에 나오는 알리와 자라가 떠올랐다. 이 아이들도 방바닥에 공책을 펴고 꼭 붙어앉아 숙제를 할까?

파편에 맞은 아버지와 아들

살람의 집에서 나와 이웃의 살람 친구네 집으로 갔다. 살람 친구는 전쟁중에 폭격 파편에 맞아 다쳤다. 그의 아버지도 몇군데에 큰 상처를 입었다. 살람의 친구와 나이 지긋한 그의 아버지에게서 당시 이야기를 들었다. 폭격이 있었던 건 4월 8일, 그러니까 전쟁이 거의 끝나갈 즈음이었다. 폭탄이 시장 한가운데 떨어져 예순명이나 죽고 더 많은 이가 다쳤다.

살람의 친구는 축구선수였는데 파편에 맞은 팔의 신경이 죽어 한 팔을 쓰지 못하게 되었다. 아버지는 아들을 찾으러 나갔다가 여러 군데에 파편을 맞았다. 발목에 감고 있는 붕대를 풀어 보여주었는데 뒤꿈치가 크게

188

부어올라 있었다. 그밖에도 종아리와 허벅지, 엉덩이에 작은 파편이 박혀 있었다. 지금 치료는 어떻게 받고 있는지, 미군 측에서 전쟁 때 다친 사람들에 대한 피해조사를 해갔는지, 아니면 지역 모스끄^{Mosque}의 자치위원회에서 대신 조사를 했는지, 전쟁 피해에 대한 보상은 준비되고 있는지 등을 물어보았다. 어느 것 하나 이루어지지 않았다고 했다. 아직까지 미군도 지역 모스끄의 자치위원회도 피해자에 대한 조사를 실시하지 않았다. 물론 NGO 같은 단체에서도 아직 그런 목적으로 방문한 적이 없었다.

전쟁이 끝난 지 한달 반, 아직까지 그런 조사를 한 번도 하지 않았다면 도대체 전쟁 피해에 대한 신문기사나 통계는 어떻게 나온 것일까? 이렇게 무고한 민간인 피해자들은 앞으로 어떻게 살아가라는 것일까? 누가 과연 최소한의 책임이라도 질 것인가? 답답했다. 병원치료라고 해봤자 약이나 줄 뿐 입원은 엄두도 낼 수 없다고 했다.

길에서 만난 아이들

알 후리야를 벗어나는 길에 살람의 또다른 친구 집에 들렀다. 어디서나 우리가 차를 대면 아이들이 몰려든다. 엄지손가락을 세우고 "미스터 굿!"이라고 외치거나 악수를 청하며 "헬로우, 하우 아 유?" 하고 말을 붙여온다. 혹 누군가가 사진기를 꺼내 들면 그 앞으로 금세 스물, 서른 명의 아이들이 몰려들어 경중경중 뛰며 사진기에다 제 얼굴을 들이댄다. 그러니 아이 하나하나 얼굴을 마주 보거나 손을 잡아주기가 힘들다.

이곳에서 만나는 아이들은 모두 예쁘다. 무척 예쁘다. 눈길 한번 주기를 바라는 순한 눈망울, 한마디 말이라도 붙여보고 싶어하는 눈빛. 그저 좋아 죽겠다는 얼굴이다. 좋으면 좋은 대로 이빨을 드러내고 웃는다.

그런데 나는 이제 그런 식으로 아이들을 만나는 일을 거듭할수록 혼란스러웠다. 물론 이것은 전쟁 전부터 느껴온 것이다. 올드바그다드 거리를 지날 때, 쇼르즈시장을 거닐 때, 타흐리르광장에 설 때, 그때마다 아이들에게 둘러싸였지만 나는 그 아이들의 간절한 눈빛에 무엇 하나 응답해줄 수가 없었다. 내 모습은 꼭 불쌍한 아이들 곁을 스쳐지나는 이방인, 방관자에 지나지 않았다. 때로 주머니에 든 사탕이나 배지를 매달리는 아이들에게 나눠주기도 했지만 그렇게 하고 돌아올 때면 더욱 마음이 착잡했다.

살람의 친구 집 앞에서 눈이 마주치는 아이와 인사를 건네고 손을 잡지만 일부러 아이들을 쫓아다니며 사진기를 들이대는 일 따위는 하지 않았다. 아이들을 만나고 싶어 이 땅에 다시 돌아왔지만 적어도 그런 식은 아니기 때문이다.

학용품쎄트

살람의 친구 집에는 며칠 뒤 시골마을의 아이들에게 전해줄 선물이 쌓여 있었다. 그 마을은 알 후리야에서도 한참을 들어가는 곳인데, 살람의 제안에 따라 팀원들이 직접 그 마을에 다녀온 뒤 그곳 아이들에게 학용품을 선물하기로 했다. 가방 하나, 연필 한자루 제대로 갖추지 못한 아이들에게 대단한 것은 아닐지라도 꼭 필요한 선물이 될 거라는 생각에서였다. 이왕이면 더 오랜 시간을 함께하면서 더 많은 것을 주면 좋겠지만, 이미 뉴바그다드의 다섯 지역을 활동의 중심지로 삼았기 때문에 일정을 더 할애하거나 많은 예산을 쓸 수는 없었다.

190

살람 누이가 교사로 있다는 알 후리야 마을의 초등학교 아이들.

    마당에 가득 쌓인 학용품쎄트를 보았다. 그다지 질이 좋지는 않았다. 한국의 가방이나 공책, 연필과 비교해보면 아주 헐값에나 팔릴 만한 것이다. 하지만 이 나라의 물자 환경을 생각하면 그리 실망스러울 것도 없다. 오히려 번들번들한 외국 것을 주는 것보다 이 편이 더 나을지 모른다.

    하지만 그 앞에서 나는 또다시 혼란스러웠다. 아이들은 이 선물을 받고 얼마나 좋아하며 웃고 매달릴까? 하지만 그것뿐. 지금의 우리 팀 일정으로는 내가 그 아이들과 함께할 수 있는 게 아무것도 없다. 나는 이 땅 아이들에게 산타클로스가 되고 싶은 게 아니다. 아이들에게 친구가 되고 싶다…… 모르겠다. 자꾸만 내 안에 풀리지 않는 것들이 쌓여간다.

새총

머릿속이 혼란스러워 그랬을까? 살람의 친구 집에서 오래 있지 못하고 혼자 바깥으로 나왔다. 어른이고 아이고 순박하기 이를 데 없는 사람들. 우리에게 베푸는 호의나 친절이 너무 고마워 미안하기까지 한 사람들. 하지만 그렇게 스쳐지나며 만나는 일이 되풀이될수록, 그런 식으로 또다른 이들을 만날수록 더는 그렇게 만나고 싶지 않다. 그저 스쳐갈 뿐인 만남, 어쩔 수 없이 구경꾼이 되고 마는 내 모습, 그것이 힘들었다. 단 몇사람이라도, 머무는 시간이 짧더라도 그들과 함께 사는 사람으로 만나고 싶었다.

문밖 골목에서 뛰놀던 아이들이, 어디서나 그랬듯이 내 둘레로 모여들었다. 나는 그런 상황을 피하려고 일부러 인사를 건네거나 웃으며 눈을 맞추지 않으려 했는데, 그런다고 피할 수 있는 게 아니었다. 아이들은 곁에 와서 정신이 없을 정도로 이것저것 묻거나 악수를 청하면서 어떻게든 반가움을 표현하고 싶어했다. 그래도 나는 웃지 않고 시큰둥하게 대꾸하거나 가급적 손을 마주잡으려 하지 않았다. 하지만 아이들은 조금도 괘념치 않았다.

그런데 문득 내 태도가 자칫 거만한 외국인의 모습으로 보일 수도 있겠다는 생각이 들었다. 아, 잘 모르겠다. 어떤 쪽도 싫었다. 몰려드는 아이들에게 사탕을 나눠주거나 사진을 찍는 모습은 왠지 더 잘사는 나라의 외국인이 보이는 우월감이나 동정 같아 싫었고, 몰려드는 아이들을 무덤덤한 눈길로 보는 것 역시 우월감의 또다른 모습인 것 같아서 싫었다. 어떻게 해야 할지 난감했다. 결국 더는 이런 식으로 아이들을, 사람들을 만나고 싶지 않다는 생각뿐이었다. 지금 이 나라에서의 내 처지나, 이곳 사람들의 처지가 어떤 식으로든 그런 관계를 만들기 때문이다.

그래서 아이들과 다시 손으로 몸으로 얘기하며 웃고 놀았다. 그러다가 내 앞에 선 아이가 손에 무언가를 들고 있는 것을 보았다. 새총! 새총이다. 와이(Y)자 모양의 나무막대에 고무줄을 매어 만든 새총. 어쩌면 내가 어렸을 때 가지고 놀던 것과 이리도 닮았을까. 아이에게 나도 한번 해보고 싶다고, 나도 이게 뭔지 안다고 했다. 아이가 내게 건네주었고, 나는 아이들 앞에서 조그만 돌멩이 조각을 총알삼아 새총을 쏘았다. "와아!" 하는 아이들의 함성. 아이들도 내가 자기네 놀이를 안다는 게 신기했나 보다.

이곳 새총과 우리 것의 차이라면 이곳 아이들의 새총은 가운데를 못으로 박아놓아서 접을 수 있다는 것이다. 마치 가위 날 두 개를 하나로 모으듯이 새총의 양 끝을 모을 수 있었다.

내가 너무 좋아하자 새총을 건네준 아이가 가져가라고 했다. 그러면서 아랍말로 뭐라고 덧붙이는데 옆에 선 청년이 영어로 번역해주기를, 그걸 보면서 자기들을 기억해달라고 한단다. 마음이 울컥했다. 이 아이들은 내게 "기브 미 머니, 기브 미 푸드." 하며 달려들기도 하지만 그것만으로 이 아이들을 함부로 이렇다 저렇다 얘기해서는 안된다. 지금 당장은 돈이 없고 먹을 것이 없어 구걸할 수밖에 없는 이들도 자기네들 처지가 안타깝고 슬프겠지. 나도 잠깐 동안 이 아이들을 보며 안쓰러움을 넘어 답답해하기도 했으니 얼마나 섣부른 마음이었나. 그래, 기억할게. 네가 준 이 새총 잃어버리지 않고 꼭 간직할게. _6월 22일

알 마시탈 놀이방을 준비하면서

알 마시탈 보건소 안 놀이방 개관이 사흘 앞으로 다가왔다. 하지만 실제로 그 공간에서 아이들과 함께 어울리기에는 준비가 좀더 필요하다. 내부를 어떻게 채울지는 물론, 개관식과 개관 후의 프로그램도 준비해야 한다. 이 놀이방을 지역 내에서 어떻게 운영해갈 것인지도 알 마시탈의 지역 책임자 아마르와 의논해야 한다.

어제와 그제 방을 꾸미는 데 필요한 것을 구입하기 위해 시장을 둘러보았다. 그런데 생각처럼 쉽지 않았다. 바그다드에서는 원하는 재료나 물건을 구하기가 어려웠고, 이 공간의 쓰임새를 아마르가 우리와 조금 달리 생각하고 있기 때문이기도 하다.

아마르는 작은 책상 아홉 개와 큰 책상 다섯 개, 그리고 방마다 들일 긴 2단 책장을 이미 주문해놓았다. 아마 이것들은 도서관을 염두에 둔 것 같다. 우리는 처음부터 말 그대로 '놀이방'을 구상하며 준비했는데, 이것이 통역의 어려움 때문이었는지 그동안 현지인들과 이야기를 나눌 때에는 편의상 '어린이도서관'이라는 말로 대신해온 모양이다.

이 공간이 아이들이 편안하게 놀 수 있으려면 아이들이 아무렇게나 뒹굴 수 있는, 그야말로 '방'이 되어야 가장 좋겠지. 이를테면 우리 팀이 암만에서 준비해온 고무풍선집을 비롯한 놀잇감들은 방바닥에 두고 맨발로 들어가 놀기에 좋다. 블록놀이를 하거나 소꿉놀이를 할 때도 맨바닥에 앉아서 하는 게 가장 편하다. 그밖에 어떤 놀이나 활동을 한다 해도 딱딱한 교실 같은 곳이 아니라 편안한 방이 아이들에게는 더 좋겠지.

승로, 혜란이와 이야기를 나누어 네 개의 방 가운데 끝 방은 시청각실로 사용하고, 왼쪽에서 두번째 방(긴 창이 있는 방)에도 장판을 깔아 놀이방으로 꾸미기로 생각을 모았다. 그리고 주문한 책상은 모두 맨 왼쪽에 있는 가장 넓은 방으로 모아 아이들이 숙제를 하거나 책을 읽는, 말하자면 도서관(공부방)으로 쓰고, 또 시청각실 옆에 붙어 있는 작은 방은 아이들이 낮잠을 잘 수 있는 방으로 꾸미면 좋겠다는 생각도 있었다. 어찌 하건 아마르와 공간에 대한 상을 공유하는 일이 먼저 있어야 할 텐데.

고민이다. 어차피 이 공간은 우리가 떠난 뒤 이 마을 사람들이 스스로 운영해가야 할 곳이다. 그들의 계획이 되지 못하는 우리의 계획이란 아무런 의미가 없다. 한국에서 이 활동을 지원하며 후원해준 많은 이들을 떠올릴 때도 역시 그렇다. 고사리 같은 손으로 저금통을 깨 이곳 바그다드 거리의 동무들을 위해 써달라고 한 아이들의 마음을 옳게 살려야 할 텐데. 어깨가 무겁다.

놀이방을 어떻게 운영할까

아마르는 놀이방에 유치원 교사(또는 보육 교사) 세 사람을 데리고 올 생각이라고 한다. 뉴바그다드의 다섯 마을에서 아이들 60명가량을 모아올 계획이라고도 했다.

그 얘기를 팀원들에게 전했더니 모두들 탐탁지 않아 했다. 우리 팀이 애초 이 사업을 왜 계획했는지 돌이켜보면 '아이들이 놀 곳이 없다. 특히 우리가 주되게 활동할 지역인 알 카마리아를 비롯한 뉴바그다드의 다섯 마을은 아이들이 쓰레기더미 위에서 놀고 있는 실정이다. 때문에 설사 등 온갖 질병에 그대로 방치되고 있다. 그러니 아이들이 마음껏 뛰어놀 수 있는 공간을 마련해주자.' 이런 취지였다. 거리의 아이들, 떠돌아다니는 아이들, 아무런 문화적 혜택을 누릴 수 없는 가난한 마을의 아이들, 이 아이들을 위한 공간을 마련해주자는 것이었다. 나 또한 팀의 생각에 동의했다. 그런데 아마르의 생각은 여러모로 걱정스러웠다. 아이들 수를 '정해놓고' 아이들을 '모을' 거라는 말이 그렇고, 정식 '교사'를 두겠다는 말도 마음에 걸렸다. 그렇게 되면 '아이들의 자유로운 공간'과는 거리가 멀어지지 않는가. 그 60명에 끼지 못한 아이는 드나들 수 없다는 건지, 정식 교사를 셋이나 둔다면 혹시 아이들에게 보육료를 받으려는 계획은 아닌지……

나는 이곳이 아이들이 어떤 눈치도 보지 않고 자유로이 드나들며 놀고 쉬는 곳, 그런 곳이 되기를 바랄 뿐이다. 우리가 차에서 내리면 사진기 앞으로 몰려들곤 하던 그 길의 아이들이 오고 싶을 땐 언제든지 와서 놀 수 있는 곳이면 좋겠다. 앵벌이를 하는 아이, 갈 곳 없이 돌아다니는 아이 누구라도 오고 싶을 때 와서 놀 수 있는 곳. _7월 2일

긴장이 더해가는 바그다드

오늘 오전에 바그다드 시내 하이파^{Hayfa}거리에서 교전이 있었다. 미군 탱크가 이라크인에게 공격을 당했는데 그 보복으로 미군이 시민들에게

이라크 시민들은 산발적으로 침략군에 저항했고 저항세력이 점차 조직되면서 바그다드는 긴장을 더해갔다. 알 마시탈 경찰서 가까운 곳에서 일어난 폭발(위). 이라크 사람들을 결박해서 어디론가 싣고 가는 미군(아래).

마구 총을 쏘았다고 한다. 아이 하나가 죽고 열일곱이 다쳤다. 하운이가 그곳에 갔을 때는 이미 총질이나 사고 흔적은 말끔히 치워져 있었다고 한다. 그 같은 사고가 발생하면 곧바로 헬기가 날아와 흔적이 될 만한 것을 치워버린다는 것이다. 오후에 놀이방 공사를 하고 있을 때 살람이 와서 자세한 이야기를 들려주었다. 살람은 아주 절망적인 얼굴이었다. 격한 감정을 드러내지는 않았지만 그가 얼마나 비통해하는지 충분히 알 수 있었다. 다친 사람들은 모두 아이들이었다, 모두! 미군은 후세인의 친위부대원을 잡기 위해서라고 발표했지만, 사실은 마구잡이로 민간인에게 쏜 것임은 삼척동자도 다 안다.

지금 바그다드에는 점점 더 긴장이 높아간다. 오늘과 같은 사건도 알게 모르게 계속되어왔다. 총소리는 어디에서나 들을 수 있다. 놀이방에서 일을 하다가도, 집에 들어와 밥을 먹다가도 드르르르륵 미군이 긁어대는 총소리와 따당따당 이라크인의 총소리를 들을 수 있다. 물론 지난 3, 4월의 전쟁 때처럼 폭격이 쏟아지거나 격렬한 총격전이 벌어지는 건 아니다. 하지만 분명한 것은 요사이 들리는 총소리도 누군가 사람을 향해 쏘고 있다는 것이다.

아침에 유엔에 갔다. 여느 때처럼 아이디카드를 보이고 들어가려는데 오늘따라 가방 수색을 했다. 나는 노트북 가방을 메고 있었고, 같이 간 강인화씨는 조그만 손가방을 메고 있었다. 무기도 없고 폭발물도 없다니까 가방을 열어보지는 않았지만 어쨌든 어제까지는 하지 않던 일이었다. 미군 측(유엔을 포함해서) 또한 매우 긴장하고 있는 것이다. 아니, 오히려 이라크인보다 더 겁을 내고 있는지도 모른다. 이라크인은 긴장하고 있다기보다는 점점 미군에 대한 감정이 격해지고 있다.

미군은 정말 불안할 것이다. 오히려 전쟁중일 때보다 지금이 더할 것이다. 전쟁중에는 상대를 압도하는 화력을 지닌데다 전선 또한 뚜렷했지만 지금은 다르다. 전선이라는 게 없으니 어디에서 총알이 날아올지, 어느 누가 폭발물을 던질지 모른다. 그래서 더 바짝 긴장하고 모든 사람들을 의심의 눈초리로 보는 것이다. 검문검색을 철저히 하고, 통행을 제한하며. 그네들 자신도 두렵고 겁이 날 테니까. 하지만 전쟁상황이 끝난 지 두달이 지난 지금, 그들도 언제까지나 통행제한이나 검문검색을 할 수는 없을 것이다. 어쨌든 지금은 4월보다 시내 통행이 훨씬 자유롭기는 하다(물론 지금도 저녁 일곱시 이후에는 사람들이 잘 다니지 않지만).

바그다드가 점점 더 긴장 상태로 가고 있는 또 한가지 이유는, 어제 시내에서 팔레스타인 무장독립조직 하마스Hamas로 추정되는 이들이 유인물을 뿌렸다는 것이다. 그건 미군에게 앞으로 공격하겠다는 선언이었고, 이라크인에게는 위험한 상황이 벌어질 테니 미군 곁엔 가지 말라는 당부였다. 그러니 미군은 더 긴장할 수밖에 없을 것이다. 오늘 유엔에서 폭발물에 대한 검문을 시작한 것도 그것과 관련이 없지 않을 것이다.

절망하던 살람의 얼굴이 자꾸만 떠오른다. 살람은 지금 이 상황을 두 눈으로 똑똑히 보면서도 마음 아파하고 슬퍼할 뿐 아무것도 할 수 없다. 지금 이 땅의 사람들 대부분이 그러하듯이. _7월 3일

개관식

　개관식. 여전히 준비가 모자랐지만 대충 뼈대를 만들어놓고 놀이방 문을 열었다. 꽤 많은 아이들이 왔다. 준비한 대로 마당에서 바그다드대학 인형극 동아리 '해피 패밀리'가 인형극 공연을 했다. 아이들이 무척 재미있어했다. 한쪽에서는 아이들 얼굴에 물감으로 그림을 그려주고, 또 한쪽에서는 아이들과 공을 찼다. _7월 5일

아이들 놀이터에 그 많은 탄피와 총알이라니

　그간 강행군을 하느라 모두 지쳐서 개관식 다음날은 모두 쉬기로 했다. 몹시 더웠다. 숙소에만 있는데도 땀이 줄줄 흘렀다.
　어젯밤에는 전체회의를 했다. 놀이방 개관을 끝으로 팀 전체가 함께 움직이는 일은 이제 일단락되었다. 이후부터는 역할을 나누어 자신이 하고자 하는 일을 할 것이다. 회의는 그것을 확인하는 시간이었다. 이곳에 계속 남아 놀이방에서 아이들을 만날 사람들, 민중지원활동에 참여한 김재복 수사님과 함께 지압 및 부항, 수지침 등으로 의료봉사를 할 사람들, 그리고 이라크전쟁 피해 지역 조사와 기록 작업을 할 사람들로 역할이 나뉘었다.

개관 첫날. 앞으로 놀이방에서 아이들을 만나는 일은 동화와 승로, 그리고 내가 하기로 했다. 여기에 다큐멘터리 촬영을 하러 온 혜란이도 짬짬이 도움을 주기로 했다. 어젯밤 넷이 모여 앞으로 어떻게 할지, 아니 오늘 당장은 어떻게 해야 할지 의견을 나누었지만 여전히 또렷한 계획을 잡지는 못했다. 당장 오늘만 해도 얼마나 많은 아이들이 올지, 아이들이 무엇을 좋아하고 어떤 모습을 보일지 전혀 짐작할 수 없었기 때문이다. 설레는 마음보다는 걱정이 앞섰다. 아이들이 너무 적게 오는 것도 너무 많이 오는 것도 걱정이었다. 가급적이면 아이들이 일방적으로 따라오는 프로그램보다는 아이들이 좋아하는 것, 아이들 스스로 만드는 질서로 이끄는 게 좋겠다고 생각했다. 하지만 먼저 떠오르는 것은 우왕좌왕 마구잡이로 덤벼드는 모습이어서 그 또한 걱정이었다. 아이들과 말이 통하지 않는 것도, 아직 갖추지 못한 생활필수용품 따위도 걱정이었다.

오전에 승로는 몇가지 물품을 사러 장에 갔고, 동화는 아마르와 몇가지 문제를 더 풀어야 했다. 실제로 아이들을 만날 수 있는 사람은 혜란이와 나뿐이었다. 보건소 대문을 지나 놀이방 쪽으로 가는데, 아직 내가 굽은 길을 돌기도 전에, 몇발 앞서가던 혜란이를 보고 "와아아아." 하는 아이들 함성소리가 들렸다. 그렇게 많은 아이들이 와서 기다릴 줄은 몰랐다. 저희끼리 삼삼오오 놀러 온 아이들뿐 아니라 갓난아기를 안고 온 엄마들도 있었다. 그 많은 사람들이 우리가 오기만을 기다리고 있었다. 하지만 기쁜 마음보다는 어떻게 해야 할지 몰라 겁이 났다. 아이들은 우리가 움직이는 대로 우루루 우루루 쫓아다녔다. 아니, 움직이지 못할 정도로 둘러쌌다. 아주 당황스러웠다.

아이들이 무엇보다 좋아한 것은 연못으로 쓰려고 만든 수영장이었다. 전쟁과 점령, 끊이지 않는 긴장과 고통 속에서도 아이들은 밝은 웃음을 잃지 않았다.

　　아이들과 축구를 하고, 종이접기를 하고, 자갈밭에 앉아 이 나라 아이들에게서 배운 놀이를 하고, 흙탕 구정물이 된 연못에 풍덩 들어가 물을 튀기며 놀았다. 아, 힘들어. 땡볕에서 아이들과 노는 일은 힘들었다.

　　놀이방 둘레 곳곳에는 탄피와 아직 쏘지 않은 실탄이 널려 있었다. 아이들이 뛰어노는 곳에 그렇게 많은 실탄과 탄피가 널려 있는 것을 우리가 아는 한, 또 아이들이 던지며 노는 것까지 본 이상 그것을 방치해둘 수는 없는 노릇이다.

　　아이들이 돌아간 뒤에 급한 대로 철망을 가져다 총알과 탄피가 많은 쪽으로는 가까이 가지 못하도록 막았다. 그리고 거둔 총알과 탄피는 모두

202

알 마시탈 놀이방 운동장 둘레에서 찾은 총알과 탄피.

그 안쪽으로 몰아넣었다.

하루가 저문다. 마음이 어지러워서인지 부쩍 힘이 부친다. _7월 7일

✉ 기범이가

가출 엿새째. 여기에 와서 가출이라는 걸 했어. 뛰쳐나오지 않으면 견딜 수 없었
거든. 팀에서 안 좋은 일이 있다거나 무슨 문제가 있어서는 아니야. 그냥, 그대로는
숨이 막힐 것 같아서…… 그 길. 전쟁 전, 그리고 폭격이 쏟아지던 그때 내가 머물던
곳. 팀 일정과는 상관없이 걸어보고 싶었어. 그렇게 집에 쪽지 한장 남기고 나온 지
지금 엿새째. 팀원들, 특히 팀장 속이 새까매졌을 거야. 귀가시간이 조금만 늦어도

얼굴이 붉으락푸르락하는데 이렇게 사라져 연락도 없으니 말이야. 아마 더 걱정인 건 내 영어 실력이 중학교 1학년 수준도 안된다는 거지. 사실 나도 그것 때문에 곤혹스러운걸. 이곳에서 지금처럼 완벽하게 혼자인 적은 처음이거든. 누가 말을 걸어올 때, 음식을 사먹어야 할 때, 차를 타야 할 때마다 아주 진땀을 흘려. 그래도 어물어물 잘해왔으니까 걱정은 마. 여기 바그다드 사정이 어떻다는 거야 다른 팀원들 일지나 소식을 보면 대충 알잖아? 아직 만만치 않거든. 실은 나도 겁이 안 나는 건 아니지만, 그래도 잘 다니고 있어.

가출 사흘째던가, 타흐리르광장에 공산당 집회가 있다고 해서 갔다가 취재차 나온 소설가 오수연 누나와 강인화, 성혜란을 만났어. 하하, 반갑더라. 아, 그러고 보니 엿새 동안 그때를 제외하면 나는 거의 말을 한마디도 하지 않고 지낸 셈이야. 아주 꼭 필요한 말, "땡큐." 나 "하우 머치?" 정도를 빼면 말이야. 그런데 사실 별로 심심하진 않았어. 말을 하지 않고 지냈구나 하는 것조차 몰랐을 정도로.

그때 인화와 혜란이에게 한국에는 가출한 거 이르지 말라고 부탁했어. 괜히 걱정이나 할 텐데 뭐. 모레 전쟁 피해 지역 조사 팀이 떠날 거라고 했으니 내일쯤은 집에 들어가야지. 팀 떠나기 전에 걱정이나 덜어주어야 할 거 아니야. 그러니 나는 별일 없이 가출을 잘 마치는 셈이지.

택시를 타고 다니는 거, 돈도 돈이지만 말하고 설명하는 게 어려워 그냥 걸어다녔어. 그래도 내가 길눈은 있나봐. 아무렇게나 걸어도 내가 온 자리로 다시 돌아오곤 했으니 말이야. 밥 먹는 게 좀 어려웠지. 배가 고파도 웬만하면 그냥 굶고 말았어. 말도 잘 안되는데 아무거나 시켰다가는 먹지도 못하는 양고기가 나오거든. 대충 빵으로 버티다가 그나마 입맛에 맞는 걸 찾았지. 볶음밥 같은 거. 그것도 기름이 너무 많아서 튜브 고추장을 주머니에 넣고 다니면서 발라먹어.

아 참, 지난 전체회의 때 남은 일정을 상의하다가 나는 여기에 좀더 남겠다고 얘기했어. 적어도 우리가 하려고 한 일, 그리고 하고 있는 일을 이렇게 버려놓고는 못 가겠으니까. 모르겠어, 어떻게 해야 할지, 어떻게 하는 게 옳은지. 아무튼 우리 팀 일정은 7월 29일로 모두 마치기로 되어 있어. 요 며칠 땡땡이친 것도 다 메워야지. 지금쯤 놀이방에서는 동화와 승로 둘이서 애쓰고 있을 텐데. 뭐 또 그때 가봐야 알겠지 뭐. 내가 워낙 계획으로 움직이는 게 아니라 마음에 바람이 부는 대로 제멋대로잖아.
  _7월 17일

잊지 못할 하싼과 쎄이프

김치찌개

오늘 점심에는 김치찌개를 먹었다. 여기서는 처음 먹어보는 김치찌개. 요즈음 우리 숙소에는 다섯 사람이 있다. 동화, 혜란이, 하운이, 승로, 그리고 나. 다른 팀원들은 모두 바스라에 가 있다. 원래는 이라크 전역을 조사하며 돌아볼 계획이었는데 이런저런 의논 뒤에 바스라에만 나흘 다녀오기로 하고 떠났다.

보통 동화와 승로, 그리고 나는 따로 일이 생기지 않는 한 알 마시탈 놀이방에 나간다. 지난번 개관을 했지만 여러모로 모자란 구석이 많아서 다시 공사를 하고 있다. 일이 생기지 않는 한 지붕을 받치던 철봉이 넘어지면서 아이들이 다치고, 연못에서는 아이들이 놀다가 발을 다쳤다. 그대로 둘 수는 없었다. 개관을 했어도 성에 차지 않았는데 우려하던 일이 그대로 일어난 것이다. 잘못이었다. 충분히 예측 가능한 일을 그대로 두고 보았으니 말이다. 늦게나마 철봉 하나에 천막을 얹은 허술한 구조물을 튼튼한 지붕 구조물로 바꾸었고, 연못 자리에는 흙을 덮어 잔디를 깔고 나무를 심었다. 처음부터 그 자리에 연못을 만드는 것은 적당하지 않았다. 물

공급이 거의 안되다시피 했고, 배수조차 전혀 되지 않았으니까. 결국 흙탕물로 더러워진 그곳에서 아이들이 놀다가 바닥에 있는 뾰족한 것에 베이고 만 것이다.

오전 일을 마치고 집에 돌아오니 혜란이가 찌개를 끓여놓았다. 김치찌개. 이 귀한 김치로 찌개를 끓이면 어떻게 하느냐고 동화가 웃으면서 나무랐지만(그가 요즘 우리 살림을 맡고 있다) 자신도 속으로는 무척 좋아했을 것이다. 김치말고는 아무것도 넣지 않고 끓인 찌개였지만 참 맛있었다.

놀이방 공사, 아이들

크게 손을 보아야 해서 놀이방 문을 닫았지만 늘 놀러 오는 아이들이 있다. 하나둘, 그러다가 대여섯, 요즘은 보통 열명 넘게 놀러 온다. 제이둔이라는 아이는 집에서 그림을 스무 장도 넘게 그려와서는 내게 선물로 주었다. 그림 한구석에는 한글로 '제이둔'이라고 써넣기까지 했다. 놀이방 문을 열던 날 아이들마다 한글 이름표를 만들어 달아준 일이 있는데 그걸 보고 집에서 연습한 모양이다. 오늘도 땅에다가 제이둔이라고 제 이름을 한글로 쓰고는 봐달라고 한다. 아, 귀여운 녀석.

저녁이 되어 놀이방 문을 닫을 때가 되면 쓰레기를 줍곤 하는데 언젠가부터 아이들에게 같이 줍자는 뜻으로 "쓰레기, 쓰레기!" 하며 소리를 쳤는데 아이들이 곧 뜻을 알아듣고 함께 깡통을 들고 다녔다. 그러더니 요즘은 저녁이 되어 문을 닫을 때가 되었다 싶으면 아이들이 먼저 "스래애기, 스래기!" 하고 소리치며 깡통을 가져다준다. 처음에는 그게 무슨 소리인가 했는데 쓰레기 줍자는 말을 그렇게 따라하는 거였다. 답답한 마음

놀이방 문을 열던 날 아랍어와 한글로 쓴 이름표를 달아주었다. 아이들은 낯선 글자로 된 제 이름을 따라 써보기도 하고,
집에 가서 그림을 그린 뒤 한글 이름을 적어 선물해주기도 했다.

이 들다가도 아이들의 이런 모습을 보면 기운이 샘솟는다. 아이들하고 쓰레기를 함께 줍는 일이 즐겁다.

올드바그다드

엊그제 오전에는 모두 함께 올드바그다드에 다녀왔다. 큰길에서 마을로 들어서는 골목은 예전 그대로였다. 아이들은 우리를 기억하는지 배지를 달라고 손을 내밀었고, 사진을 찍어달라고 달려들었다. 하지만 지난번처럼 몰려드는 아이들에게 사진기를 들이대거나 하지는 않았다. 물론 배지나 사탕도 주머니에 넣어 가지 않았다.

올드바그다드의 골목을 거닐었다. 골목 앞의 아이들, 문간에 나와 앉은 아주머니들. 하나하나 어쩌면 그렇게 눈에 박혀오는지. 잘 있었어? 잘 있었어? 잘……

우리가 사진을 찍거나 배지를 나누어주며 전처럼 호들갑을 떨지 않아서였을까? 아이들도 예전만큼 우리를 둘러싸며 따라다니지는 않았다.

골목을 다 지나고 마을 뒤편으로 갔다. 강이 있었다. 전에는 골목에서 바로 큰길 쪽으로만 나가느라 뒤편으로 강이 흐르는 줄 몰랐다. 아, 강이 흐르네? 강둑에 가 앉으니 저 아래에서 아이들이 웃통을 벗고 놀고 있었다. 와아. 경사면을 따라 강물이 찰랑거리는 곳까지 내려갔다. 우리가 보고 있으니 녀석들이 더 신난 게지. 자기를 봐달라고, 첨벙 뛰어들 거라고, 갖은 폼을 다 잡으면서 물에 뛰어들었다. 그런데 아이들이 놀고 있는 바로 곁의 하수관에서는 더러운 물이 콸콸 쏟아져나오고 있었다. 그게 그대로 강으로 들어가고, 아이들은 그 물에서 헤엄을 치는 것이다. 그래도 아이들은 마냥 신이 난 얼굴이었다. 뜨거운 햇살 아래에서 물에 들어가 첨 벙첨벙. 아이들이 하도 옷을 잡아당기고 자기가 뛰어내리는 것 좀 봐달라 는 통에 먼 데 강물은 보지도 못했다. 그렇게 한참을 아이들 곁에 있었다.

아이들 몇이 나에게 같이 수영을 하자고 자꾸만 밀어넣으려 했다. 나는 젖는다고, 안된다고 사정하며 달아나곤 했다. 아, 우리 놀이방이 바로 저 기 강둑 너머 골목 안에 있었더라면 나도 웃통을 벗고 뛰어들었을 텐데. 석고개에 살 때처럼 아무 때나 개울에 뛰어들어 아이들과 놀았듯이 나도 첨벙거리며 뛰어들었을 텐데.

강둑을 걸어 올드바그다드를 돌아 나오는 길에 전쟁 전에 보았던 또렷 하게 기억나는 아이 하나를 만났다. 정신이 오락가락한다는, 걸프전 때 폭격으로 한쪽 귀가 멀었다는 그 아이. 아이는 여전히 다른 아이들에게 놀림을 받았고 가게 어른들한테도 혼이 나고 있었다. 마을에서 아주 천덕 꾸러기인 모양이다.

마을을 다녀와서도 자꾸만 그 골목, 조그만 대문마다 그 앞에 쪼그려 앉아 놀고 있는 아이들이 눈에 선했다. 그 골목께 어디쯤에 빈집을 빌려 아이들과 지내면 참 좋을 텐데. 대문만 열고 나서면 아이들, 이웃들 사는 모습이 다 보이는 그런 곳에서 아이들 집에도 놀러다니면서. 운동장이나 놀이터, 수영장을 따로 만들지 않아도 그 골목 공터에서, 마을 뒤편 강물 에서 어울려 놀았을 텐데.

하싼과 쎄이프
전쟁중에 들어왔을 때도 그랬지만 이번에 다시 들어오면서 꼭 보고 싶은 얼굴이 몇 있었다. 구두닦이 소년 하싼과 쎄이프.

며칠이 지나도 하싼은 만나기 어려웠는데 쎄이프는 쉽게 만날 수 있었다. 여러가지 조사와 인터뷰를 위해 팔레스타인호텔에 자주 가는 혜란이와 하운이는 그 앞을 갈 때마다 쎄이프를 만났다고 한다. 쎄이프는 거리의 아이가 된 것이다. 집 없이 팔레스타인호텔 옆 잔디밭에서 자며 지낸다. 바그다드 시내 어디나 앵벌이하는 아이나 여인 들이 많지만 팔레스타인호텔 주변에는 특히 더 많다. 아무래도 그곳은 미군 지휘관들이 머물고 있는데다 기자를 비롯한 외국인이 많이 드나들기 때문일 것이다.

바그다드 시내에 알 카라다Al Karradah라는 지역이 있는데, 프랑스에서 온 한 NGO 단체가 그곳에서 거리의 아이들을 위한 일을 한다. 점심시간을 정해 아이들에게 밥을 주고, 옷이나 신발이 없으면 챙겨준다. 아이들을 씻겨주기도 한다. 쎄이프를 그곳에 데리고 갔다. 전에는 신발을 신고 있었는데, 이번에는 맨발에다가 몸에도 맞지 않는 옷을 걸치고 있었다. 알 카라다까지 가는 길, 쎄이프가 힘들어하며 더는 못 걷겠다고 칭얼댔다. 아스팔트가 너무 뜨겁게 달아올라 발을 디딜 수 없었던 것이다. 그래서 하운이가 업고 데리고 갔다. 그런데 알 카라다에서 일하는 사람이 쎄이프를 보자마자 나무라기부터 했다. 새 신발과 새옷을 준 지 얼마나 되었다고 왜 또 잃어버리고 왔느냐는 거다. 신발은 벌써 세번째라고 한다. 아아, 그 까닭은 쎄이프가 아무리 이곳에서 새 옷과 신발을 얻어간다 해도, 팔레스타인호텔 둘레에서 쎄이프처럼 집 없이 지내는 아이들, 그 가운데 더 나이 많고 힘센 아이들이 빼앗아가기 때문이었다.

쎄이프를 만났다는 얘기에 나도 그곳으로 따라 나섰다. 내가 미처 보기

210

도 전에 쎄이프가 멀리에서 소리를 지르며 뛰어왔다. 그리고는 두 팔을 쭉 벌려 안아달라고. 처음에는 그저 반가운 마음에 그 느낌을 알아채지 못했는데 조금 지나 찬찬히 살펴보니 몹시 말라 있었다. 아니, 마른 건 둘째치고 얼굴빛이 너무 안 좋았다. 전에는 그렇지 않았는데. 그전에 내가 아는 쎄이프는 당돌해 보일 만큼 다부지고 씩씩한 소년이었다. 아직 어린애지만 아주 단단해 보이는 느낌. 활달하고, 개구지고, 무엇에도 주눅 들지 않는 그런 모습. 그런데 다시 만난 쎄이프는 그때 모습과 전혀 달랐다. 단지 마르고 힘없어 보여서만은 아니었다. 가만히 있다가도 금세 울음을 터뜨릴 것 같은 얼굴을 보이곤 했다. 쎄이프, 왜 그래? 왜 이렇게 달라졌어?

그날 뒤로 시간이 날 때면 쎄이프를 만나러 팔레스타인호텔 쪽으로 나갔다. 몇번을 만나고 나니 처음 만난 날 같지 않게 얼굴빛이 아주 밝고 좋아졌다. 쎄이프는 승로가 가지고 다니는 씨디 음악 듣는 걸 아주 좋아한다. 보자마자 귀에 이어폰 꽂는 시늉을 내면서 씨디를 달라고 한다. 그러고는 음악을 틀고는 몸을 흔들흔들. 그런데 정말로 리듬을 타는 것처럼 춤을 춘다. 가사가 제대로 들리지 않을 텐데도 감정을 모아가면서 가사를 따라하기도 한다. 얼마나 귀여운지.

쎄이프는 하싼의 집을 정확히 알고 있었다. 하싼은 집에 없었다. 하싼의 형이 우리를 이끌고 티그리스 강변 쪽으로 데려갔다. 강변을 따라 나 있는 찻길에 늘 서 있는 미군 탱크가 있는데 아마 하싼이 거기로 자주 놀러 가는 모양이었다. 그런데 거기에도 하싼은 없었다. 하싼의 집을 찾은 것만으로도 우리는 충분히 들떴지만 조금이라도 빨리 하싼을 만나고 싶었다. 하싼의 형이 자기 집에 올라가자고 했다. 이왕 여기까지 왔으니 집에서 기다리자는 것이다. 동생들이 많으니 먹을 걸 좀 사가지고 가야겠다 싶어서 혜란이와 가게를 찾았다.

그런데 갑자기 뒤에서 "와아, 와아! 언니, 언니." 하는 소리. 하운이와 승로가 지르는 소리였다. 혜란이가 먼저 듣고 뒤돌아섰는데 "오빠! 하싼 이야." 소리치며 후다닥 달려갔다. 아, 정말 하싼이네, 하싼. 다들 하싼을 둘러싸고 아주 좋아했다. 나는 먼데 떨어져 있어서 가장 나중에야 녀석 얼굴을 보았는데, 그때나 지금이나 똑같았다. 하싼이 나를 알아보고 자리에서 벌떡 일어났다. 그래, 하싼, 하싼! 하싼을 공중으로 들어 안고 빙그르르.

5층까지 계단으로 걸어 올라가는 아파트는 당장이라도 쓰러질 듯 아주 허름했다. 집 안에 들어서니 좁은 마루에 사람들이 꽉 차 있다. 우리 팀원들까지 더해서 그렇기도 했지만 워낙 하싼네 식구가 많았다. 아버지와 어머니, 그리고 형제들. 게다가 이날은 친척인지 이웃인지 어른들이 몇명 더 있었다.

그렇게 보고 싶어했고, 어렵게 찾았으니 얼마나 반가운지. 마루에 올라서도 모두 하싼을 둘러쌌다. 하싼의 어린 두 동생은 하싼과 얼굴이 아주 꼭 닮았다. 영화 찍는 카메라를 돌리고, 사진기를 찰칵찰칵. 가져간 과자와 음료수를 내놓았는데 워낙 식구가 많아 음료수가 모자랐다. 하나씩 집어들었는데 베란다에 나가 있던 쎼이프가 들어와 음료수를 찾았다. 어, 어떻게 하지? 없네. 상 위에 누군가 따놓은 콜라가 있어서 그걸 주니 사양하며 도로 베란다로 나간다. 그런데 나중에 생각하니 그 잠깐 사이 분명히 본 것 같았다. 무언가 크게 서운하고 서러운, 그래서 울음이 터질 것 같

212

하싼의 집 베란다. 전쟁이 끝나고 난 뒤 하싼과 쎄이프의 처지는 아주 크게 달라졌다. 쎄이프는 집도 부모도 없는 길 위의 아이가 되었고, 하싼은 식구들과 함께 살며 후원단체의 도움을 받아 학교에도 다니고 있었다.

은 쎄이프의 얼굴.

쎄이프는 서글펐던 것이다. 하싼을 찾기 전까지 우리는 다들 얼마나 쎄이프를 둘러싸며 눈을 맞추고 좋아했나? 하지만 하싼을 만난 뒤부터는 하싼을 만나게 된 반가움에 그만 쎄이프는 뒷전이 되어버린 거였다. 게다가 음료수마저 제게는 돌아오지 않았으니 순간 더 울컥했을 것이다. 아, 하지만 그때까지는 누구도 쎄이프의 기분을 헤아리지 못했다.

베란다로 나가보았다. 쎄이프는 여전히 씨디 이어폰을 귀에 꽂고 먼 데를 바라보고 있었다. "쎄이프, 쎄이프. 여기서 뭐해? 음악 듣는 거 좋아?" 그런데 쎄이프는 내 얼굴을 한번 쓱 보고는 다시 먼 데만 쳐다보았다. 그 조그만 어린애 눈빛이 어쩌면 그렇게 깊고 쓸쓸해 보일 수 있는지. 쎄이프에게 몇번이나 더 말을 걸며 곁에 있었지만 쎄이프는 서글픈 얼굴로 먼 데만 보았다. 하싼 집에는 아랍어 통역자가 같이 있어서 쎄이프에게 몇가지 물어보았다.

"쎄이프에게 지금 가장 갖고 싶은 게 뭔지 좀 물어봐줘."

"낫싱. 아무것도 없대. 5달러가 있으면 좋겠대."

"음…… 그러면 제일 좋아하는 음식은 뭐냐고, 제일 먹고 싶은 게 뭐냐고."

"닭고기랑 밥이랑 그런 거."

"그래? 그럼 하루에 밥은 얼마나 먹나 물어봐줄래?"

"어떤 때는 하루 한 번, 어떤 때는 두 번. 그런데 아무것도 못 먹는 날이 많대."

"그럼 먹게 될 때는 그 먹을거리를 어떻게 마련한대?"

"미군이 던져주는 거."

저쪽에서는 하싼이 여전히 신이 난 얼굴로 방에서 마루로, 마루에서 방으로 뛰어다니고 있었다. 쎄이프 얼굴은 더 굳어지고 울먹이는 것 같았다. 미안, 쎄이프. 미안. 쎄이프에게 귓속말로 말했다.

"쎄이프, 이따 닭고기 먹으러 가자, 응? 하싼은 빼고, 우리끼리만."

그제야 쎄이프가 밝게 웃었다. 여태 하싼 집에 와서 혼자만 소외돼 외롭다고 느꼈는데 하싼은 빼고 자기하고만 밥을 먹으러 간다니까 조금 마음이 풀어지나보다. 아기는 아기지 뭐야.

전쟁 전부터 하싼과 쎄이프는 함께 구두통을 메고 다니던 동무였다. 그런데 지금은 둘의 처지가 아주 달라졌다. 전쟁이 터진 뒤 쎄이프는 집에서 내쫓기듯 버림을 받았다. 부모도 집도 없이 떠돌게 된 처지. 구두닦이 통도 누구에게 빼앗겼는지, 아니면 어디에서 잃어버린 건지 지금은 그마저도 없다. 쫓겨다니며 길에서 잠을 자고 구걸을 해서야 겨우 배를 채운다. 미군 점령이 시작할 때쯤 하싼은 지금의 쎄이프처럼 팔레스타인호텔 둘레에서 잠자리와 먹을거리를 찾아 지냈는데, 어떻게 된 사정인지 이제는 다시 집과 식구를 찾았다. 그래봐야 하싼은 지금도 여전히 가난한 집의 아이, 구두닦이 통을 메고 다니는 아이일 뿐이다. 하지만 모든 걸 잃은 쎄이프의 눈에는 모든 걸 갖춘 아이로 보였을지 모른다. 집과 식구, 그리고 학교까지. 게다가 자신만을 아껴준다 생각하던 이 외국인들마저도 하싼을 만나자마자 그 아이에게만 마음을 주는 것처럼 보였으니 쎄이프는 서러웠던 것이다. 옛 동무의 집에 들어가 있으면서 왠지 자신만 뒷전이 된 것 같은 느낌에, 쎄이프는 집 없는 설움에 부모 없는 아픔까지 한데 밀려들지 않았을까?

　쎄이프와 함께 닭고기를 파는 집에 갔다. 닭요리가 나오기 전에 샐러드 같은 반찬이 나왔는데, 그 가운데 쎄이프가 좋아하는 게 있었다. 혼자 그것 한 접시를 다 먹었다. 그리고 또다른 접시에 든 걸 먹으려 하기에 조금만 참으라고, 나중에 고기와 밥이 나오면 그거 많이 먹으라고 하는데도 자꾸만 그리 손이 간다. 그러더니 정작 닭고기와 밥이 나왔을 때는 얼마 먹지 못했다. 어쩌면 그게 당연한지도 모르겠다. 아직 어린애인데다 늘 굶다시피 지냈으니 갑자기 많이 먹을 수는 없는 노릇, 오히려 탈이 나지나 않을까 걱정이 되어 더욱 안타깝기만 했다.

쎄이프와 함께 간 식당.

　밥집을 나오며 먹지 않은 음식을 싸달라고 했다. "쎄이프, 이거 가져가서 먹어. 친구들하고 같이 먹어, 응?"

　쎄이프를 내려주기 위해 팔레스타인호텔 앞에 멈췄을 때 닭고기와 같이 먹을 음료수를 사러 몇사람이 가게에 갔다. 기다리는 동안 쎄이프가 나를 끌더니 어디를 같이 가자고 한다. "어디?" 그저 쎄이프를 따라 걸었다. 딱히 어딜 가고 싶은 데가 있는 건 아닌 모양이다. 여전히 귀에 이어폰을 꽂은 채 한손으로는 씨디플레이어를 받쳐들고, 마치 가수처럼 몸을 흔들흔들 춤을 추며 걸었다. 지나가던 사람들이 쎄이프를 집적거리며 씨디플레이어에 관심을 보였다. 신기해하면서 만져보기만 하는 이들도 있었지만 어떤 이들은 쎄이프 손에서 빼앗으려는 것 같기도 했다. 쎄이프보다

216

다섯살은 더 먹었음직한 청소년들. 아마 뒤를 따르던 내가 쎄이프의 동행인 줄 모르는 모양이다. 불쑥 아까 차 안에서 하운이가 하던 말이 떠올랐다. "쎄이프야, 나쁜 짓은 하지 마." 하고 얘기하던 거.

"나쁜 짓, 그게 뭔데?" 하고 물으니 두 손으로 코와 입에 가져다 대는 시늉을 했다. "본드?" "응."

충분히 그럴 수 있을 것이다. 거리의 아이들 가운데 십대 후반의 몸집이 큰 아이들은 공공연히 그것을 하고 있다고 들었다. 쎄이프처럼 어린아이들 중에도 벌써 몇은 시작했다. 더 걱정스러운 것은 거리의 아이들 사이에도 나름의 서열이 생기고 있다는 것이고, 그 때문에 원치 않는 본드 흡입을 해야 하거나 어렵사리 얻은 음식이나 푼돈 따위를 나이 든 형들에게 빼앗기곤 한다는 것이다. 이 생각들이 떠오르니 쎄이프를 막아선 십대 아이들 앞으로 끼여들며 쎄이프 손을 꼭 잡았다. "너희들, 쎄이프한테 잘해줘야 해, 응? 쎄이프 잘해줘." 순간 절실한 마음이 되어 아이들에게 말했다. 약간은 불량스러운 표정을 짓는 그 아이들을 어떻게 가르쳐야겠다는 건 아니었다. 겁을 주려는 것도 물론 아니었다. 그저 부탁하는, 애원하는 마음. "쎄이프 괴롭히지 마, 알았지? 응?"

쎄이프는 내 손을 잡고 앞장선 채 팔레스타인호텔 주변 이곳저곳을 걸었다. 그러면서 약간은 새침하게 이어폰을 낀 채 춤을 추면서 나를 "마이 프렌드."라고 소개했다. 그래, 쎄이프는 지금 나를, 누군가를 자랑하고 싶은 게로구나. 자기를 무시했던 힘센 아이들, 또는 어른들에게 자랑하고 싶은 게로구나. 어렸을 적에 형 없는 애들이 사촌형이나 삼촌이 오면 우리 형이라고, 우리 삼촌이라고 아이들 앞에서 자랑하고 싶어하는 것처럼.

쎄이프는 팔레스타인호텔 앞을 지키는 탱크 앞으로도 갔다. 더는 가까이 못 가도록 끈이 쳐 있는데도 아랑곳하지 않고 그 안까지 들어갔다. 그러고는 이어폰을 끼고 씨디플레이어를 든 채 흔들흔들 춤을 췄다. 탱크 안에 있던 미군이 나와 쳐다보자 그들에게 나를 프렌드라 소개하고는 춤을 추며 더 까불다가 돌아나올 때에는 장난을 하는 것처럼 미군들에게 퍽큐를 한방 날렸다.

그만 식당에서 나와 기다리고 있을 나머지 팀원들에게 돌아가야 할 텐데 쎄이프는 더 돌아다니고 싶은 모양이다. 쎄이프, 더 자랑할 데가 많은 거야?

쎄이프를 팔레스타인호텔 앞에 남겨두고 우리를 싣고 갈 차가 서 있는 곳으로 돌아나오는 길. 팀원들 모두 걸음이 쉽게 떨어지지 않는 모양이다. 쎄이프와 그 친구들도 우리를 쉽게 놓아주지 않고 자꾸만 따라오며 안기고 매달렸다. 이 아이들을 떼어놓고 가야만 하다니 미치겠다. 일부러 성큼성큼 한참을 앞서 걸었다. 돌아보면 아직도 저 뒤에서 팀원들과 아이들은 작별인사를 끝내지 못하고 있다. 화가 난 사람처럼 더 큰 걸음으로 걸었다. 돌아보지 않았다. _7월 24일

며칠 더 머무를 준비

내일이면 평화팀의 공식활동을 모두 마치게 된다. 다들 참 고생이 많았다. 하지만 나는 팀원 몇사람과 함께 이라크에 얼마간 더 머물기로 했다.

그래서 오늘은 당분간 머물 만한 곳을 알아보러 다녔다.

그저께는 미셔너리즈 오브 채러티에 다녀왔다. 진작부터 가고 싶었지만 놀이방 공사가 어느정도 마무리된 뒤에나 찾아가려 미루던 것이다. 아이들은 두 달 가까이 지났는데도 나를 기억해 이름을 불러주었다. 몸이 불편해 제 손으로는 음식을 떠먹을 수도 없는 아이들이 말이다. 그런데 어쩌나? 왜 나는 아이들 이름이 떠오르지 않지? 나중에 수녀님에게 물어서야 아이들 이름을 기억했다. 월요일부터는 날마다 저녁 시간에 그곳에 가기로 했다. 아주 잠깐 아이들과 수녀님들 얼굴을 보고 왔을 뿐인데도 얼마나 반갑고 기분이 좋은지 자꾸만 입을 다물지 못해 웃음이 났다. 이제 앞으로는 오전에는 알 마시탈 놀이방으로, 저녁에는 미셔너리즈 오브 채러티에, 낮에는 쎄이프와 그곳 거리의 아이들과 같이 밥을 먹으며 지내려 한다. 하싼 집에도 놀러가고. _7월 27일

아이들, 아이들……

다시 찾은 미셔너리즈 오브 채러티

아이들에게 밥을 떠먹일 때가 참 좋다. 이제는 이름을 다 기억한다. 이쪽 끝 침대부터 네슈완, 파띠마, 앤썸, 마루완, 아흐메드, 알라위, 꾸아꾸아, 오마르, 낸씨, 노라, 야쏠, 재키, 두니아, 아멜, 아뜨마르, 쎄이프, 하이달, 알라위, 알라위, 앨리야스.

네슈완에게 밥을 떠먹이는데 콧물을 너무 많이 흘렸다. 아파서인지 떠

넣어주는 것도 잘 넘기지 못했다. 앤썸은 며칠 병원에 입원하고 왔다고 한다. 오마르는 계속 "아이 워너 고우 아웃." 하면서 밖에 나가고 싶다고 한다. 전쟁 때 하루에 한 아이씩 안고 밖에 나가곤 했었다. 그때부터 오마르에게 듣던 말이다. "아이 워너 고우 아웃." 오마르, 너무 더워. 지금은 더워서 아이를 안고 나갈 엄두가 나지 않는다.

그만 일어서려고 안고 있던 노라를 침대에 내려놓으려는데 노라가 울음을 터뜨렸다. 내려놓으려고만 하면 노라는 울어버렸다. 내려놓으려다 다시 안아 들고, 내려놓으려다 다시 안아 들고. 몇번을 그러다 수녀님께 노라를 건네고 나왔다.

어린 알리바바들

미셔너리즈 오브 채러티를 나오니 여섯시 반쯤. 바로 숙소로 갈까 하다가 쎄이프와 밥을 먹고 가야겠다는 생각이 들었다. 아하, 요 녀석. 처음 볼 때에는 기가 팍 죽어 있었는데 요 며칠 만나고 보니 여전히 씩씩했다. 얼굴에 밝은 기운이 돌았다. "쎄이프, 밥 먹으러 가자, 닭고기. 닭고기랑 밥이랑 먹으러 가자." 쎄이프의 손을 잡고 나오려는데 휴지를 파는 아이 하나가 다가와 돈을 좀 달라고 한다. 여기에서는 몇걸음만 움직여도 이런 아이들을 만나게 된다. 하지만 아이들마다 모두 돈을 쥐여줄 수는 없으니 그냥 지나치게 마련이다. 그런데 그 아이 얼굴이 너무 안되었다. 손을 입에 갖다 대면서 먹을 게 필요하다고, 돈 1달러만 달라고 했다. 어떻게 할까 망설이다가 그 아이도 함께 데려가 밥을 먹기로 했다.

그 아이의 이름은 알라워. 쎄이프처럼 어린 꼬마는 아니다. 열아홉살.

나이보다는 좀 어려 보였지만 어엿한 청소년이었다. 알라위는 무작정 앵벌이를 하는 게 아니라 비닐자루에 휴지를 넣고 다니면서 휴지를 파는 아이다. 같이 밥을 먹으러 가자고 하니까 얼굴에 화색이 돌았다.

쎄이프와 알라위의 손을 잡고 식당으로 걸어가는데 교차로의 풀밭 위에 대여섯 명의 아이들이 모여 있었다. 두 아이는 싸우듯이 주먹을 들이대고 있고, 나머지 아이들은 둘러서서 구경하고 있었다. 내가 그 아이들을 뚫어지게 쳐다보니까 쎄이프와 알라위가 동시에 "노우 굿 알리바바!" 하면서 뭐라고 얘기를 했다. 선입견으로 아이들을 판단해서는 안되겠지만 얼핏 보기에도 쎄이프나 알라위와는 달리 불량스러워 보였다. 알라위가 계속 뭐라고 설명을 하면서 자기 목을 가리키는데, 목에 깊은 칼자국이 나 있었다. "저 아이들이 그런 거야?" "예스. 머니, 머니!" 칼을 목에다 들이대고 돈을 달라고 했다는 것이다. 돈이 없다니까 그대로 칼로 목을 긋고 가버렸다고 한다. 못된 녀석들. 알라위의 목을 다시 살펴보니 상처가 채 아물지도 않았다.

알라위의 목에 난 칼자국에 잠시 멍해 있는데 쎄이프도 턱을 치켜들면서 상처를 보여주었다. "쎄이프, 너는 또 왜 그래? 응?" "알리바바, 머니, 머니, 켁!" 쎄이프도 알리바바 노릇을 하는 아이들이 칼로 베었다고 한다. 어제 20달러를 빼앗겼다고 한다. 도대체 무슨 일인가. 어안이 벙벙했다. 아이들끼리 서로 돈을 빼앗고 물건을 빼앗는 거야 짐작했지만 이렇게 몸에 칼을 댈 줄은 몰랐다.

아이들의 얘기를 들으니 어제와 그제 내가 겪은 일이 예삿일로 느껴지지 않았다. 두 번 다 바로 그 길 위, 미셔너리즈 오브 채러티로 이어지는 싸둔^{Saadun} 거리에서였다. 이곳에서는 누구라도, 특히 외국인에게라면 웃는 얼굴로 손을 내밀어 인사를 하는 게 보통이다. 그러면 나도 마주 웃어 보이며 "앗 살라무 알라이꿈." 하고 이곳 인사말을 건네곤 했다. 어제도 그랬다. 환하게 웃으며 손을 내밀기에 그 손을 잠깐 스치듯 맞잡으며 답례를 하려 하는데 갑자기 번쩍 하더니 아이의 손에서 잭나이프가 튀어나왔다. 그리고 한패로 보임직한 또래의 아이들 몇이 그 뒤에 있었다. 마침 그 옆 건물에서 한떼의 사람들이 몰려나왔고, 그 사이로 몸을 숨겨 위험을 피했다. 그저께도 비슷한 일, 청소년으로 보이는 아이가 다가오기에 아무 생각 없이 눈웃음을 주었는데 윗도리 안에 손을 넣어 칼을 꺼내는 것이었다. 건너편 찻길로 뛰어들어 가까스로 위험을 피했지.

알리바바를 조심하라는, 강도를 조심하라는 말은 전부터 숱하게 들어왔다. 특히 이곳 싸둔거리에서는 절대 혼자 다녀서는 안된다고 했다. 하지만 적어도 사흘 전까지는 한 번도 그런 일을 겪지 않았던 터라 괜한 걱정이려니 하며 크게 마음에 두지 않고 있었다. 그런데 연거푸 두 번이나 그런 일을 겪은데다 아이들의 목에 난 상처까지 보고 나니 서늘한 어떤 것이 가슴을 확 식히는 것 같았다.

길을 걷다가 나도 모르게 사람들 얼굴을 살피거나 괜히 한번씩 뒤를 돌아보게 되었다. 저들 가운데 누가 칼을 들이밀지 않을까, 뒤에서 따라오는 이가 갑자기 등뒤로 무언가를 찔러대지 않을까. 얼마 전까지만 해도 아무 걱정 없이 다니던 길이었다. 사람들 장사하는 모습을 구경하고, 서로 인사를 나누는 모습에 정겨워하고, 인사를 건네던 길이었는데…… 어느 순간 사람들에게 의심의 눈길을 던지며 긴장해서 걷는 나 자신이 너무 싫다.

내가 만난 대부분의 이라크 사람들은 정말로 순박하고 정겨웠다. 지금도 대부분의 사람들은 처음 보더라도 다정하고 친절하게 인사를 건넨다. 그런데 만약 지난 이틀에 겪은 일을 이라크에 들어오자마자 겪었어도 나는 이라크 사람들이 순박하고 정겹다고 자랑하듯 말할 수 있을까? 어쩌면 나는 바그다드는 아주 위험한 도시라고, 이곳에는 아이들도 칼을 들고 강도짓을 한다고 말하지 않았을까?

이런저런 생각이 밀려왔다. 혼란스럽거나 답답한 마음보다는 차라리 슬펐다. 도무지 어떻게 받아들여야 할지 모르겠다.

아이들과 밥을 먹었다. 알라위는 배가 몹시 고팠는지 게걸스레 먹다가 금세 배가 부르다며 손을 씻었다. 열아홉살이니 한창 먹을 나이인데 늘 굶다시피 했을 것이다. 쎄이프는 첫날 종업원들의 눈치를 보더니 이제는 한 번 와본 곳이라고 식당 안을 익숙하게 돌아다니며 밥을 먹었다.

알라위와 쎄이프가 남긴 음식을 각각 싸달라고 한 뒤 밥집을 나왔다. 아이들을 팔레스타인호텔에 데려다주고, 나는 그만 팀 숙소로 가려 했다. 음식을 한 봉지씩 들고 가는데 저 멀리에서 두 아이가 나를 보고 달려왔다. 바로 앞까지 다가와 매달리면서 배가 고프다고 했다. 두 아이는 쎄이프가 손에 들고 있던 음식 봉지를 가리키며 그걸 달라고 사정했다.

내가 우리는 이미 먹었으니까 남은 건 걔네들 주자고 하자 쎄이프는 안된다고, 친구에게 갖다주어야 한다고 했다. 그리고 걔네들은 알리바바라고 덧붙였다. "노우 굿, 알리바바."

그때 한 아이가 음식 봉지를 낚아챘다. 그러자 쎄이프가 그 아이의 멱살을 잡고 주먹을 올려붙이려 했다.

"그만!" 아이들을 서로 떼어놓은 뒤 쎄이프의 음식 봉지를 두 아이에게 주어 보냈다. 쎄이프는 얼굴을 찡그리며 억울한 표정을 지었다.

"쎄이프, 우린 먹고 왔잖아. 내일 또 같이 밥 먹자. 응?"

모퉁이를 돌자 조금 전 음식 봉지를 가져간 아이 하나가 길가에 앉아 그것을 허겁지겁 먹고 있다. 비닐봉지에 든 먹다 남은 밥과 살을 바르다 만 닭고기, 그리고 호브즈라는 빵과 채소. 그리고 그 아이 건너편에는 쎄이프와 멱살잡이까지 하던 아이가 걸어가고 있다. 그런데 그 아이는 까만 비닐봉지에 코를 묻은 채 걷고 있었다. 본드를 하는 것이겠지. 쎄이프는 옆에서 계속 "하시시 노우 굿, 하시시 알리바바."라고 내게 설명했다. 그제야 나도 이해할 수 있었다. 쎄이프와 알라위가 왜 그렇게 그 아이들을 나쁘게 말하고 싫어하는지.

눈앞에서 그 아이가 본드 비닐에 코를 묻고 지나가고 있었지만 어떻게 해야 할지 몰랐다. 그런 아이는 하시시 하나가 아니었다. 나는 쎄이프와 알라위의 손을 잡고 그 길을 지나쳤다. 본드를 마시는 하시시와 우리가 남긴 밥을 게걸스레 먹던 그 아이 곁을. (나중에 조성수 기자를 만나 얘기를 들어보니 하시시는 아이의 이름이 아니라 대마초처럼 잎을 말려 말아 피우는 마약의 일종이라 한다).

팀, 마지막 밤
알라위와 쎄이프를 보낸 뒤 택시를 타고 바삐 숙소로 갔다. 길게는 반년이 넘도록, 짧게는 한두 달 함께 고생하며 지낸 팀원들이 다음날 새벽 암만으로 나가기로 했다. 이로써 한국이라크반전평화팀은 이라크에서의 공식활동을 모두 마치는 것이다.

밤에 숙소 마당에 앉아 팀원들과 술을 마셨다. 하지만 그동안의 활동을 마무리하는 그 어떤 이야기도 나누지 않았다. 다들 자기 안에서 무언가를 마무리하려면 더 많은 시간이 필요하겠지. 몇은 새벽길을 위해 일찍 들어가서 잤고, 몇은 오래도록 남아 술을 마셨으며, 몇은 부엌을 드나들며 먼 길을 가는 동안 먹을 달걀을 삶았다. 밤에 숙소 마당에 앉아 있으면 별똥별 떨어지는 게 참 많이 보인다. 나는 새벽에 잠깐 눈을 붙였지만 이내 깨어 그대로 지샜다. 그리고 새벽 여섯시쯤부터 짐을 꾸려 떠났다. 정신없이 짐을 싣고 하나둘 차에 오르는가 싶더니 정말 떠났다. 다들 안녕!

남은 사람들

이제 이라크에 남은 팀원은 동화와 하운, 혜란, 나까지 모두 넷. 다들 떠나고 난 숙소는 왜 그리 썰렁한지.

숙소는 이날까지 계약한 것이라 이사를 해야 한다. 짐이 무척 많았다. 그동안 한국이라크반전평화팀을 들고 난 이들을 다하면 줄잡아 삼사십명은 될 거다. 그 사람들이 그대로 두고 간 옷이며 갖가지 소지품. 휴우, 이사하는 것도 큰일이 되겠네. 동화는 앞으로 여섯 달을 더 이라크에 머무를 예정인데 이 큰 집에서 지낼 수는 없다. 그렇다고 그 긴 시간을 여관 같은 곳에 머물 수도 없으니 자취집을 새로 마련해야 한다. 그래서 아마르에게 집 구하는 일을 부탁해놓았다.

팀 숙소에는 고양이들이 있다. 그 가운데 하나는 '토끼'라는 이름의 고양이고, 또하나는 '토끼'가 낳은 새끼다. 그 외에도 두어 마리가 더 마당에서 살았다. 숙소에서 지낸 두 달 동안 먹고 남은 음식으로 '토끼'를 비롯한 고양이들의 밥을 주었다. 그랬더니 녀석들이 으레 밥 때만 되면 부엌 앞에 와 기다리거나 우리가 앉은 뒤에 와 있었다. 조금씩 버릇이 나빠져 부엌에 들어오기도 했다.

마당에 앉아 물끄러미 고양이들을 보고 있다가 문득 우리마저 이사 가고 나면 얘들은 이제 무얼 먹고 사나 하는 생각이 들었다. 이 녀석들은 우리가 주는 먹이만을 기다릴 텐데. 그러느라 제힘으로 먹이 구하는 것도 잊어버렸을 텐데. 한동안은 굶을지도 모르겠다. 그래, 책임질 수 없다면 길을 들여서는 안되는 건데…… 멍하니 혼잣말을 했다. 그러다 그게 어디 이 고양이들뿐이겠냐는 데까지 생각이 미쳤다. 쎄이프, 쎄이프를 비롯한 팔레스타인호텔 주변의 아이들. 쎄이프는 이제 나와 날마다 점심을 함께 먹지만 내가 가버리고 나면 그때는……

잘 모르겠다, 아직은. 그동안 이곳에서 해온, 그리고 보고 겪은 그 어떤 것에 대해서도 정리가 잘 되지 않는다.

아즈만호텔 302호

내가 남아 지낼 숙소는 싸둔거리에 있는 아즈만^{Ajman}호텔이다. 이름만 호텔이지 실은 작은 여관이다.

내가 얼마간 더 남아 있어야겠다고 마음먹었을 때부터 따로 시내에 방을 하나 얻어 지내야지 하고 생각했다. 팀의 일정이나 활동과는 무관하게

226

나만의 시간이 필요했다. 자꾸만 가라앉거나 소용돌이를 치는 마음을 홀로 들여다보며 다스릴 시간이 절실했기 때문이다. 그것은 팀 활동 막바지에 이를수록 더했다.

12월까지 앞으로 다섯 달을 더 지낼 동화를 생각하면 얼마 동안이라도 함께 지내는 게 좋겠지만, 내가 더 남아 있으려는 것은 단순히 팀 활동을 연장하기 위해서는 아니다. 못다한 일이 있다거나 무얼 더 채우기 위함도 아니다. 정리가 필요했다. 그러니 뚜렷한 계획이나 일정 같은 것은 없다. 그래서 언제쯤 귀국할 계획인지, 앞으로 어떻게 할 것인지 묻는 분들께 정확한 대답을 드리지 못했다. 마음 깊숙이 들여다보고, 만져 살피다가 비로소 내 안에서 대답을 해줄 때, 그때 털고 돌아갈 것이다. 그리 오래 걸리지는 않으리라 생각한다. 비행기표도 8월 말까지만 연장해놓았으니 그 전에는 돌아가야겠지.

혼자 지낸 며칠

미셔너리즈 오브 채러티. 이곳에서 아이들을 만나는 시간이 가장 좋다. 아이들 얼굴을 보고, 입에 먹을 것을 떠 넣어주고, 안아주고, 손을 잡고, 아이들의 눈을 보면서 혼자 말을 건네고…… 마음이 저 아래로 가라앉을 때에도 여기서 아이들을 만나는 동안만큼은 아주 평화로워진다. 오늘은 아이들을 안고 뒷마당에 나가 햇볕을 보여주었다. 하늘도 보여주고 나무도 보여주면서 저건 새야, 이건 해바라기…… 알라위도 앨리야스도 아멜도 서로 안아달라고, 안고 바깥에 나가달라고 매달렸다. 그래, 내일. 내일 나가자. 가야 할 시간이 다 되어 내일 그러자고 달래주었다. 수녀님이 기도할 시간이었다.

내가 머무는 숙소로 혜란이와 하운이가 찾아왔다. 둘은 내일모레 나시리야^{Nasiriyah}에 다녀올 건데 함께 가겠느냐고 물었다. 파병한 한국군이 머물고 있는 그곳에서 인터뷰와 촬영을 하기 위해서라고 했다. 또 미군도 인터뷰하기 위해 외곽의 팔루자^{Fallujah}도 방문할 계획이라고 했다.

물어봐준 건 고마웠지만 가지 않겠다고 했다. 한국군이 머무는 곳에 가보고 싶은 마음이 없지 않았지만, 이제 더는 새로운 곳을 가거나 보고 겪고 싶지 않다. 어떻게 해도 내 마음이 정리되지 않고 있으니. 팔루자에 갈 때나 같이 가려고 한다. 그래도 남자 하나 같이 다니면 좀 낫겠지.

혜란이와 하운이는 그렇게 함께 다니며 촬영과 조사를 하느라 바쁘게 지내고 있다.

이라크 하늘은 구름 낀 모습을 볼 수 없다. 언제나 파랗다. 꼭 한국의 가을 하늘처럼. _8월 1일

아이들과 밥 먹으며 지낸 이야기

새로 만난 아이 아흐메드

날마다 아이들을 만나 밥을 먹고 있다. 솔직히 요즘은 하루 일과 중 아이들과 밥 먹는 게 가장 큰 일이다. 처음에는 쎄이프에게 한끼라도 밥을 먹게 해주어야지 하던 거였는데 날이 지나면서 더 많은 아이를 만나게 되었고 생각지도 않은 일을 겪곤 했다.

228

하루하루 아이들과 밥을 먹고 나면, 사실 마음은 더 힘들었다. 내가 무언가를 잘못하고 있다는 생각, 내가 할 수 있는 건 고작 이것뿐이라는 생각 따위들. 그리고 이 아이들이 앞으로 살아나갈 일을 생각하면 더욱 그렇다.

밥 때가 되면 팔레스타인호텔 주변으로 가서 쎄이프를 찾곤 했다. 하지만 녀석이 주변 어디쯤 있다는 걸 안다 해도 쉽게 찾지는 못한다. 늘 한자리에 붙박고 있는 게 아니니까.

이날은 팔레스타인호텔로 들어가는 좁은 나들문을 지나 정원처럼 꾸며놓은 잔디밭을 넘어가려는데, 저 멀리에서 쎄이프가 손을 번쩍 들고 아는 척을 했다. 처음에는 너무 멀어서 누가 저리 반갑게 아는 척을 하나 했는데, 바로 쎄이프였다. 쎄이프 곁에는 지난번부터 같이 밥을 먹는 휴지팔이 소년 알라위가 있었고, 또 처음 보는 쎄이프 또래의 아이도 한 명 있었다. 이 녀석들이 새처럼 양팔을 펼치고 막 달려왔다. 아이고, 오늘은 또 하나 늘었네. 이름은 아흐메드.

아이들 셋과 함께 밥을 먹었다. 전에 다니던 식당은 닭고기 반 마리에 밥을 조금 얹어주는 것이 7천디나르(1달러에 1,500디나르~1,700디나르 정도)였다. 쎄이프와 둘이 먹으면 1만4천디나르, 다른 아이 하나가 더 있으면 2만1천디나르, 그걸 날마다 먹으려니 값이 만만치 않았다. 그런데도 쎄이프가 자꾸 그 집만 고집하니 어쩔 수 없었다. 그러던 차에 다른 식당을 알게 되었는데, 거기는 밥은 없지만 닭고기 반 마리가 3천디나르면 되었다. 쎄이프를 달래어 당장 값싼 식당으로 옮겼다.

닭고기 반 마리를 셋 시켜 한 아이 앞에 하나씩 주었다. 나는 아침에 숙소에서 제공하는 빵을 많이 먹어서 그다지 배고프지 않았다. 그리고 대체로 아이들이 음식을 다 먹지 못하니까 조금 집어먹으면 될 터였다. 음식이 나왔는데도 알라위와 아흐메드가 음식에 손을 대지 않고 왜 내 앞에는 음식이 없냐며 어서 시키라고 했다. 그러면서 자기 음식 그릇을 나에게 내밀었다. 아니, 괜찮아. 나는 배부르다니까. 너희들이나 많이 먹어, 어서 먹어. 몇번을 말해도 먹으려고 하지 않았다. 눈을 크게 뜨고는 자꾸 음식을 내 앞으로 내밀었다.

이들은 길 위의 아이들이다. 길에서 나 같은 외국인에게 돈과 먹을 것을 달라고 옷깃을 잡아끌던 아이들이다. 내가 그들을 몰랐을 때 알라위나 아흐메드가 끈덕지게 매달리면서 돈을 달라고 했다면 어쩌면 내가 겁을 내었을는지 모른다. 그런 아이들이 차린 음식 앞에서 내가 먼저 손을 댈 때까지 가만히 기다렸다.

내가 빵을 찢어 먹고 오이와 토마토를 쏘스에 찍어 먹으니 그제야 아이들이 먹기 시작했다. 얘기도 하고 장난도 쳐가며 맛있게 먹고는 아이들이 남은 음식을 싸달라고 했다. 쎄이프는 마이 프렌드와 함께 먹겠다고, 아흐메드도 마이 프렌드와 같이 먹겠다고, 알라위는 "베이비, 베이비." 하면서 집에 가서 어린 동생들과 함께 먹겠다고 했다.

그러면 안돼, 쎄이프

식사를 마치고 나왔을 때 쎄이프에게 내가 머무는 집에 같이 가겠냐고 물었더니 고개를 끄덕인다. 사실 그날은 집을 나서면서부터 쎄이프와 밥 먹은 다음 집에 데리고 와서 목욕을 시켜주어야지 했다. 쎄이프, 아흐메

230

드, 알라위 모두 내가 사는 숙소로 데리고 갔다.

1층 문을 열고 들어서는데 문앞에 있던 주인이 조금 이상한 눈빛으로 쳐다보는 듯했다. 아니나 다를까, 엘리베이터를 타려 할 때 종업원이 다가와 아이들을 내쫓으려 했다. 그래서 나는 내 친구들이라고, 잠깐만 있다가 갈 거라고 설명했다. 잠깐 실랑이를 하다가 엘리베이터 문이 열리는 틈에 그대로 아이들을 데리고 3층 방으로 올라갔다. 종업원이 뒤따라와 문밖에서 아이들은 내보내야 한다고 소리 질렀지만 문을 꼭 닫아걸고 아이들과 샤워를 했다.

먼저 쎄이프. 이 녀석 옷을 벗겨놓으니 아주 신이 나 까분다. 샤워기 물을 틀어놓고 물을 튀기면서 큰소리로 웃고, 소리 지르고…… 처음에는 나도 옷을 벗고 같이 샤워를 해야지 했는데 아이들이 셋이나 되는데다가 또 바깥에서는 종업원이 계속 문을 두드리며 소리를 질러대고 있어서 마음이 급해 그렇게 하지는 못했다. 나는 옷을 입은 채로 발가벗은 쎄이프를 씻겼다. 그런데 녀석이 어찌나 까부는지 어느새 나도 옷이 다 젖어버렸다. 게다가 땀이 등줄기와 배로 흘러내렸다. 쎄이프를 씻기고 난 뒤 알라위에게도 샤워를 하라고 했는데 알라위는 아주 당황한 표정으로 괜찮다고 한다. 열아홉살이나 되었으니 가리는 게 있어 그러는 건가 모르겠다. 나가 있을 테니 혼자 씻으라고 해도 자기는 안하겠다고 한다. 그 다음 아흐메드를 씻기려 하는데 문 바깥에서 종업원이 성난 목소리로 문을 두드려댔다. "알았어요, 이십 분만 있다가 갈 거예요." 그래도 계속 문을 두드린다.

씻고 나와서도 쎄이프는 계속 소리를 지르고 뛰어다니고 큰소리로 웃고 난리였다. 신이 나고 기분이 좋아 그랬을 게다. 침대에서 이리 뛰고 저리 뛰고, 화장실 문에다 머리를 부딪히고, 까불다 넘어지고, 소리를 질러대고, 다른 때보다 더 크게 웃었다. 아이들의 기분을 생각하면 나도 좋지만 당장 문밖에서는 아이들을 내보내라고 야단이니 그렇게 두고 볼 수만은 없었다. "쎄이프, 그러면 안돼. 쎄이프!"

사실 요즘 내가 쎄이프의 버릇을 나쁘게 하고 있지는 않나 걱정이 된다. 나를 비롯해 우리 팀원들도 안쓰러운 마음에 녀석을 웃게 해주고 싶어서, 녀석에게 친구가 있다는 느낌을 주고 싶어서 뭐든 오냐오냐 했던 것은 아닌지.

지난번 숙소에 데려왔을 때도 그랬지만 이날도 쎄이프는 가방을 뒤지며 뭐든 자기에게 선물로 달라고 떼를 썼다. 좀 얌전히 있으라고, 가방을 아무렇게나 뒤지면 안된다고 몇번을 말해도 쎄이프는 아랑곳 않았다. "쎄이프, 하지 마. 그렇게 아무거나 뒤지고 그러면 안돼."

이런저런 생각이 꼬리를 물었다. 누구 말처럼 쎄이프가 아무한테나 그러는 게 아니라면, 일부러 어리광을 부리느라 더 그러는 거라면 좀 낫겠지만 그래도 내가 뭔가 잘못하고 있다는 생각이 들수록 마음이 힘들었다. 자꾸만 쎄이프에게 "그러지 마, 하지 마!" 하고 말을 하게 되는 것도 그런 내 자격지심 때문이었는지도 모르겠다.

다시 구두닦이통을 멘 하싼

아이들을 데리고 숙소를 나왔다. 어느새 바깥은 깜깜해져 있었다. 밤 아홉시가 다 되었을 즈음 아이들 손을 잡고 팔레스타인호텔 쪽으로 갔다.

어두운 길을 조심조심 걷는데 이날 처음 본 아이 아흐메드가 옆으로 와 다정하게 손을 잡았다. 얼굴이 싱긋벙긋, 좋은 모양이었다.

아이들과 막 인사를 하고 돌아서는데 호텔 길목으로 구두통을 멘 아이 하나가 걸어왔다. 하싼, 하싼이다! 밤 열시가 가까운 시간에 하싼이 무거운 구두닦이통을 메고 걸어오고 있었다. 하싼도 나를 알아보고는 환하게 웃었다. 다시 구두를 닦게 된 사정이 집에서 돈을 벌어오라고 시킨 것이든 아니면 다른 까닭이든 하싼이 무척 예뻐 보였다. 지나가는 외국인에게 돈을 구걸하는 게 아니라 구두통을 메고 일을 한다는 게 기특했다. 그러면서도 다른 아이들보다 훨씬 밝은 얼굴인 것이 참 반가웠다.

늦은 시간이었지만 아까 세 아이와 밥을 먹은 밥집이 문을 열고 있어 하싼을 데리고 그리로 갔다. 하싼은 걷는 내내 계속 조잘대며 얘기를 했다. 조금 전 팔레스타인호텔 앞에서 알리바바가 미군에게 수류탄을 던졌다고. 그래서 미군이 총을 따다다다 쏘아서 알리바바 팔에 맞았다고.

음식을 시켜놓고 기다리는 사이 하싼은 왜 자기 집에 또 놀러오지 않냐며 자기 집에 가자고 했다. 마침 그 이튿날 혜란이, 승로와 함께 하싼 집에 찾아가려던 참이었다.

늦은 시간인데다 하싼도 어서 들어가봐야 해서 음식을 쌌다. 하싼은 엄마랑 아빠랑 동생들이랑 먹겠다고 했다. 하싼의 집으로 가려면 몹시 위험한 싸둔거리의 뒷길을 지나야 한다. 게다가 어둔 밤길. 그 길을 하싼 혼자 보낼 수가 없어 집까지 함께 갔다. 데려다주는 길은 하싼이 곁에 있어 몰랐을까, 솔직히 말해 돌아오는 길은 몹시 겁이 났다. 하싼과는 다음날 오후 한시에 만나기로 했다.

하싼, 매슈아, 알라위

다음날, 약속한 대로 혜란이, 승로와 함께 하싼 집으로 찾아갔다. 하싼의 아버지와 어머니가 나와 하싼이 집에 없다고 한다. 오늘은 구두닦이를 나가지 않았으니 어디 놀러 간 모양이라고 했다. 집에 올라와 기다리라는 것을 괜찮다고 했더니 아마 팔레스타인호텔 근처에서 놀고 있을 거라며 그리로 가보라고 했다. '에이, 녀석. 그새 약속을 잊었나. 얼마나 더운데.'

팔레스타인호텔 쪽으로 걸었다. 거기서 하싼과 쉽게 만날 수 있었다. "하싼, 왜 여기 있어? 밥 먹으러 가자. 그런데 혹시 쎄이프는 못 봤어? 쎄이프 찾아 같이 밥 먹자."

하싼이 우리 손을 이끈다. 알 파나르호텔 쪽이다. 그곳에 아이들이 모여 있다는 것이다. 하싼을 따라 몇걸음을 좇고 있는데 길 가운데에 하운이가 쪼그려 앉아 있었다. 우연히 만나니 얼마나 더 반가운지. "하운아, 여기에서 왜 이러고 있어?" 하운이가 신고 있던 쌘들을 보여주는데 망가져 신을 수가 없게 되었다. 조금 전 한 꼬마가 하시시를 하고 있어서 그 아이를 잡으려고 뒤쫓아 뛰다가 신발이 그 모양이 되었다는 것이다.

하운이도 함께 밥을 먹으러 가자 했다. 우선 모두들 식당으로 가 있기로 하고 나와 하싼은 알 파나르 앞에 들러 쎄이프를 찾아 데리고 가겠다고 했다.

매를 맞는 알라위

하싼이 구두통을 놓아둔 자리 옆에는 다른 아이들 몇이 더 있었지만 쎄이프도 알라위도 보이지 않았다. 그래서 매슈아라는 하싼의 친구만 더 데리고 밥을 먹으러 가려는 참이었다. 그런데 건물 모퉁이쪽에 알라위가 서 있었다. 알라위 앞에는 그보다 나이가 더 들어 보이는 한 아이가 알라위의 목을 꽉 움켜쥐고 있었다. 알라위는 한손에 돌을 들고 있었지만 목을 움켜잡힌 채 저항을 못하고 있었다. 얼굴은 울상이 되어 신음소리를 냈고, 목을 움켜쥔 큰 아이는 무서운 얼굴로 위협을 하고 있었다. 한눈에 보아도 못된 녀석이 알라위를 괴롭히는 것이었다.

"알라위!" 어떻게든 그 상황을 피하게 하려고 알라위를 큰소리로 불렀다. 그 소리에 위협하던 아이도 주춤했다. 하지만 오히려 알라위는 "슈에

이, 슈에이."(조금만 기다려) 하면서 그 아이를 계속 상대하려 했다. 오히려 나에게 손사래를 하며 저리 가라며 말이다. 지켜보고 있던 하쌘과 매슈아도 그냥 가자며 내 손을 잡아끌었다. 자주 보는 장면이기에 예사로 여겨져 그런 것인지. 내가 못 알아듣는다고 생각했는지 하쌘과 매슈아는 손을 코에 가져가며 하시시라 했다. 지금 알라위를 때리려는 쪽이 하시시를 한 사람들이라고. 그 말을 들으니 더욱 그냥 지나칠 수가 없었다. 그들에게서 알라위를 떼어내면서 손을 잡고 큰길로 나왔다. 다행히 큰 아이가 순순히 알라위를 놓아주었다. 가까이에서 보니 알라위의 얼굴은 온통 눈물 범벅이고 울긋불긋한 게 많이도 얻어맞은 모양이다. 알라위는 눈물을 닦으면서도 뒤로 그 아이를 흘끔거리며 "노우 굿, 노우 굿, 하시시, 하시시." 했다. 그 아이가 돈을 내놓으라며 주먹으로 얼굴을 때렸다는 것이다. 길에서 휴지를 팔아 살아가는 알라위는 길가 수도꼭지를 틀어 부은 얼굴을 닦으면서도 연신 울먹거렸다.

운동화

결국 쎄이프를 찾는 것은 포기하고 아이들과 함께 식당으로 갔다. 아이들 셋에 혜란이, 하운이, 승로까지 있었으니 커다란 상을 다 차지하고 앉았다. 알라위는 목이 아프다면서 고기는 먹지 않았다. 그러고는 음식이 나오자마자 집에 가져가 식구들과 먹겠다며 가져갈 수 있게 싸달라고 했다.

아직 마음이 진정되지 못한 알라위가 안되었지만 아이들과 밥을 먹는 시간은 아주 즐거웠다. 사람이 많으니 아이들도 더 신이 나 보였다. 조잘조잘 떠들었고 먹을 것을 싸서 서로 입에 넣어준다. 게다가 어느덧 우리

236

는 그 식당의 단골이 되어 거기에 일하는 종업원들과 친해져 있기도 했다. 네다섯 되는 종업원들은 늘 웃는 얼굴로 틈틈이 우리가 앉은 상을 살피며 모자란 것이 없는지 챙겨주었다. 아이들 대하는 것을 보면 그 순박함이 그대로 느껴졌다.

한참 밥을 먹고 있는데 시무룩한 얼굴로 앉아 있던 알라위가 자꾸만 내 옷을 당기며 무언가를 말했다. 신발을 사달라는 것이다. 정말로 알라위의 신발은 신고 다니지 못할 만큼 험하게 해져 있었다. 마음으로야 당장 새 신발을 한켤레 사주고 싶지만 이런 일이 있을 때마다 늘 고민스럽다.

알라위는 아주 애절한 눈빛으로 제 발을 가리켰다. 살갗이 트고 벗겨졌다. 신발 한켤레 사주는 거야 그리 어려운 일은 아니다. 하지만 알라위에게 신발을 사주면 당장 다른 아이들도 모두 비슷한 요구를 해올 것이다. 알라위의 것이 더 험하게 뜯어졌다 뿐이지 다른 아이들 것도 너덜너덜하기는 매한가지. 눈물까지 맺혀 조르는 알라위를 보며 나는 어물어물 대답을 못했다. 아이를 보면 잘라서 말을 못하겠고, 그렇다고 당장 사주마 하고 약속할 수도 없는 노릇이다. 그런데 알라위를 쳐다보고 있자니 식당에 오기 전 하시시 하는 아이들에게 얻어맞던 모습, 호텔 경비원들에게 맞던 모습이 자꾸 떠올라 마음이 안쓰러웠다. 어떻게 할까, 어떻게 할까. 다른 때 같았으면 화난 얼굴을 지어 안된다고, 그만 조르라고 했겠지만 이날만큼은 알라위에게 그럴 수가 없었다.

"그래, 알라위. 신발 사러 가자." 아이들과 헤어져 알 카라다 거리의 신발가게로 갔다. "알라위 마음에 들어?" "예스." "잘 신어야 해, 이거 또 하시시 하는 아이들에게 빼앗기지 말고."

새 운동화를 신은 알라위가 그렇게 좋아할 수 없다. 손을 잡고 상가를 나오려는데 이번에는 또 자기가 입고 있는 옷을 가리켰다. 어깨죽지가 다 찢어져 가슴이 훤히 들여다 보이게 된 옷. 아까 경비원들에게 잡아채일 때 찢긴 모양이다. 마음 같아서는 옷도 한벌 사 입히고 싶었지만 자꾸 그래서는 정말 안될 것 같았다. 마음이 흔들리는 것을 감추려 더욱 얼굴을 굳히며 안된다고 잘랐다. 정말로 내 얼굴이 화가 난 사람 같았는지 이번에는 알라위도 더 조르지 않았다. 그런데 안된다고 해놓고도 나도 모르게 자꾸만 찢어진 알라위의 윗도리로 눈이 갔다. 그래서 결국 생각한 것이 내가 가진 옷 가운데 깨끗한 것 한벌을 가져다줘야겠다는 거였다.

밥 한끼의 의미

아이들과 점심을 먹고 나서 숙소로 돌아왔다. 오후 두시, 이 나라 사람들도 질색하는 무척 뜨거운 시간이다. 잠깐 눈을 붙이려고 누웠다. 그때 전화벨이 울렸다. 1층 주인인데 쎄이프가 와 있다는 것이다. 직감적으로 얘가 밥을 사달라고 왔다는 걸 알아차렸다. 1층으로 내려가는 사이에도 마음이 복잡했다. 얼마나 배가 고프면 이리 찾아왔을까 하는 생각이 드는 한편, 점점 이건 아닌데 싶은 마음에 또다시 생각이 복잡해졌다.

숙소 문 앞으로 나가보니 쎄이프뿐 아니라 레이스(이날 처음 본 아이), 알라위와 알라위의 동생까지 넷이 기다리고 있었다. 아이들은 손을 입에다 갖다대면서 "푸드, 푸드." 하며 배가 고프다고 했고, "마이 슈즈, 마이 슈즈." 하면서 신발을 달라고 했다. 그렇게 여러 아이가 숙소로 찾아온 것부터가 몹시 당황스러웠지만 게다가 아이들이 아주 당연한 듯 신발을 달라고 하니 놀라울 뿐이었다. 마음이 괴로웠다.

아이들은 내가 알라위에게 운동화 사준 걸 보고 당연히 저희 것도 마련해놓았을 거라고 생각했는지 모른다. 만나서 주지 못한 것뿐이라 여기며 말이다. 쎄이프는 자기 신발이 없다 하니까 몹시 삐친 얼굴을 했다. 사뭇 심각했다. 쎄이프 딴에는 다른 아이보다 오래 알고 친했으니 뭐든 자기가 우선이 되어야 한다는 마음에 더 삐쳤을 수도 있다. 만약에 그 '당연한' 마음이 사실이라면 그런 마음을 갖게 한 게 다름아닌 나였으니 더욱 괴로울 뿐이었다. 그동안 아이들을 찾아다니며 함께 밥을 먹은 일이 어쩌면 이 아이들에게 나쁜 버릇 — 만만한 사람에게 손을 벌리는 — 만 갖게 한 것은 아닌지.

마음이 이래저래 좋지 않았다. 어떻게 해야 하나. 운동화는 그렇다 쳐도 밥을 사달라고 숙소까지 찾아온 이 아이들을 어떻게 해야 하나. 일단 아이들을 이끌고 숙소에서 가장 가까운 밥집으로 갔다. 전화를 받고 내려올 때만 해도 아이들이 이렇게 여럿 찾아왔으리라고는 생각하지 못했다. 그래서 따로 돈을 챙겨 나오지 않았다. 밥집에 들어가 아이들에게 밥을 시켜주고, 먹는 동안 돈을 가지고 와야 했다.

"이거 먹고 있어, 응? 밥값 가지러 다녀올게. 알았지?"

마음이 좋지 않았으니 서두르지는 않았을 것이다. 숙소로 돌아와 밥값을 세고, 멍하니 담배도 한대 피웠을 거고, 화장실에도 한번 들어가 앉았다 나왔을 거고, 굼뜨게 옷을 갈아입기도 했을 거고. 하여튼 밥집으로 다시 가보니 아이들은 벌써 밥을 다 먹고 저마다 남긴 음식을 비닐봉지에 싸서 나를 기다리고 있었다. 아무리 내가 굼뜨게 갔다고 하지만 무슨 밥을 벌써 다 먹나, 아마 아이들은 몇점 입에 대지도 않고 포장해달라고 한 모양이다.

내가 할 일은 아이들이 먹은 (아니 비닐봉지에 담은) 음식값을 내주는 것밖에 없었다. 머리까지 지끈 아파왔다. 이게 뭔가, 정말 나는 밥 사주고 돈을 내주는 만만한 외국인밖에 안되는구나…… 그렇게 그냥 돈이나 내주고 아이들을 보내고 나면 내가 너무 힘들 것 같았다. 아이들과 빈 밥상에 앉아 이런저런 걸 묻고 장난을 치며 놀았다. 들고 다니던 사진기를 꺼내놓았더니 아이들이 좋아서 서로 찍어달라고, 나중에는 서로 자기가 찍어보겠다며 밥집 안을 돌아다니며 까불었다. 그렇게 한 삼십 분쯤 놀다가 아이들과 헤어졌다. 잠깐 동안 아이들과 놀 때야 여전히 아이들이 귀엽고 그렇게 같이 노는 게 좋았지만, 아이들을 보내고 돌아오는 마음은 아주 바닥이었다.

마음의 혼란이 극에 달하고 있다. 버림받은 아이들에게 잠깐이라도 친구가 되고 싶어서 만나는 것이 결국은 버릇만 나쁘게 들이는 건지 모른다는 자책 때문이었다. 지금이야 어린 나이이니 이런 식으로 손을 벌리지만, 그리고 아직은 그 어린 모습에 안쓰러워 푼돈이나 먹을 것을 쥐여주는 이들이 있으니 그나마 다행일 수 있다. 하지만 이 아이들이 귀염성을 잃고 몸집이 커지면 어떻게 될까?

쎄이프도 전쟁 전 만났을 때에는 구두를 닦았다. 어렵더라도 제힘으로 산 것이다. 그에 견주면 지금은 그야말로 앵벌이 아이일 뿐이다. 팔레스타인호텔에 드나드는 외국인은 대부분 침략자의 나라에서 온 배부른 서양인들. 그이들은 쎄이프와 레이스처럼 아직 귀염성을 잃지 않은 어린아이들이 손 벌리며 매달리면 십달러, 이십달러를 아무렇지도 않게 쥐여준다. 그건 식당에서 일하는 어른들이 한 달 일해 버는 것보다 훨씬 큰 돈이다. 그러니 그 맛에 길들여진 아이들이 구두닦이통을 내버린 것은 어쩌면 당연한지도 모른다. 생각할수록 답답하기만 하다. 동냥질로 손을 벌리는 버릇, 이건 갈수록 강도질하는 쪽으로 가까워질 뿐 자기가 일을 해서 먹고사는 쪽으로 되기는 어렵지 않겠나?

하싼이 구두닦이를 다시 시작한 걸 떠올리면서 나는 생각했다. 이 아이들에게 밥 한끼를 사줄 게 아니라 구두닦이라도 할 수 있게끔 구두통을 마련해주었어야 하지 않았는지. 휴지를 팔러 다니는 알라위에게도 밥을 사주고 신발을 사줄 게 아니라 팔러 다닐 휴지를 더 많이 마련해주는 게 낫지 않았을까. 하지만 그건 아이들과 말도 제대로 통하지 않는 내가 어찌 한다고 될 일이 아니었다. 내가 이 아이들을 끌어안고 이곳에 함께 살아가지 않는 한, 잠깐 머무는 이방인으로는 한계가 너무 뚜렷하다. 아무리 '친구'가 되고 싶다 한들 삶의 바탕을 함께 못하는 한 결국 '이방인'일 수밖에 없을 테니까. _8월 19일

안녕, 쎄이프

쎄이프와 긴 작별식을 했다. 어이없게도 우리의 작별식은 쫓겨나고 쫓겨나는 일의 연속이었다. 쎄이프는 배가 고팠고, 나는 늘 가던 밥집으로 쎄이프를 데리고 갔다. 그런데 보름 남짓 아이들을 데리고 가 밥을 사주

던 그 식당에서마저도 이제 쎼이프는 들어올 수 없다고 한다. 손님들의 항의 때문에 어쩔 수 없다는 거였다. 더럽고 냄새나는 아이들과 밥을 먹을 수 없다는 말이겠지. 그와같은 일이야 벌써부터 다른 식당에서도 여러 차례 겪어오기는 했다. 하지만 그곳만큼은 친절하게 우리를 맞아주곤 했는데 더는 안되겠다는 얘기였다. 다른 식당을 찾아다니는데도 몇번이나 거절을 당했다. 그때마다 쎼이프의 눈은 도저히 어린아이의 그것이라 믿을 수 없을 정도로 슬픈 빛을 내보이곤 했다.

쎼이프야 어떻게 하니? 우리가 갈 수 있는 곳이 없네. 겨우 카라다 거리에서 햄버거 한조각씩 사먹은 것이 우리의 마지막 만찬이었다. 쎼이프는 벌써부터 눈치를 챘던 걸까? 내일이면 내가 그곳을 떠나간다는 것을. 쎼이프는 좀처럼 웃지 않았다. 세 시간 넘게 문전박대를 당하며 길을 헤매었으니 우리는 지쳐 있기도 했다. 쎼이프에게 무얼 더 어떻게 해주어야 할까? "자, 이리 올라타!" 쎼이프 앞에 쪼그려 앉아 목덜미와 어깨 사이를 가리켰다. 쎼이프가 올라탔고, 나는 목말을 태우고 힘껏 내달렸다. 홍얼 홍얼, 그때서야 녀석은 내 목 위에서 춤을 추면서 알아듣지 못할 노래를 불렀다. 안녕, 쎼이프. _8월 20일

집— 벌레들의 마을

집에 왔다. 집이 말이 아니다. 문을 여니 온갖 냄새가 진동했다. 썩은 내, 곰팡내 그런 냄새들이 확 올라왔다. 정리고 뭐고 잠부터 자야지 했는

242

데 도대체 누울 수가 없다. 그사이 내가 살던 이 집은 벌레들의 마을이 되어 있었다. 폴짝폴짝 뛰는 벌레, 꼬물꼬물 기는 벌레, 앵앵 날아다니는 벌레, 또 고것들의 조그만 애벌레. 벽으로는 발이 백개씩 달린 것들이 기어다니고, 그 아래는 발 없이 미끈한 몸으로 꿈틀거리는 것들이 기어다닌다. 냉장고와 개수대가 있는 부엌 쪽이 가장 볼 만하다. 거기가 중심, 대도시쯤이려나. 숟가락이 도망갈까, 젓가락이 달아날까, 거미란 놈은 그것들을 아주 칭칭 감아놓았다. 예쁘게 방사 모양으로 집만 가꾼 것이 아니라 아주 칭칭 감아놓았다.

갑자기 웬 커다란 짐승이 들어와 형광등을 켜고 이리저리 성큼성큼 둘러보니 이것들이 놀랐나보다. 저희들이 평화롭게 사는 마을에 이게 웬 족속인가. 발 많이 달린 벌레들이 바삐 움직이고, 발 없는 꿈틀 벌레들도 부지런히 움직였다. 천장 가까이 날아다니는 놈들은 불빛 주위로 모여들어 앵앵거린다. 저희들끼리 알아듣는 싸이렌이라도 울렸는가.

키가 커서 그런지, 한발짝만 움직여도 얼굴로 목으로 거미줄이 걸린다. 거미란 놈들은 여기저기 끊긴 거미줄 한가닥에 찌이익 매달려 대롱거린다. 미안하다, 미안해. 그렇지만 나는 어쩌니.

한참이나 앉을 자리를 못 찾고 서성였다. 이것 참. 부엌 쪽은 아예 들여다보지도 못하겠다. 내가 왜 양념장이며, 잘게 썬 양념 채소 따위들을 그냥 두고 갔을까. 그쪽에는 아주 득시글하다. 눈도 없고, 코도 입도 없는 애들이 퍼렇고 허연 곰팡이 위에서 놀고 있다. 애기들 놀이방이구나. 그것 먹고 살았니?

딴 건 못해도 집에서 싸준 음식이나 냉장고에 넣으려고 했다. 엄마는 먹을 것을 두 상자나 싸주면서 가거든 이것부터 냉장고에 넣으라고 했는데 냉장고를 열어보니 이건 또 뭐야. 썩은 물이 줄줄 흐르고, 흐르다 말라붙고 했는데, 아무래도 나는 냉장고 문을 꼭 닫고 가지 않았나보다. 열기가 무섭게 다시 닫았다. 냉동실이고 냉장실이고 숙성이 아주 잘된, 발효가 한창 진행중인 것들이 저마다 무언가로 부활하는 중이다.

아무것도 못하겠다 싶어 누울 자리나 닦고 이불을 펴려 했는데, 베개에서도 솜털 같은 가루가 손에 쓸린다. 곰팡이들아, 너네는 왜 먹을 거 많은 부엌으로 가지 않고 베갯속을 파먹었니? 다행히 이불에는 검거나 퍼런 가루들이 보이지 않아 그거라도 폈다.

집은 그렇게 벌레들의 마을이 되어 있었다. 비는 여전히 주룩주룩 내리고 있다. 아, 달이라도 떴으면……

이리저리 서성이다가 이조차 나 혼자 지내기에는 너무 집이 넓다는 생각이 들었다. 문득 쎄이프 생각이 났다. 매일 쫓겨나기만 하던 쎄이프, 갈 곳이 없는 아이들. 쎄이프와 그 친구들이 여기에 오면 참 좋아할 텐데.

바그다드에서 나오던 마지막 밤, 쎄이프는 어린아이답지 않은 눈빛으로 말했다. "나도 코리아에 가요? 나도 데리고 가요? 아이 원트 고우 투 코리아." 한국에 돌아와 서울에서 한 달이 조금 되게 머물렀다. 알 수 없는 불안에 싸이기도 했지만 나는 어느덧 예전의 일상으로 돌아가 사람들을 만나고 술을 먹고 이야기를 나누었다. 싸둔거리로 가고 싶다.

책상 머리맡의 달력은 아직도 2월이다. 2월에서 9월로 어떻게 끌어다 맞출까. 눈속임을 하듯, 종이를 두어 번 접어 당겨 맞추듯이 그것도 그리할 수 있다면…… _9월 20일

244

괜찮아? 응? 괜찮은 거냐고?

울진으로 내려오면서 신문 한 부를 샀다. 바그다드호텔에 차량 폭탄 테러가 발생해 열명쯤 죽고 서른명쯤 다쳤다고 한다. 바그다드호텔 일부가 부서지고, 네 블록쯤 떨어진 건물에서도 유리창이 흔들릴 정도였다고……

바그다드호텔, 평화팀이 전쟁 전에 묵던 숙소가 바로 바그다드호텔과 맞닿아 있는 알 카리지호텔이었다. 이라크민중지원활동을 마무리하고 팀에서 나와 나 혼자 머물던 아즈만호텔은 그곳에서 바로 5미터 안짝에 있었다. 바그다드호텔 앞에는 카심의 사무실이 있다. 또한 하이달이 쉴 때면 언제나 차를 세워두는 곳이다. 그곳은 하싼과 쎄이프가 늘 구두를 닦는 곳이며 하싼, 쎄이프, 레이스 같은 아이들이 늘 오가며 하릴없이 길가에 앉아 시간을 보내는 곳이다.

잘 있니, 얘들아? 너희들 괜찮은 거야? 하싼, 설마 그 시간에 구두통을 메고 쎄러턴 쪽으로 걷고 있었던 건 아니지? 쎄이프, 알라위, 레이스! 설마 그 시간에도 거기에서 알짱거리고 있었던 건 아니지? 하이달, 아니지? 혜란이와 친하던 사진관 아저씨, 폭탄이 터졌다는 그 자리는 꼭 아저씨네 가게 앞인데……

얘들아, 너희는 괜찮은 거니? 우리, 그 앞을 걸어다니며 놀고 그랬잖아. 내가 거기 머물 때는, 매일 그 앞에 와서 밥 먹자고 기다렸잖아. 응? 괜찮은 거야?

하싼, 쎄이프, 레이스, 하이달…… 맞아, 그랬어. 그때도 나는 너희가
보고 싶어 그 쏟아지던 폭격 속에서 국경택시를 탄 거였는데……

괜찮아? 응? 괜찮은 거냐고? _10월 14일

5부

침략군을 보낸 나라의 백성

소망의 나무 _ 2003. 10. 17 ~ 12. 16

평화단식순례 _ 2004. 4. 15 ~ 9. 21

소망의 나무

9월 미국이 한국 정부에 군대를 요청하면서 파병문제가 국내에서 쟁점이 됨. 바끼통은 한국군 파병 반대와 점령군 철수를 내용으로 제3기 활동 전개.

9월 25일 바끼통 파병 반대 이름 이어쓰기 시작

10월 18일 한국 정부의 추가파병 계획 발표. 정부의 파병안을 확정지을 12월 국회를 앞두고 국내 반전 여론 확산.

11월 22일 '파병을 막기 위한 시민단식모임 – 소망의 나무' 활동 시작. 박기범 단식에 들어감.

11월 30일 이라크에 파견된 오무전기 노동자 2명 사망, 2명 부상.

12월 6일 박기범, 단식을 접고 '백인이어굶기'로 소망의 나무 활동을 펼침.

12월 20일 소망의 나무 대학로 농성 종료, 국회 앞 집회로 집중.

다시, 우리 작고 가난한 이름들을 모아

솔직하게 털어놓으면 사실 이제 그만 정리하고 싶었어요. 한동안만이라도 눈 꼭 감고 귀 막고 그렇게 손을 놓고 지내고 싶었어요. 그런데 그러한 마음, 전쟁터였든 전쟁터가 아니었든 그 지옥불 앞에서 겪어야 했던 마음고생이야 누군들 달랐을까 싶어요. 지난 봄 여름을 정말 다들 힘겹게 지냈지요. 바끼통 운영자들을 비롯해 아주 많은 분이 그 긴 시간 마음을 놓지 못하고 우리가 모두 함께 겪은 그 전쟁, 그 전쟁의 땅에서 살아가는 이들과 함께 고통을 나누고자 무진 애를 써왔지요.

하지만 우리 대통령은 기어이 이 침략전쟁에 아주 본격으로 동참하겠다고 선언했습니다. 침략을 저지른 미국과 영국 다음으로 가장 많은 군대를, 그것도 그곳 백성들을 누르고 억압하는 것을 목적으로 하는 전투병력을 보내어 제대로 침략자의 길에 나서겠다고 합니다.

그러한 소식 앞에서 당장 드는 마음은 절망이었습니다. 어떻게 해야 할지 모르겠어요. 파병만은 안된다고, 아무리 나라에 이익이 된다 해도 침략군이 되어 이웃 나라로 가서는 안된다고, 아무것도 아닌 우리 같은 사람들, 간절한 마음을 모아서 이야기하고 있지만, 저들에게는 털끝만치도 들리지 않는다는 사실 앞에 도무지 어떻게 해야 할지 모르겠습니다.

나라의 높은 자리에서 권력을 쥔 자들, 그것으로 자본의 이익을 모두 독차지하는 이들은 언제나 우리 같은 이들의 말이야 귀담아듣지 않고 무시해왔어요. 그래서 우리 또한 절망을 되풀이하면서 점점 어쩔 수 없다고만 여기는지도 몰라요. 하지만 이 작고 보잘것없는 목소리라도 마음을 한데 모으면 조금이나마 눈치를 볼 수도 있을 거예요. 힘없고 아무것도 아닌 우리지만 결국은 우리가 나서서 못하게 해야지요.

이제 우리 함께 이름을 모으는 일부터 다시 시작하려 합니다. 그래요, 서명운동이라는 것, 어쩌면 흔하고 흔한 것이 서명운동일지 모르지요. 더러는 이런 것 하면 뭘 하나 미심쩍은 마음이 드는 때도 있었는지 몰라요. 하지만 이것이라도 우리가 함께할 수 있는 일이라면, 우리 작고 가난한 이름들을 모아 한번 더 말해봐요. 우리는 침략군을 보내는 나라의 백성이고 싶지 않다고, 내가 땀 흘려 일하는 까닭은 이웃 나라 백성을 짓밟기 위해서가 아니라고. 더구나 그 이웃 나라 백성을 짓밟아 빼앗아온 것으로 내 식구의 배를 불리고 싶은 마음은 조금도 없다고 말이에요.

우리, 떳떳하게 말해요. 정말 우리 군대를 저 침략전쟁의 땅으로 보내는 것만은 막았으면 좋겠어요, 그랬으면 좋겠어요. _10월 17일

250

소망의 나무 함께 심어요 — 파병 반대 단식농성을 준비하며

음식을 끊고 길에 나서는 일

10월 18일이었나, 대통령이 파병을 하겠다고 공식적으로 발표하던 날이. 그 소식을 듣고 정말로 넋이 다 나가는 것 같았다. 정신을 차린 뒤에는 어떻게든 막아야 한다는 마음뿐이었다. 지금껏 이름 이어쓰기를 해오는 것만도 벅차지만 파병을 막으려면 무엇이라도 더 힘있게 해야 한다고 생각했다. 고민 끝에 음식을 끊겠다고 마음을 먹었다. 흔히 말하는 단식농성이다. 시간이 얼마 없다. 내일 한미안보연례회의가 열리는 것을 비롯해 파병에 대한 논의는 더욱 가속화될 것이고, 곧 결정이 내려질 것이다.

소망의 나무

농성장 둘레는 누구나 편안하게 소망을 나누어갈 수 있게끔 작은 마당을 이어가기로 했다. 정말로 누구나 소망을 함께 나누어갈 수 있는 평화마당으로 가꾸어갔으면 하는 바람이다. 농성장 주변 또한 평화를 상징할 만한 꽃이나 우리 아이들이 손수 그린 그림, 종이접기 같은 것으로 꾸미거나, 지나는 시민들에게 꽃을 나누어주며 파병 반대의 뜻을 전하고, 날이 어두워지면 촛불을 나누어주며 함께 밝히는 그런 농성장.

농성장 곁에는 두 그루의 나무를 심기로 했다. 그 나무의 이름은 소망. 대학로 마로니에공원에는 참 많은 이들이 편안하게 오간다. 수줍게 사랑을 나누는 젊은이들, 공부에 찌들다 거리로 나선 교복 입은 아이들, 엄마

소망의 나무 단식농성에는 많은 이들이 함께했다. 건네는 꽃을 환한 얼굴로 받았고, 일부러 알고 천막을 찾아 꽃 손
질을 함께 해주었다.

아빠 손을 잡고 나온 아이들…… 그 나무 사이로 지나가며 소망을 함께 빌자는 뜻에서다. 그리고 나무 잎사귀를 나눠주면서 거기에 저마다 소망을 적어 나뭇가지에 매달기로 했다. 거기에는 평화로운 세상에 대한 소망도, 우리나라가 침략군을 보내지 않게 해달라는 소망도 달릴 것이다. 그게 아니면 또 어떤가. 연인들이 서로에게 적어주는 소망이어도 좋고, 교복 입은 학생들이 수능시험 점수가 많이 나왔으면 하는 소망이어도 좋다. 그렇게 저마다의 소망을 품고 사는 사람들 곁으로 가고 싶은 거다. 그래서 모임 이름도 '파병 반대 시민 단식 모임— 소망의 나무'라고 했다. 이나무, 씩씩하게 가꿀 수 있으면 좋겠다. 씩씩하게, 씩씩하게. _11월 16일

우리는 작은 사람들이다 — 소망의 나무 단식 나흘째

많은 이들이 밝은 얼굴로 소망의 나무를 찾아 농성장을 함께하니 힘이 난다. 아기를 안은 식구들이 일부러 찾아오기도 하고, 친구들끼리 종종걸음으로 팔짱을 끼고 오기도 한다. 게다가 한 교실이나 모둠의 아이들이 선생님과 함께 무리를 지어 올 때면 소망의 나무터는 발 디딜 틈 없이 가득 차곤 한다.

서명을 하고 가는 분들 가운데에는 스님도 있고, 수녀님도 있고, 지팡이에 기댄 할머니도, 안주머니에서 돋보기를 찾는 할아버지도 있다. 침략 전쟁에 반대해 평화를 바라는 마음이야 종교와 나이, 신분을 떠나 누구나 한마음이다.

색종이를 오려 만든 소망의 나무 잎사귀를 받은 이들은 무언가 설레는 얼굴로 소망을 적고, 그 마음으로 나무에 걸었다. 평범하게 일상을 살아가는 이들이 그 어떤 정치적 의사를 드러내기란 어쩌면 무척이나 어려운 일일 것이다. 그런 이들과 함께 소망 잎사귀와 평화 꽃을 나누며 우리의 작은 이름을 한데 모아가는 일이라 생각하면 더욱 마음이 따뜻하고 힘이 솟는다. _11월 26일

우리가 서로 손을 잡지 않는다면— 소망의 나무 단식 이레째

강철민 이병의 기자회견이 있었다. 강철민씨는 현역군인의 신분으로 휴가를 받아 나온 뒤 부대 복귀를 하지 않고 한국군 파병 반대를 요구하는 농성을 벌이고 있다. 그이의 농성장은 소망의 나무 농성장과 가까운 종로5가 기독교회관 건물. 그곳 둘레에는 사복 헌병대들이 아주 삼엄한 경비를 펼치고 있다. 농성장에 가 만나본 강철민 이병은 아주 순하고 여려 보이는 청년이었다.

그래, 강철민은 그곳에서 또 한 그루의 나무가 되어 소망을 함께 말하고 있는 것이다. 어디 강철민뿐이겠나? 온 나라 곳곳에서 침략전쟁에 반대하는, 평화를 바라는 여린 잎사귀들이 다양한 몸짓과 표현으로 뿌리를 잇고 있다. 권력 앞에서 우리는 모두 작고 가난한 사람들일 뿐이다. 하지만 우리가 서로 손을 잡고 싸우지 않는다면 우리는 언제까지나 약할 뿐이고, 억눌릴 뿐이고, 슬퍼해야 할 뿐인 것을.

254

날마다 소망의 나무 둘레에서 이어지는 작은 공연과 촛불시위. 오늘은 제법 빗방울이 굵었다. 공연팀은 우산 아래에서 마이크와 악기를 잡았고, 농성장을 찾은 이들은 우산을 받쳐 쓴 채 촛불을 들었다. 빗줄기는 굵었지만 오히려 그것 때문에 우리의 간절함이 더욱 살아나는 느낌마저 있었다.

이라크 사람들도, 바그다드 거리에서도 오늘 우리가 기타를 치고 노래를 부르듯 그렇게 사람들이 자유롭고 행복하게 어울려 즐길 수 있으면 얼마나 좋을까?

우리 군대가 간다면 지금 미군이 하는 짓과 똑같이 그리 하겠지. 잠을 자고 있는 선량한 사람들을 깨워 욕설을 퍼부으며 얼굴을 가린 채 어디론가 끌고 가겠지. 혹시라도 대들거나 저항을 하면 그때는 방아쇠를 당길지도 몰라. 아니, 그 전에 개머리판으로 내리쳐 위협을 하겠지. 일고여덟살 먹은 어린아이라 해도, 팔십 노인이라 해도 조금이라도 의심 간다 싶으면 우선 방아쇠부터 당기거나 끌고 가겠지. 그 누구라도 마음만 있으면 침략군대를 향해 폭탄을 던질 수도 있다고 여길 수밖에. 그건 어쩔 수 없는 것이다. 내 편이 아닌 이들은 모두 적으로 간주할 수밖에 없고, 이상한 기색이 느껴진다 싶으면 살아 움직이는 모든 것을 제압해야만 내가 살 수 있는 것, 그것이 전쟁이니. _11월 29일

목숨 — 소망의 나무 단식 아흐레째

지난밤 창근(한국이라크반전평화팀 지원연대 사무국장, 양심적 병역거부자)이

에게 새벽 한시쯤 문자가 왔다. 이라크에 들어가 있는 한국인 노동자 2명 사망, 2명 중상.

드디어 터지고 말았다. 이 전쟁과 관련해서 드디어 목숨을 잃은 한국 사람이 나온 것이다. 이 죽음은 두말할 것 없이 한국 정부와 대통령의 침략전쟁 동참 의지가 낳은 것이다. 침략과 점령에 반대하는 이라크인은 그동안 몇차례나 한국 정부에 말해왔다. 파병 계획을 거두라, 그렇지 않으면 우리는 맞서 싸울 수밖에 없다. 그러나 이 나라 정부는 그이들의 말을 귓등으로도 새겨듣지 않았다. 오로지 침략에 동참해서 얻을 수 있는 이익에만 골몰하고 있을 뿐.

앞으로 파병정국은 어떻게 달라지려는지. 한가지 바람이라면 이 죽음을 보면서라도 이 나라 정부와 국회가 최소한의 책임과 부끄러움이라도 느끼기를 기대하는 것이다.

참 못됐다. 지금 당장 빼앗긴 두 사람의 목숨, 그 목숨 앞에서 나는 이 일이 어떠한 영향을 끼칠까 하는 것부터 생각했으니 말이다. 아니, 더 솔직하게 말하면 그러한 문제밖에 생각하지 못했다. 어이없이 한 생을 마치게 된 그 분들의 목숨은 어떻게 해서도 되돌릴 수 없는 것인데…… 두 분의 목숨 앞에 부끄러움 금할 길 없다. _12월 1일

거듭 살아나고자 하는 몸부림— 소망의 나무 단식 열흘째

오늘부터 기차길옆작은학교 이모, 삼촌 들이 하루씩 이어가면서 함께

256

굶기를 시작했다. 그 첫날, 큰이모와 큰삼촌이 왔다. 천막 안에서 평화 꽃을 다듬고 색띠를 매면서 이런저런 이야기를 나누었다.

이모는 어제 권정생 선생님에게 전화받은 이야기를 들려주었다. 걱정을 하시더라고, 그만두라 말리라 하셨다며 말이다. 실은 그사이에도 많은 분들이 한껏 힘을 모으면서도 걱정으로 여러 말씀을 하곤 했다. 단식농성이 아닌 다른 방식의 싸움, 생명의 기운으로 더 많은 이와 함께할 수 있는 길로 나아가야 하지 않겠느냐며 말이다. 전쟁을 막고자 하는 것, 그것은 바로 목숨을 살리고자 하는 일이니 더욱 그러한 고민이 든다며 말이다. 목숨을 살린다는 것, 아니 진정으로 목숨을 나눈다는 것. 그러한 말씀들이 마음 깊이 와닿았지만 아직 내가 그 뜻을 온전히 알지는 못하는 것 같았다. 그것은 앞으로 남겨진 숙제인지 모른다. 단지 말과 생각으로 궁리하며 해석할 것이 아니라 온 삶으로 가꾸어가야 할 숙제.

이모가 전하는 얘기를 듣는 내내 자꾸만 안동에 계신 할아버지 모습이 눈에 어렸다. 천천히, 아니 힘겹게 몸을 움직여 걷는 할아버지. 느릿느릿 말씀하시는, 아니 말씀하시는 것조차 고통스러워하던 그 모습. 아, 할아버지. 저 잘 있어요. 밥 굶지만 이상하게 이렇게도 몸이 좋아요. 한 번도 아픈 적 없고, 특별히 힘이 없다 느끼지도 않아요. 잘할게요, 할아버지. 이 일 결코 목숨과 거꾸로 가는 일 아닐 거라 생각하고 있어요. 거듭 살아나려는 몸부림, 그런 거라 생각했고, 그런 것이 되기를 바라고 있어요. _12월 2일

아이들, 아이들 — 소망의 나무 단식 열이틀째

　소망의 나무 천막에서 보내는 하루는 무척 짧다. 조급한 마음이 들어서도 그러하지만 또한 천막을 찾는 이들과 일을 이야기하고 소식을 나누다 보면 어느새 날이 저물어가고 저녁이 된다. 힘이 참 많이 나는 건, 농성장이 외로울 거라 걱정하던 것이 무색할 정도로 정말 많은 이들이 소망의 나무를 함께 가꾼다는 것이다. 멀리 함양, 여수, 광주, 대전, 춘천 같은 곳에서 찾아주시는 분들을 뵐 때면 솔직히 놀란 마음이 커 어떻게 손을 내밀어야 할지 몰라 겨우 눈으로만 인사를 건네곤 한다. 어쩌면 이 농성을 한다 해도 파병 결정은 끝내 꿈적도 안할지 모르지만 날마다 나는 희망을 만난다. 이 앞을 지나치다가 잠깐 멈추어 '파병 반대'의 뜻 아래 이름과 주소를 쓰면서 나뭇잎에 소망을 더하는 분들은 물론이고, 일부러 먼 걸음 천막을 찾아 함께 나뭇잎을 오리고 꽃을 준비하는 분들을 보면서 가슴이 떨리도록 희망을 만난다.

　더구나 그 희망에 생명의 기운을 더욱 살아나게 하는 건 거의 날마다 이 농성장을 가득 메우는 아이들이다. 오늘은 아침 등굣길부터 무척이나 많은 아이들이 함께했다. 무슨 견학수업이 있었는지, 아니면 무슨 백일장이나 소풍이 있었는지 선생님과 아이들은 소망의 나무에 함께하는 것으로 그 행사를 시작했다. 색종이로 만든 나뭇잎을 매단 소망의 나무, 아이들이 그려 만든 그림 둘레에 많은 아이들이 모여 있으니 참 잘 어울린다. 오후가 되어갈수록 나무를 찾는 아이들은 더욱 많다. 하루 종일 아이들과

258

함께 북적북적한 농성장은 어느새 놀이터가 되어버리곤 한다. 아이들은 천막에 앉아 놀이를 하듯 꽃을 다듬거나 색띠를 묶었고, 색종이로 나뭇잎을 오렸다. 놀이를 하듯 꽃과 나뭇잎을 지나는 이들에게 건네며 "전쟁 반대 서명해주세요!" 했다. 그도 아니면 그저 소망의 나무 둘레를 뛰며 놀았다. 천막 앞 마이크를 잡아보라 하니 처음에는 쑥스러운 듯 머뭇거렸지만 조금 지나니 서로 마이크를 잡겠다며 "군인 아저씨들을 전쟁터로 보내지 마세요!" 소리쳤다. 오늘 하루 농성장 둘레에는 아이들의 웃음소리, 재재거리는 소리, 떠드는 소리, 노랫소리가 끊이지 않았다. 바람이 천막을 들썩이게 할 정도로 많이 불고, 몸속까지 맵게 파고들었지만 아이들이 있어 추운 줄을 몰랐다.

문득 이라크 아이들 모습이 겹쳐졌다. 그 땅에도 우리 아이들을 꼭 닮은 아이들이 있다. 재미있으면 웃고, 움직이고 싶어하고, 따라하고 싶어하고, 뛰어다니고, 노래 부르는 아이들. 우리 아이들이 농성장 둘레를 순식간에 놀이터가 되게 했듯이, 침략과 점령의 그 땅에서도 아이들은 순간순간 놀이를 만들며 해맑은 얼굴로 뛰어다닌다. 폭격이 한참이던 지난해 봄, 한쪽에서는 아이들이 축구공 하나를 쫓아 뛰어다녔지. 미군에게 내쫓김을 당하면서도 깔깔깔깔 웃으며 뒤돌아선 미군의 뒤통수에 감자를 먹이기도 했지. 아이들은 존재로써 생명을 말한다. 또한 그 생명을 지키는 일이 바로 평화라는 것을 말해준다. 침략자들이나 파병을 준비하는 이들이나 다들 온갖 말을 갖다붙이며 '평화를 위해서'라 말하지만, 목숨에 앞서는 평화의 논리란 결코 있을 수 없다. 그 어떤 잘난 명분이나 숭고한 뜻이라도 아이들의 해맑은 목숨을 빼앗는 일은 정당화할 수 없기 때문이다. 파병을 하겠거든 요상한 거짓말 따위는 다 집어치우고 저 아이들을 죽여 서라도 이익을 얻겠다고 솔직하게 말할 일이다. _12월 4일

나무야, 나무야! — 소망의 나무 단식 열닷새째

오늘은 소망의 나무 한 매듭을 짓는 자리로 문화제를 열었다. 바람이 몹시 부는 추운 날이었지만 많은 분들, 아이들이 함께해 소박하나 기운차 게 마당을 펼쳤다. 우리가 가진 소망은 단 하나, 우리 잘살기 위해 이웃 나 라 사람들을 괴롭히고 싶지 않다는 것. 내가 직접 총을 들지는 않지만 총 을 든 군대를 보내어 침략자가 되고 싶지 않다는 것뿐이다. 살림이 어려 워지더라도 남의 것을 빼앗아 배불리고 싶지는 않다는 바람, 단지 이 작 은 바람이다.

파병 결정에 대한 국회비준은 예상한 날보다 조금씩 늦추어지고 있다. 어느날 갑자기 국회를 열어 몰래 통과시킬지 모르지만 아직은 처리되지 않았다. 소망의 나무를 이끄는 이들과 함께 긴 회의를 한 결과 내가 해오 던 단식은 오늘로 접기로 했다. 하지만 그것은 소망의 나무 활동을 아주 그치는 것이 아니라 이어굵기로 더욱 크게 가꾸기 위함이다. 나로서는 처 음 하는 짧지 않은 단식이어서 몸을 추슬러야 할 일이 남았지만 정말 앞 으로 더 바쁘게 움직이지 않으면, 더 힘을 내지 않으면 우리의 소망은 제 대로 피우지 못할 것이다. 아, 나무야, 나무야! _12월 7일

260

"전쟁은 무서워요. 돈이 중요해요? 목숨이 중요해요? 이렇게 많은 사람들이 죽어요." (인천 송월초등학교 2학년 조성민 어린이의 글.)

단식평화순례

2월 13일 한국군 파병동의안 국회 본회의 통과.

4월 이라크 팔루자 지역에서 미군 대공습 시작.

5월 아부 그레이브Abu Ghraib 교도소에서 미군이 저지른 이라크인에 대한 학대 사실 폭로.

6월 침략군의 점령에 맞선 이라크인들의 저항이 거세지면서 외국인에 대한 납치, 참수가 이어짐.

6월 22일 가나무역 직원이었던 김선일 희생. 김선일의 충격적인 죽음 앞에서 파병 철회의 목소리가 드높아가던 즈음 박기범이 거주하는 울진에서는 군민들의 자발적인 일인시위가 날마다 이어짐. 박기범은 군민들과 함께 군청 앞 시위를 이어가다가 전국에서 함께 벌인 십만 릴레이단식에 참여하면서 두번째 단식에 들어감.

8월 3일 한국군 파병군 '자이툰' 선발대 이라크로 출병.

8월 29일 청와대 단식농성중인 김재복 수사를 찾아가 평화바람, 바끼통, 전범민중재판 준비 실행위와 함께 '종전과 철군을 위한 단식평화순례'를 떠나기로 함.

9월 1일 김재복 수사와 평화바람이 청와대 앞에서 기자회견을 한 후 울진을 시작으로 단식평화순례 시작.

9월 21일 박기범 단식 44일째, 김재복 수사 단식 58일째에 이른 순례길은 부시와 블레어, 노무현을 전범민중재판에 올리는 기소인 운동의 시작을 알리며 끝을 맺음.

262

살람 아저씨의 편지

살람 아저씨가 편지를 보냈다. 다행히 살람 아저씨와 그 식구는 무사하다. 하지만 살람 아저씨의 친척 가운데 셋이 팔루자에서 미군의 폭격에 죽었다고 한다. 아저씨는 무슨 일을 어떻게 해야 할지 모르겠다면서 그저 신에게 평온을 바라며 기도할 뿐이라고 했다. 짧은 편지였지만 아저씨의 절박함이 그대로 내 몸에 전해지는 것 같았다. 금세 몸이 뜨거워지는 걸 느꼈고, 불안한 심장이 크게 뛰는 걸 느꼈다.

살람 아저씨의 편지뿐 아니라 현지에서 보내온 소식들은 하나같이 다급한 숨소리를 담고 있다. 그 안에서 겪고 있는 일, 그 안에서 벌어지는 일들이 얼마나 끔찍한지에 대해 말을 하고 싶어한다. 미군은 팔루자 저항군에게 전면전을 선포하면서 주민들에게 여덟 시간 안에 팔루자를 떠나라고 명령했다. 하지만 미군은 팔루자를 포위한 상태였고, 팔루자를 떠난 주민들은 사막에 갇혀버리고 말았다. 미군은 여기에 폭격을 해대고 있다. 갇혀 있는 사람들 대부분은 힘없는 여자와 아이, 노인들. 바깥에 있는 이라크인들은 목숨을 걸고 이들을 도우려 다시 팔루자로 들어가고 있고, 미군은 무차별로 공격을 가하고 있다. 700명 가까운 사람이 죽고, 1,500명 가까운 이들이 다쳤다. 미군은 병원에도 폭탄을 떨어뜨리고, 구급차에까지 조준사격을 하고 있다.

전쟁 때보다 더한 참극이 그곳에서 벌어지고 있다. 늦은 때란 없다. 막을 수 있을 때 막아야 한다. 막을 수 있다. 그 끔찍함을 안다면 꼭 막아야 한다. 오늘 새벽에도 팔루자 하늘에는 얼마나 많은 폭격, 얼마나 끔찍한 살육이 있을지 모른다. _4월 15일

당장 멈추게 하지 않는다면

아침에 일어나 가장 먼저 한 일은 밤사이 올라온 이라크 관련 뉴스들을 찾아보는 것이다. 바끼통에 가보니 프랭스 형이 벌써 많은 글을 찾아 모아두었다. 그 가운데 동화(이동화는 2004년 6월 초, 1년 만에 다시 이라크로 들어갔다. 그는 한국이라크반전평화팀의 성과와 한계를 이어가며 더 넓고 깊은 평화운동을 펼치고자 결성된 모임인 평화바닥^{Peace Gronud}의 이름으로 현지활동을 펼쳤다.)의 목소리가 그대로 들리는 CBS 라디오 인터뷰도 올라와 있다. 생생한 녀석의 목소리를 들으니 무척 반가웠다. 바그다드가 점점 불안해지면서 집세를 비롯한 모든 물가가 곱절로 뛰어서 활동할 돈이 턱없이 모자란다는데 은행 나가는 일을 미루고만 있었다. 건강하구나, 여전히 조심조심 얘기를 하는구나. 녀석 목소리가 나오는 인터뷰를 다 듣고, 다시 한번 더 들었다. 그렇게 목소리라도 듣는 게 좋아서 또 듣고 싶었다.

264

'불길한 생각은 하지 말아야지, 불안한 말은 하지 않아야지.' 그런 생각을 하면 생각이 씨가 되어 꼭 그 비슷한 일을 부르게 될 것만 같아서, 나도 모르게 걱정을 하다가 놀라듯 도리질을 치곤 한다. 오늘 아침 프랭스 형이 모아놓은 기사 목록에 한국인에 대한 테러 위험이 아주 높아졌다는 기사가 맨 아랫줄에 있었다. 이라크 현지나 주변 아랍국가들뿐 아니라 유럽에서도 한국인에 대한 테러 위협이 높아졌다고 한다. 엊그제 본 기사 가운데에는 외신기자로 일하는 조성수 기자가 하루 동안 테러단체에 억류되었다가 풀려났다는 소식도 있었다. 지금 이라크에 있는 사람들은 동화와 한상진 선생님, 조성수 기자, 김영미 피디, 그리고 가나무역의 직원 몇명이다. 불길한 생각을 하지 않으려고 해도 마음이 놓이지 않는 건 어쩔 수 없다. 부디 조심하길.

나자프Najaf에서 미군과 저항군이 전투를 벌여 저항군 360명이 죽었다는 기사가 있다. 솔직히 말해 나도 이라크 관련 기사들을 다 찾아 읽지는 않는다. 어떤 것은 제목만 보고 그냥 지나친다. 이 기사도 처음에는 그냥 지나칠 뻔했다.

이미 나도 이 전쟁과 함께 괴물이 되어가는 것이다. 사람이 죽는 것에 대해 무감각해지고 있다. 이틀 남짓한 사이에 360명이나 되는 사람이 떼죽음을 당했는데도 나는 놀라거나 아파하지 않았다. 그저 그와 비슷한 기사 가운데 하나로만 스쳐 지나갔다.

과연 나만 그럴까? 360명이 죽은 전투, 말이 전투지 정황을 보면 엄청난 화력을 쏟아부은 학살이나 다름없다. 이 일방적 학살을 다룬 기사는 짤막한 단신이다. 순식간에 360명이나 되는 사람을 죽인 일이 이제는 단신으로 취급된다니…… 적어도 올해 4월 팔루자 학살 때는 이렇지 않았다. 언론 가운데 적어도 몇곳은 점령군의 학살을 폭로하며 그 극악함을 사람들에게 전해주었고, 우리는 그 소식을 접하면서 분노했다. 그러면서 이 침략전쟁은 반드시 끝나야만 하며 이라크 현지에서 점령군은 떠나야 한다고 확신하게 되었다. 한국군이 가는 일은 더더욱 막아야 한다고 말이다.

지난 한 달 남짓 울진 군청 앞에서 피킷을 들고 시위를 하며 그 앞을 지나가는 군민들이 함께 모은 이름을 다 하면 910명이다. 360명이면 우리가 한달 동안 만난 사람들의 3분의 1이 지금 이라크에서 순식간에 죽은 것이다. 이 엄청난 학살을, 이 끔찍한 현실을 언론에서는 겨우 단신으로 다루고, 그 기사 제목을 보는 나도 무심히 지나치려 했다.

지금 그곳에 있는 한국인 가운데 어느 누가 또다른 김선일이 될까 하여 걱정하지만, 이라크에는 만명의 김선일이 죽어가고 있고, 어제만 해도 360명의 김선일이 죽었다.

당장 멈춰야 한다, 당장 멈추게 해야 한다. _8월 10일

내가 이라크의 아이들을 죽이고 있었습니다

지난겨울 16대 국회에서 파병안 통과가 있기 전, 소망의 나무 단식을 마치고 찾아간 곳이 바로 안동이었다. 권정생 선생님을 찾아가던 날, 선생님은 반겨 맞아주시며 좁디좁은 방안에까지 들여주셨다. 그리고 두어

시간 말씀을 들었는데 그때 선생님은 단식은 왜 했느냐, 하려면 천명이고 만명이고 다 같이 청와대 앞으로 가서 굶으면 모를까, 혼자 그리 굶는다 해서 어찌 되겠느냐고 하셨다. 그러고는 정말 이 세상에서 전쟁을 없애기 위해서는 지금같이 해서는 될 일이 아니라고 하셨다. 환경운동을 한다는 이들이 죄다 차를 몰면서 독한 연기를 뿜고 다니고, 전쟁반대 데모를 하는 사람들이 얼굴에 진한 화장을 하고 좋은 옷을 입는데 그래서야 어떻게 전쟁을 반대하겠느냐고. 이 전쟁이 기름을 빼앗느라 벌어지고 있는데, 그렇게 기름을 써대면서 무슨 전쟁을 반대하느냐고.

선생님은 마치 어린아이에게 일러주듯 가만가만 말씀하셨지만, 지금 생각해보면 또한 몹시 안타까운 마음을 함께 담고 있었다. 하지만 어리석게도 그 자리에서 나는 선생님의 말씀을 제대로 듣지 못했다. 아니, 이제와 생각해보면 아예 귀담아 들으려 하지도 않았다. 그 순간에는 선생님 앞에 무릎을 대고 앉아 말씀을 듣는다는 것이 마냥 좋았을 뿐.

그러다 선생님의 그 말씀이 비로소 나를 통째로 흔든 것은 지난번 광화문 집회에 올라갔다가 내려오는 버스 안에서였다. 30명 넘게 타는 버스이지만 탈 때마다 고작 대여섯명 정도로 늘 텅텅 비어 있다는 게 왜 그때서야 새삼 눈에 들어왔을까? 나는 지난여름 이라크에서 돌아오고 난 뒤 파병정국이 되면서부터 거의 반년을 주말마다 집회에 참석하기 위해 서울을 오갔다. 서울까지 버스값은 2만4천원이니 한 번 다녀오면 적어도 5만원. 보통은 버스를 탔지만 짐이 많거나 들러야 할 곳이 많을 때면 주저하지 않고 차를 몰았다. 그러면서 마침 동행자가 있어 한 차에 몇사람이 함께 타면 나는 대단한 절약이라도 한 양 뿌듯해하기까지 했다. 승용차를 움직이는 기름값이야 똑같이 드니 한 차에 다섯 사람이 함께 타면 버스값으로 내는 것보다 훨씬 돈을 아낄 수 있으니 말이다. 나는 돈을 절약했다는 생각뿐, 기름을 낭비한다는 생각도 전혀 하지 못했다. 하지만 내가 타고 내려오는 버스가 텅 비어 있다는 걸 새삼 알아채면서 그게 얼마나 스스로에게 타협적인 계산법인가를 느낀 것이다. 그 길 위를 오가는 버스는 손님을 가득 태우건 단 한 사람을 태우건 그 먼 길을 기름을 태우며 달린다. 승용차를 탄 다섯 사람은 버스값을 아끼는 셈이 되겠지만 기름을 소비하는 걸로 보면 버스 한 대면 충분할 것에 승용차 한 대 움직이는 기름을 더 없애는 것 아닌가? 나는 여태 이걸 절약으로 여긴 것이다. 그야말로 내 주머니 절약만 생각한 것이다. 나는 내 주머니의 버스값을 아낀다고 그 커다란 버스는 텅텅 비워둔 채 따로 기름을 태워 부끄러움 없이 승용차를 몰았다. 그것도 전쟁반대를 외치는 자리에 간다고, 전쟁을 막는 집회에 간다고 하면서 말이다. 나는 말하곤 했다. 기름을 빼앗기 위해 벌이고 있는 전쟁을 멈추라고, 기름을 빼앗기 위해 죄 없는 아이들을 죽이지 말라고. 하지만 말로는 이라크 아이들을 아파한다 하면서 결국 나 또한 이라크 아이들을 죽이고 있었다. 기름을 얻기 위해 군대를 보내는 일을 막아야 한다면서 정작 내 삶에서 기름 쓰는 일은 줄이지 않았으니 말이다. 내가 과연 전쟁반대를 말할 자격이나 있는가?

결국 이 전쟁은 미국이 일으킨 것이기도 하지만 현재 삶의 방식에 길들여진 내가 낳은 것이기도 하다. 자본과 문명이 만든 삶의 그물서 한발짝도 비켜서지 못하면서 전쟁반대를 외치는 것으로 과연 우리가 면죄부를 찾을 수 있을까? 내 삶이 자본의 경제논리, 소비하는 삶을 그대로 유지하고 있는 한, 나는 아무리 전쟁에 반대한다고 해도 결국 어떤 식으로든 전쟁으로 인한 이익에 기대어 살 수밖에 없다. 이 말은 우리가 눈앞에 벌어지는 전쟁에 반대해 벌이는 운동 자체가 의미 없다는 것이 아니라, 진정으로 이 세상에서 전쟁의 순환을 끊고자 한다면 삶의 방식을 바꾸는 일이 함께 있어야 한다는 뜻이다. 소비에 기대지 않는 삶, 자본에 기대지 않는 삶, 개발에 기대지 않는 삶. 소비와 자본, 개발로부터 자유로워야 우리가 맞서 싸우는 것이 제대로 힘을 발휘할 수 있는 것이다.

앞으로 오십년이면 어차피 석유는 바닥이 난다. 그게 언제가 되건 바닥을 드러내고 말 것이다. 지금 미국의 부시정권을 비롯해 석유개발권을 욕심내는 자본들이야 발 빠르게 탐욕을 부리고 있지만, 그네들의 탐욕이 아니라 하더라도 석유가 바닥나면 그때는 어찌 될 것인가? 어떤 착한 권력, 어떤 반자본적 권력이 있다 해도 끝내 마지막 기름 한방울을 둘러싼 전쟁은 불가피할 것이다.

당장의 침략과 점령에 맞서는 것도 물론 중요하지만 더욱 중요한 것은 이 전쟁을 낳을 수밖에 없는 삶의 방식을 바꾸어야 한다는 것이다. 당장 지금 전쟁을 벌이고 있는 까닭만 보아도 그렇다. 기름 소비를 강요하고, 기름 소비를 통한 문명이 근본 원인이라면 그에 맞서야 하는 것이다. 기름에 기대지 않아도 좋을 또다른 에너지를 찾는 동시에 기름이든 다른 에너지든 굳이 기계문명의 힘에 기대지 않고 살 수 있는 삶의 모습으로 되돌아가는 것.

별똥별

오늘밤 별똥별이 많이 떨어진다고 했다. 요즘 하늘이 맑아서 밤이 되면 우리 마을 하늘은 완전히 별천지인데 거기에 별똥별이라니. 지붕마당에 올라가 돗자리를 깔고 꼬맹이 손님들과 함께 누웠다. 정말 별천지다. 하늘 속으로 내가 빨려들어가는 것도 같고, 모래알 같은 별가루를 촤르륵 뿌려놓은 것도 같다. 한 십오 분이 지났나? 다들 한목소리로 "어, 어어?" 한다. 아주 굵고 진한 별똥별이 지나갔다.

"소원 빌었어?" "아니, 너무 빨라." "뭐라고 빌려 했는데?" "몰라."

"그럼 내가 하라는 대로 해. 별똥별이 지나가면 '파병 철회' 그러는 거야. 갑자기 지나가면 못하니까 지금부터 '파병 철회, 파병 철회' 하는 거야. 자, 어서 준비하고 있어."

겨우 삼십 분 사이에 열 개가 넘는 별똥별이 떨어졌다. 나는 그 가운데 넷을 놓치고 여섯 개를 봤다. 파병철회파병철회파병철회…… 소원이 이루어질 수 있을까? _8월 12일

아테네의 환호, 나자프의 절규

군청 앞 하루농성을 정리하고 돌아온 밤, 텔레비전을 틀었더니 몇시간 뒤면 아테네에서 올림픽이 개막된다는 소식을 내보냈다. 진행자들은 들뜬 목소리로 이 행사가 얼마나 성대하게 준비되었는지, 세계 각국의 참가단 모습이 어떠한지, 이번에 열릴 올림픽의 의미가 어떠한지를 이야기했

다. 따로 귀를 기울여 듣지는 않았지만 진행자의 가뿐 목소리며 화면에 보이는 그림만으로도 그 열기가 전해지는 것 같았다. 축제를 앞둔 설렘, 잔치의 기쁨. 그것말고 오늘 하루의 뉴스가 궁금한데 이리저리 뉴스를 돌려봐도 온통 그 비슷한 올림픽 축제에 대한 소식들뿐이다. 그러다가 화면 아래 자막으로 내보낸 한줄 뉴스에 눈길이 붙들렸다. 오늘 하루 이라크에서는 미군이 총공세를 퍼부어 165명을 죽였다는 자막이 지나갔고, 시아파 지도자 무끄타다 알 사드르Muqtada al Sadr가 부상을 당했다는 소식이 빠르게 흘러갔다. 그래서 이웃 아랍국들이 나서 미국의 나자프 공격 중단을 촉구하고 있다는 소식까지. 텔레비전 화면은 여전히 몇시간 뒤면 있을 올림픽 개막의 축포에만 호들갑이다. 전세계인이 함께하는 평화의 제전이라는 올림픽, 한쪽에서는 공습과 폭격으로 160명이나 되는 이들이 하루 아침에 죽어나가도, 그곳과 멀지 않은 곳에서는 '전세계의 평화'를 내걸고 잔치를 벌인다.

정말 그래도 되는 건가? 만약 한반도에서 그처럼 제국의 전투기가 도시 하나를 불사르고 있는데 바로 이웃 땅에서는 온 세계 사람들이 모여 잔치를 벌이고 있다면 우리 마음은 어떨까? 지금 이라크 사람들 마음은 어떨까? 오늘밤에도 이라크 하늘에는 미사일공습의 불꽃이 이어질 테고 아테네 하늘에는 화려한 폭죽이 수를 놓는다.

전세계에서 모인 운동선수 몇천명, 그리고 관객 십여만명이 모여 축제의 개막을 알리는 불꽃을 터뜨릴 때에도 나자프에서는 그 불꽃 수만큼이나 되는 미사일의 불꽃이 죄 없는 이들의 머리 위로 쏟아질 것이다. 폭죽의 불꽃과 미사일의 불꽃, 축제의 환호와 피범벅의 절규. 이것이 바로 온

세계가 똘똘 뭉쳐 내걸고 있는 '평화'라는 이름의 본모습이다. 그리고 그 한가운데에 내가 사는 나라가 있다. _8월 13일

다 같이 미쳐가고 있다

동화에게 메일이 왔다. 동화는 내가 모르던 많은 소식을 전해왔다. 바그다드의 최대 빈민지역으로 2백만명이 넘게 사는 사드르^{Sadr}씨티(바그다드에서 '씨티'의 개념은 우리나라로 치면 '구'에 해당한다.)는 전기와 물 공급이 모두 끊겼고 그곳으로 들어가는 길도 모두 막혔다고 한다. 동화는 지금 사드르씨티의 상황이 4월의 팔루자와 비슷하다고 한다. 50도를 넘나드는 불볕에도 선풍기 하나 돌릴 수 없고, 해가 지면 암흑으로 변하고, 언제 닥칠지 모르는 죽음에 대한 공포로 채워진 도시…… 동화는 편지에서 사드르씨티에 살고 있는 사람들이라면 아이부터 어른까지 모두 무끄타다 알 사드르의 사진을 들고 나와 미군에 대한 결사항쟁 의지를 다지고 있다고 한다. 그래 봐야 구역의 청년들이 집 안에 둔 소총으로 저항을 하는 정도겠지만, 어찌 그거라도 하지 않을 수 있겠는가?

명분이 있다고 해도 용서할 수 있는 일은 아니지만, 지금 이라크 땅을 점령한 미군들은 최소한의 명분도 없다. 그들이 전파하고 있다는 '자유'와 '해방' '민주주의'란 세상에서 가장 잔인한 약탈이고 침략이고 살육일 뿐이다. 죄 없는 이라크 민중의 죽음만큼이나 제국의 총알이 되어 전쟁터에서 죽어 시체가 된 미군을 볼 때 또한 마음이 아팠지만, 오늘 사드르씨

점령군 철수를 외치는 이라크 시민들(이동화가 일지와 함께 보내온 사진).

티의 소식 앞에서 그곳의 저항군들을 응원하고 있는 나를 보았다. 힘내라고 응원했다. 결국 그 말은 미군 하나 더 죽이라는 소리인데, 절로 그러한 마음이 드는 거였다. 나도 망가지고 있다, 함께 미쳐가고 있다. 다 미쳐가고 있다. _8월 14일

침략군을 보낸 나라의 백성

어쩔 수 없이 나는 침략군을 보낸 나라의 백성이 되었다. 내가 아무리 이 전쟁이 시작되기 전부터 반대했고, 우리나라의 군대를 보내는 것에 반

대해왔다 할지라도 어쨌든 나는 침략군을 보낸 나라의 백성이다. 이미 국회에서는 파병 비용으로 2,877억원을 책정해놓고, 지난 8월 10일에는 추가비용으로 3,105억원을 쓰기로 결정했다. 어떠한 식으로 내는 것이건 내가 내는 세금은 이라크인을 겨누는 총구가 되고 만다. 우리 군대가 이라크인 하나를 죽이는 순간, 동시에 나는 그이를 죽게 한 공범자가 되는 것이다. 나는 침략자다, 나는 약탈자다. 나는 나에게 아무런 잘못도 하지 않은 이라크인에게 총을 들이댈 것이고, 여전히 나를 친구로 여기는 이들을 죽이게 될 것이다. 만일 침략의 대가가 돌아온다면 그 또한 나는 누릴 수밖에 없다. 파병불가피론을 말하는 이들의 주장대로 설령 우리가 침략군대를 보내지 않아 엄청난 불이익을 본다고 치자. 기름값이 오르고, 버스값이 오르고, 전기세가 오를 수도 있겠지. 그리고 기름을 돌려 만든 물건값도 모두 오르게 되겠지. 하지만 침략군대를 보낸 지금 우리는 어떤 식으로건 그 혜택을 볼 수밖에 없다. 내가 먹게 될 음식이나 내가 집에서 켜는 전깃불, 내가 물을 데울 때 쓰는 가스, 먼 길을 갈 때 타는 버스……그 모든 것에는 이미 침략과 점령으로 얻는 이익이 스며 있기 때문이다. 앞으로 내 모든 것에는 죽어간 이라크인들의 목숨이 스며 있다. 원치 않아도 나는 침략에 동참했고, 어쩔 수 없이 침략의 대가를 누릴 수밖에 없다. 여기에서 누구도 자유로울 수 없다. 백년 전 일제가 조선을 침략했을 때 결국 일본의 백성 또한 조선의 피값으로 제 나라에서 기름진 음식을 먹으며 따뜻하게 산 것이 아닌가? 이 전쟁 앞에서 떳떳할 수 있는 사람은 아무도 없다. 파병 한국군은 당장 돌아와야 한다. 그것은 그 어떤 이타심이나 연민이 아니라 바로 나를 위해 그런 것이다. 나 스스로 침략의 총을 들고 싶지 않다는 것이며, 죄 없는 이들의 피눈물로 밥상을 차리고 싶지 않다는 것이다.

청와대 앞 김재복 수사님

만민공동회(이라크에 파병된 한국군 철수와 노무현 대통령의 퇴진을 요구하며 벌인 집회)에 참석차 서울에 올라간 길에 청와대 앞으로 가 김재복 수사님을 뵙고 왔다. 수사님은 '파병반대국민행동' 지도부가 파병 철회를 위한 무기한 단식농성을 시작하던 지난 7월 26일 함께 단식을 시작했다. 여드레가 지나 자이툰 선발대는 달아나듯 몰래 떠났고, 그것을 막기 위해 시작한 파병반대국민행동 지도부의 단식농성은 그것으로 막을 내렸다. 수사님은 오히려 이런 때야말로 더욱 중요한 시기인데 그대로 단식을 끝내면 어떻게 하느냐며 명동성당의 농성장을 청와대로 옮겼다. 그렇게 길가에 나와 굶기 시작한 지 오늘(18일)로 스물나흘째. 수사님의 싸움은 외로울 것 같았다. 얼굴이라도 한번 뵙고 가야지, 이렇게 함께하고 있다며 힘을 드리고 가야지 하면서도 막상 그러지 못했다.

내가 수사님을 처음 만난 건 지난해 6월, 이라크민중지원활동을 할 때였다. 함께 생활하는 이들 가운데 수사님은 가장 나이가 많은 어른이었지만 누구와도 또래 친구처럼 어울렸다. 젊고 어린 팀원들보다도 더 부지런히 공동생활을 했고, 주방장을 자처하면서 끼니마다 열다섯명 가까이 되는 식구들의 밥상을 마련했다. 아이들을 좋아하고 사진 찍는 걸 좋아해서 어디를 가나 아이들 사진을 찍었다. 수사님은 민간의학에도 능해서 꽤 오랫동안 쉴 새 없이 이라크인들을 돌봐주었다. 수사님에게 받은 지압과 안마, 손침 따위의 효과가 입소문을 타면서 당시 일하던 알 마시탈 보건소에는 전쟁통에 몸이 망가진 이라크인들이 줄을 지어 기다렸다. 뿐만 아니라 다른 고장 보건소에서 부탁이 들어오기도 했다. 결국 수사님은 처음 계획보다 일주일을 연장하고, 또 보름을 연장하면서 아픈 사람들을 고쳐주었다. 그러고는 7월 말 한국으로 돌아온 수사님은 다시 10월이 되어 이라크로 들어갔다. 노무현 대통령이 대규모 전투병력을 파병하겠다고 선언한 지 2주쯤 지난 때였다. 그리고 12월 초, 티크리트^{Tikrit}에서 한국인 노동자 두 사람이 총에 맞아 죽던 날 수사님은 다시 돌아왔다.

청와대 앞 무궁화동산 안 농성장은 공원 안에 있는 벤치였다. 누가 벤치 위에 깔개를 깔고 누워 눈을 붙이고 있었다. 담벼락에 붙여놓은 '생명과 평화를 위한 단식기도'라는 글귀 때문에 대번에 알 수 있었다. 수사님이구나! 인기척에 수사님이 눈을 떴다.

수사님은 선발대 파병 뒤로 파병 철회 운동이 빠르게 꺼져가는 분위기를 무척 안타까워하면서 파병 철회를 다시 되살릴 수 있는 불씨, 그 길의 징검다리가 되고자 단식을 하고 있다고 했다. 많은 사람들에게 아직 수사님의 단식은 낯설다. 함께 파병 철회를 외치던 사람들에게조차 메아리가 크지 않다. 시민단체나 교회 쪽에서 찾아오기는 하지만 와서 하는 말은 대부분 그만 단식을 접으라는 권유라고 했다. 지금은 또다른 중요한 현안이 있으니 그것에 집중하고, 11월 국회 파병연장동의안 논의가 들어가면 그때 힘을 모아 싸우자는 것이다. 전쟁을 끝내는 일은 정치지형을 만들어

얼마나 더 절망하고 나서야
칠흑 같은 아픔을 겪고 나서야
비로소 시냇물 소리를 듣고
숲에서 달려 나온 바람 소리를 듣고
작은 새들의 노래를 들을 수 있을 것인가.
어디쯤 이르러서 사람 얼굴 하나 하나를 알아보고
제 이름으로 마주할 것인가.

들풀 하나 하나에 깃든 생명의 손을 잡고
나무 한 그루 한 그루의 이름을 불러 줄 것인가.

언제쯤 사람의 마을은 사람의 노래를 부르며
밥 짓는 냄새 고소한
하루 하루를 한가로이 살아갈 것인가.
── 김재복 「평화가 아니면 아무것도」 부분.

가는 정세싸움이 아니라 목숨을 살리는 싸움이다. 이라크 하늘에 쏟아지는 폭격은 우리의 운동일정 따위를 기다려주지 않는다. 한참을 그러한 문제로 이야기를 나누다가 수사님은 이라크에서 만난 아이들을 떠올렸다. 날마다 죽어가는 이들의 소식을 볼 때마다 그 아이들이 눈앞에 생생하다며 말이다.

"수사님도 다시 이라크에 가고 싶지요?"

"그런데 이 싸움이 끝나야 가지. 결국 죽어야 끝나겠지만……"

수사님과 함께 옆자리에 있는 지율 스님을 찾았다. 곁으로 다가서는 것만으로도 크게 떨렸다. 정말 떨렸다. 바람이 훅 불면 날아가지 않을까, 손을 대면 가루처럼 부서져내리지 않을까? 집으로 돌아오는 길, 스님과 수사님을 만나고 오니 이상하게도 힘이 솟았다. 두 분께 힘을 드려야지 하고 간 길이었는데 오히려 힘을 얻어온 건 나였다. 수사님의 개구쟁이 같은 웃음, 스님의 맑은 눈. 두 분의 말씀과 모습을 그리고 있노라면 그분들의 고요한 기운이 내게도 스미는 것 같다. _8월 19일

돌 하나를 더하는 일

김선일씨 사건이 있던 다음날부터 시작된 울진 군청 앞 시위는 한국군 선발대 파병 뒤로는 몇몇 분이 제안해서 주민들이 하루씩 돌아가며 단식하고 농성에 참여하는 방식으로 바뀌었다. 보름 남짓 지난 동안 '하늘을

보기가 부끄럽다'며 우산을 쓰고 군청 앞 단식농성에 함께한 이들은 모두 일흔명. 하지만 이러한 과정에도 회의를 갖추어 약속을 짜거나 하는 일은 없었다. 그러다가 오늘 처음 우산농성을 마치고 함께한 분들과 군청 앞 주차장에 둘러앉아 이야기를 나누었다.

몇가지 이야기 끝에 여러 날 이어지고 있는 내가 하고 있는 단식에 대해서도 이런저런 이야기가 있었다. 하지만 이 자리에서는 어떤 계획도 뚜렷이 말하지 못했다. 그 까닭은 여러가지가 있었지만 가장 중요한 건 아직 스스로도 내가 얼마나 굶을지를 정해놓지 않았기 때문이다. 아니, 정하고 싶지 않다. 이 단식릴레이를 함께할 때 처음 내 마음이 그랬다. 물론 이 단식이 파병 철회 싸움을 위한 하나의 무기, 전술로 제기된 것이지만 나는 그보다 먼저 내 마음을 풀고 싶은 마음이 컸다. 끝내 파병을 막지 못하고 기어이 침략국의 백성이 되고 말았으니 앞으로 내가 태우는 기름은 이라크인이 흘리는 피일 터이고, 내가 먹는 음식은 죽어간 그 나라 사람들의 살점이 될 터였다. 어떤 방식으로든 그들 앞에 사죄를 하고 싶은 마음이 앞섰다. 그렇게 시작한 단식이 오늘로 열이틀.

집에 돌아오고 나서야 비로소 내 마음의 소리를 들으며 앞으로 어떻게 할 것인지를 생각했다. 청와대 앞에서 홀로 싸우고 있는 수사님의 외로운 싸움, 적어도 수사님이 홀로 싸우게 하지는 않겠다. 이곳 울진에서 끊이지 않고 이어지는 단식릴레이, 그 자리에서 날마다 우산을 쓰고 벌이는 철군 시위, 이것 또한 멈추지 않게 계속 이어간다면 지금도 보이지 않는 자리에서 아파하며 싸우는 이들과 함께 더욱 크고 너른 돌길을 이룰 수 있으리라. 지금은 어떻게든 돌 하나를 더해야 할 때.

나자프에는 미군 전투기가 밤새도록 폭격을 퍼부어 열여덟이 죽고 마흔하나가 다쳤다. 죽은 사람들은 모두 민간인이다. 많을 때는 수백명이 죽고, 못해도 열이 넘는 사람들이 날마다 죽는다. 어느 한 지역은 24시간 내에 모두 떠나라는 경고를 내보낸 뒤, 떠나지 않은 이들에게 무차별로 폭격을 쏟아붓는다. 정말로 컴퓨터게임처럼 그렇게 사람들을 죽인다. 4월에는 팔루자, 8월에는 나자프였다. 또 어느 도시가 그렇게 초토화될지 모른다. 나자프의 이맘 알리Imam Ali 사원에는 천명도 넘는 사람들이 자신의 몸으로 '방패'가 되겠다고 모여들었다고 한다. 나이 어린 소년부터 나이 많은 노인까지 그이들은 지금 온몸을 걸고 저항하고 있다. 말 그대로 결사항전이다. _8월 20일

힘내라, 이라크!

텔레비전이며 신문이며 온통 아테네올림픽 이야기다. 하지만 나는 올림픽 이야기만 나오면 바로 건너 땅에 벌어지고 있을 폭격과 전투가 겹쳐지면서 눈살이 찌푸려지곤 한다.

축구경기 하나에 대여섯 시간을 보여주는 언론 어디에서도 전투기의 무차별 폭격으로 죽어가는 이라크 사람들에 대한 소식은 단 오 분도 채 전하지 않는다. 그리고 우리 또한 그걸 알면서도 모르는 듯, 또는 어쩔 수 없다는 체념을 강요당한 채 그대로 받아들이고 있다. 자본은 인간의 탐욕을 아주 그럴듯하게 제도화하고 합리화한다. 그것은 어쩔 수 없다는 무력

감과 포기를 가르치고, 그 안에서 억압받는 자들마저도 그 질서와 문화의 신봉자로 만들어버린다. 자본은 결국 우리를 최면과 망각으로 돌려세운 뒤, 이윤이 생기는 곳이라면 이빨을 드러내고 발톱을 세워 달려든다. 아무리 내동댕이쳐도 우리는 자본이 보라는 쪽으로만 고개를 돌릴 뿐 바로 옆에서 일어나는 참혹한 일에 대해서는 모른다. 놀랍도록 거대하면서도 교묘한 그 힘은 우리의 이성과 도덕을 마비시키고 있다.

이라크 축구팀의 선전을 두고 그 까닭을 이라크에 자유와 민주주의를 전파했기 때문이라고 한 부시에게 "내가 만약 축구선수가 아니었다면 총을 들고 저항군이 되었을 것이다." 하고 한방을 먹인 팔루자 출신의 선수처럼, 이라크 선수들은 매 경기마다 저항군의 심정으로 운동장을 뛸 것이다. 축구경기에서 이긴다고 해서 지금껏 숨겨간 만오천명의 목숨을 잃은 슬픔을 대신할 수는 없겠지만 잠시라도 가슴에 맺힌 응어리를 풀 수 있다면 계속해서 이라크가 이겼으면 좋겠다. 부끄럽지만 이렇게 마음으로나마 응원을 한다. 힘내라, 이라크! _8월 22~23일

할머니들

군청에 나가기 전 잠깐 뒷산에 오르려던 길이다. 뒷집을 지나고, 그 뒷집 할머니. 어디 가느냐 해서 산에 좀 오르려고요, 하니까 잠깐 이리 와 앉아 놀자 하신다. 툇마루로 드는 아침 햇살이 참 좋았다. 그 댁 할머니와 놀러온 이웃댁 할머니. 늘 하시는 말씀, 장가는 언제 가는지, 밥은 어떻게 해

먹는지 따위를 물으셨다.

　마당에는 벌써 새벽에 따온 고추를 하나 가득 깔고 말린다. 고춧내가 매캐하다. 햇볕이 닿은 빠알간 고춧빛이 예쁘다. 두런두런 이야기를 나누고 있으려니까 할머니가 부엌에 들어가 무얼 내온다. 찐 감자, 김이 모락모락 난다. 아, 맛있겠다. "이것 좀 먹고 가게." "아니요, 할머니. 저는 됐어요." 할머니는 내가 괜히 사양을 하는 건 줄 아는지 그래도 자꾸 먹으라 하신다. "아니요, 그게 아니라……" 그래서 할머니께 저 지금 단식중이라고, 얼마 전부터 먹을거리를 끊고 지낸다 말씀드렸다. '단식'이라 하면 못 알아들으시는 줄 알고 설명을 보탠 건데, 할머니들도 그 말이 아주 낯설지는 않아 보았다. 그러면서 되묻는 말씀이 종교가 뭐냐는 거다. 아아, 할머니는 무슨 종교에서 기도나 수행 같은 의미로 하는 단식을 떠올린 모양이었다. 그래서 이번에는 아예 다 내놓고 말씀을 드렸다.

　"아니요, 할머니. 저는 그런 거 아니고요. 지금 데모하는 거예요. 우리나라 군인들 전쟁하는 데 가지 말라고, 전쟁터에 가서 죄 없는 사람들 죽이지 말라고요." "아아, 또 이라큰가 모라큰가 하는 거기?" "네, 이라크요. 거기에서 지금도 날마다 사람들이 많이 죽고 있거든요. 그런 데를 우리나라 군대가 가서 또 똑같은 일을 하려고 그러잖아요."

　"그래, 맞아. 나도 테레비서 봤는데, 거기 보이 미국이 해도해도 너무해. 왜 그렇게 사람들을 다 때리 죽이고, 석유값이나 쳐올리고 그카는지."

　할머니들도 안다. 나는 이 마을에 이사를 와서 두 달도 채 살지 못하고 바로 이라크로 떠났다. 그랬으니 마을 분들과 아직 친해지지도 못했고, 미처 인사를 나누지 못한 분도 있었다. 이사만 와놓고 몇달이나 감감무소식이었으니 마을 할머니들은 그런 게 다 마땅치 못했을 거다. 집은 돌보지 않아 마당에 풀이 나무처럼 자랐지, 살림을 들이자마자 온다 간다 소리도 없이 행방을 알 수 없으니 그저 예의 없는 타관 사람 정도로만 여겼을 거다. 그런 생각으로 한국에 들어오고, 울진으로 다시 내려온 뒤에도 참 조심스러운 마음이었는데 내가 미처 설명을 드리지 않아도 할머니들이 벌써 다들 알고 계셨다. 그러면서도 꼭 늘어놓는 걱정, "그것도 좋지만 맨날 그기만 하고 돈은 언제 버노?" "얼른 장개를 가야 일을 잘하지."

할머니들이 내 팔 마디마디를 주물러보며 눈이 퀭하다며 걱정을 하셨다. 할머니들 앞에서 일부러 더 크게 웃었다. 장난하는 말도 더 하고, 까불며 애교도 부리고. 그래도 할머니들은 걱정이 되는지, 그런다고 군대를 안 보내겠느냐며 쯧쯧쯧 혀를 찼다. 그러면서 젓가락으로 감자 하나를 푹 찔러 건네시며 "괜찮어, 괜찮어. 이거 하나 무도 괜찮으니까 어여 잡숴." 헤헤, 아무한테도 말 안할 테니까 몰래 먹으라는 얘기였다. 그런 할머니 마음이 좋다. 귀엽고, 고맙다. 입에 침이 돌았지만 먹은 거나 마찬가지다. 할머니가 주는 마음으로 주린 배가 아주 든든해진 것 같았다.

마침내 본대 파병, 침묵하는 언론

전범민중재판운동

인권단체 모임에서 '전범민중재판'을 위한 간담회가 있다는 얘기를 얼마 전 들었는데 그게 어제 있었던 모양이다. 오늘 『인권하루소식』('인권

운동사랑방'에서 발간하는 소식지)을 보니 어제 간담회를 요약해 소개해놓았다. 전범민중재판운동은 우리나라뿐 아니라 벨기에와 영국, 일본, 독일에서 벌써 진행되고 있다고 한다. 엊그제 본 신문에는 미국에서도 공화당 전당대회를 사흘 앞두고 부시에 대한 시민법정을 열 것이라는 기사도 있었다.

우리나라의 민중재판은 미국의 점령뿐 아니라 한국의 파병이 전쟁범죄라는 것을 뚜렷이 밝히고, 이러한 범죄행위에 입을 다물고 있는 국제기구들을 압박하는 데 그 목적이 있다. 지금도 엄연히 국제형사재판소가 있지만 이 엄청난 범죄 앞에서 어떤 구실도 하려 들지 않는다. 헌법을 어긴 대통령, 국제법을 어긴 나라의 책임자들을 그 누구도 심판하지 않는다면 그들을 심판해야 하는 권리이자 의무는 당연히 우리 민중에게 있다. 참고로 유엔에서 오랫동안 인권변호사로 일한 디아즈^{Clarence Diaz} 씨는 지난 7월 말 한 강연에서 "한국군 이라크 파병이 국제형사재판에 제소될 만한 사안"이라고 말하기도 했다. 아마도 한국 정부나 한국군 파병을 옹호하는 이들은 '비전투병' '평화재건부대'라는 말로 문제의 핵심을 흐리려 하겠지만, 디아즈 씨는 "전시에 적군을 어떤 식으로든 도와준 민간인은 점령군과 똑같이 전범으로 취급했다"며 한국군 파병이 전쟁범죄행위라는 것을 강력하게 말했다. 한국군 파병이 이라크를 위해서가 아니라 미군을 위해서라는 것은 너무나 자명한 사실이다. 지금은 파병을 주장하는 측에서조차 '이라크를 위해'라는 거짓말을 더이상 하지 못한다. 핑계라고는 '한미동맹' '국제사회의 약속' '국익'이라는 옹색하기 짝이 없는 이유뿐이다. 그렇다면 현 정권은 스스로가 미국을 위해 전쟁에 참여한다고 인정하는 셈이다.

출병 이틀 전

우리 군대가 내일 모레면 다시 그 피비린내 나는 학살의 땅으로 떠난다. 이 엄청난 일을 앞두고 텔레비전이나 신문은 도무지 아무런 말이 없다. 며칠 전 MBC 노조는 지난 선발대 파병 때 보도하지 않은 잘못을 인정하면서 자기비판을 하기도 했는데 본대의 파병을 앞두고도 그다지 달라진 것이 없다. 언론뿐 아니라 의회 안에서도 아무런 말이 없다. 파병 재검토에 서명을 한 의원 가운데 누구 하나 입장을 천명하는 이가 없다. 이웃 나라로 천명이 넘는 살인부대를 보내면서 이래도 되는 걸까?

뉴스나 신문은 온통 올림픽 아니면 친일역사 청산에 대한 이야기뿐이다. 역사를 바로 세우는 일은 반드시 해야 하는 중요한 일임에 틀림이 없다. 그런데 지금 누가 누구를 청산하고, 누가 누구를 심판한다는 말인가? 과거청산이건 역사바로세우기건 그 모든 것이 결국은 지금을 바로 살고, 미래의 거울로 삼기 위해서가 아닌가? 지금 침략전쟁에 파병을 강행하는 자들이 어떻게 육십년 전 우리 할아버지들에게 '군대에 지원하라'고 '조선의 앞날을 위해 영광스럽게 참전하라'고 부추긴 친일파들을 심판하고 평가한단 말인가? 현재를 반성하게 하지 않는 과거청산이란 헛것에 불과하다. 친일의 과거를 청산하려면 먼저 침략전쟁에 대한 파병부터 하루 빨리 철회해야 한다. 그런데 지금은 너무나 조용하다. 과연 이 나라가 이틀 뒤면 전쟁터로 군대를 보내는 나라가 맞나 싶을 정도로 조용하다. 무서운 일이다. _8월 26일

길 떠날 준비

수사님, 힘내세요!

오후 한시. 경복궁역 4번 나들문. 어제 올라온 세 사람 외에 오늘 아침 버스를 타고 울진 모임 사람들이 세 명 더 올라왔다. 거기에 바끼통 모임 사람들까지 하니 여남은명이 되었다. 청와대 앞 무궁화동산으로 가는 길. 여기에서는 평생 언제 또 받아볼까 싶은 호위를 받는다. 지하철역부터 청와대 들머리까지 무전기를 든 경찰들이 연락을 주고받으며 우리 일행에 대한 정보를 알리는 통에 먼저 인사를 건네고 길안내를 해준다.

수사님을 뵈러 농성장에 들어가니 수사님은 보이지 않고 수염 할아버지 문정현 신부님이 먼저 눈에 띄었다. 반가워서 신부님께 인사를 하니 신부님이 목소리를 아주 조그맣게 낮추면서 입술에 손가락을 갖다 댄다. 지금 막 수사님이 잠들었으니 깨지 않게 조용히 하라는 당부다. 그래서 우리도 조용조용 신부님께 인사를 나누었다. 곁에는 '평화바람'(2003년 11월부터 반전, 반핵, 이라크 파병 저지를 위해 전국을 유랑하고 있는 시민모임)의 오두희 선생님이 카메라를 들고 동영상을 찍고 있다. 두 분 모두 집회나 책을 통해 익히 아는 분들이었지만 지난겨울 소망의 나무 단식 때 유랑극단과 함께 일부러 찾아와주었기에 더욱 반갑다. 신부님과 인사를 나누는 사이 수사님이 잠에서 깼다. 얼굴이 아주 핼쑥해졌다. 오늘로 36일째. 지난번 뵈었을 때만 해도 아직 힘이 많아 보였는데 오늘은 한눈에도 기운이 없다는 게 느껴졌다. 아직도 수사님의 장난기야 여전하지만 전보다 무표

286

정일 때가 많다.

지율 스님이 떠난 뒤로 경찰 쪽에서 자꾸만 농성장을 거두라는 압력을 넣고 있다고 했다. 공유지를 사적으로 점거하는 건 불법이라는 등 온갖 법률을 들이대면서 농성장을 거두거나 다른 자리로 옮기라고 한단다. 웃기는 말이다. 법을 지키라니. 지금 이 나라 정부는 헌법을 제멋대로 뭉개 놓았다. "대한민국은 국제평화에 노력하며, 침략전쟁을 부인한다"는 헌법 제1조 5항은 도대체 어떻게 된 것인지. 우리는 법을 지키고 싶다, 우리가 말하고자 하는 것은 당신들이 그리도 좋아하는 법을 제발 좀 지키며 살게 해달라는 것이다.

길을 떠나자

가을로 접어드는 오후 햇살이 참 좋았다. 여유로운 마음으로 도시락을 싸서 소풍이라도 나온 길이었다면 그지없이 좋을 날씨였다.

김재복 수사님 곁에서, 문정현 신부님과 오두희 선생님, 울진 식구, 바끼통 식구들이 둘러앉아 이런저런 이야기를 나누었다. 수사님은 "길을 떠나자, 그게 단식순례든 단식투어든 지역 곳곳을 돌면서 사람들을 만나러 다니자."고 했다. 나보다야 수사님의 단식이 길어지는 것이 걱정되지만 그걸 잠시 접어둔 채 생각하자면 의미있는 일이지 싶다. 물론 청와대 앞의 농성이 하나의 상징이긴 하지만 지금 중요한 것은 어떻게든 파병 철회 운동의 불씨를 되살리는 것이다. 수사님의 말씀은 그 불씨가 있는 곳이면 어디든지 찾아가서 힘을 불어넣기도 하고, 거꾸로 힘을 받기도 하면서 철군운동의 새로운 흐름을 이끌어내자는 뜻일 게다.

얼마 전부터 준비하고 있는 전범민중재판운동을 알려나가는 일을 함께한다면 9월 중순에 있을 '민중재판 기소인단 모집 운동'으로 자연스레 그 흐름을 이어갈 수 있겠다고 생각했다.

이야기는 빠르게 풀렸다. 기본적인 것은 김재복 수사님과 내가 '단식평화순례'를 하고, 그 순례를 '평화바람'이 함께하는 것. 그 순례의 길에 민중재판운동을 알리는 것이다. 물론 긴 날 동안 단식을 한 이들이 그 먼 길을 떠나는 일은 쉽지 않을 것이다. 하지만 단식을 시작한 이상 그게 문제일 수 없다. 아마 수사님도 그런 생각에 '평화순례'라는 걸 제안하지 않았나 싶다. 앞으로 한 달을 농성장에 있다가 쓰러지느니, 보름을 다니다 쓰러지더라도 더 적극 싸우겠다는 뜻으로 말이다.

수사님은 되도록 일찍 시작하고 싶어했지만 당장 준비한 것이 아무것도 없으니 그럴 수는 없는 노릇이었다. 그래서 수사님은 일단 8월 말까지 청와대 앞 농성장에서 농성을 하다가 9월 1일 기자회견을 갖고, 순례를 시작하는 것으로 이야기했다. 그리고 울진을 시작으로 단식평화순례의 길을 떠나기로 했다. 그때까지 나는 울진 군청 앞 단식을 계속 잇다가 수사님과 평화바람, 전범민중재판 활동가로 이루어진 순례단이 첫 순례지인 울진으로 내려오면 그때부터 전국 순례길에 나서기로 했다. 수사님의 청와대 앞 농성에 지지방문을 간 길에 갑작스럽게 나온 것인데다, 둘레 상황 또한 쉽지 않았지만 이야기는 일사천리로 진행되었다. 아마도 그 자리에 있던 이들 모두의 간절함이 만났기에 한뜻으로 합의할 수 있지 않았나 싶다. 이제 길을 떠날 준비로 바쁘다. 우리가 앞으로 할 단식평화순례는 지역의 평화 씨앗을 만나 잇는 일이다. 그러한 풀뿌리가 고립되지 않게 잇고 번지게 하는 것. 앞으로는 지역에서 간절한 마음으로 평화를 갈망하는 더 작고 가난한 이들과 직접 여린 손을 맞잡을 것이다. 정치의 논리가 아니라 간절함의 힘으로, 성과 중심이 아니라 깨달음을 따라 목숨과 평화의 숨결을 되살리며 말이다. _8월 29일

침략군대를 보낸 나라의 백성이 걷는 길

장날 할매들

2일과 7일, 12일과 17일, 22일과 27일은 울진읍에 장이 서는 날이다. 지난번 의논에서 앞으로는 장날만이라도 군청 앞 우산농성 자리를 옮겨 장을 보러 나온 이들을 직접 찾아나서기로 했다. 농민회 일로 장터 선전전을 여러번 해본 산이 어머니가 내놓은 의견이었다. 농민회에서 선전물을 만들면 무조건 장날 장터로 사람들을 만나러 가곤 했다며 말이다. 또 우리가 만든 전단지가 눈이 흐린 노인들이 보기에는 글씨가 너무 작다고 했다. 너무 많은 내용을 담으려 하지 말고 몇글자 되지 않더라도 큼직큼직한 글씨로 쓰는 게 좋겠다.

장 구경은 살 것이 아무것도 없어도 그저 즐겁다. 포도와 사과가 아주 맛있게 보였다. 아주머니가 쪼그리고 앉아 껍질을 벗기는 도라지도 산뜻한 향이 났다. 멸치와 쥐포, 오징어포가 손수레에 그득 쌓였다. 할매 한 분이 햇밤이 아주 맛있다고 한 되 들고 가라고 한다. 마음 같아선 바로 칼로

벗겨 날밤으로 오독오독 깨물어 먹었으면 했다. 일찍 나온 할매들은 그래도 그늘에 자리를 펴고 앉았고, 조금 늦은 할매들은 할 수 없이 뙤약볕에 앉았다. 손수레 하나는 그 자리에서 손수 구워 만든 생과자를 가득 쌓아놓았다. 아저씨는 아주 바삐 과자 반죽을 짜면서 계속 구웠다. 아직 따뜻한 온기가 그대로 있어 입에 넣기도 전에 구운 과자 향이 스며들었다. 어디 옷가게, 신발가게, 그릇가게 같은 데로는 눈도 가지 않는다. 장에 나와 있는 음식은 눈을 감고 손에 집어도 모두 달디단 꿀맛일 것 같았다.

"전쟁 하지 말라고요. 우리나라 군인들을 그 몹쓸 전쟁터에 보냈잖아요, 그러니까 얼른 오게 해야지요. 우리 군인들 죽는 것도 문제, 그 나라 죄없는 사람들을 마구 죽이게 되는 것도 문제, 하여튼 어서 오게 해야지요."

어떤 할머니는 입까지 벌리고 열심히 듣는다. 할머니들 가운데 많은 분이 글을 모르는 것 같았다. 그 앞에 쪼그리고 앉아 종이에 쓴 내용을 풀어 읽어드리거나 좀더 친절하게 말씀을 붙여보고 싶었지만 좁은 장 골목에 사람들이 너무 많아 방해가 될까 싶어 그렇게까지는 할 수가 없었다.

장날 선전전을 많이 해보았다는 산이 어머니는 역시 물 만난 물고기처럼 앞장서서 다니며 아저씨들 할머니들을 만났다. 함께 나온 피아노학원 교사는 곁에서 피킷을 들고 함께했는데, 가끔 뒤를 돌아보면 "아저씨, 이건 어떻게 해먹는 거예요?" "할머니 그건 얼만데요?" 하면서 장 구경에 더 신이 났다. 하지만 그런 모습이 보기 좋다. 나도 흥이 났다. 조금 더 걷다보니까 푸성귀를 내놓고 앉아 있는 할머니들이 집에서 가져온 떡을 돌려 드셨다. "자, 이거 하나 먹어봐." 아, 맛있겠다. 오늘 장에서 본 것 중 제일 먹고 싶은 거, 일등은 그 떡이다.

울진읍에 장이 서는 날 선전전을 나가 사람들과 만났다.

산이 어머니는 할머니들의 기억 속 전쟁 이야기를 되살려주었다.
"그라모, 안되지. 사람 직이는 전쟁은 하모 안되지."

첫날, 다시 시작이다

단식평화순례를 시작한 첫날이다. 김재복 수사님과 평화바람이 오전
10시 청와대 앞에서 기자회견을 가진 뒤 울진으로 내려온다고 했다. 전화
를 드렸더니 벌써 회견을 마치고 한남대교를 건너 고속도로에 들어섰다
고 했다. 울진 오는 길은 멀 뿐 아니라 몹시 험하다. 어쩌면 수사님은 아무
것도 남지 않았을 빈속이지만 몇번이나 속을 게워내야 할지 모른다. 조심
해서 내려오세요.

철군과 종전을 바라는 단식평화순례 ─ 울진 연호정

첫 순례지인 울진에서는 아무래도 순례자들을 맞이하는 마음이 크다. 몇날 동안 정신없이 준비를 했지만 막상 순례자들을 맞으려니 준비가 모자란 것 같아 조바심이 일었다. 하지만 지난 며칠 바쁘게 준비를 하면서 마음이 한결 좋았다. 몸이 바쁘고 손이 바빠야지, 무얼 할지 몰라 마음만 바쁠 때 오히려 힘이 들고 지쳤다. 평소 게으름이 많은 나이지만 요사이 단식이 길어지면서는 오히려 늘 시간이 모자란다. 정신없이 일을 하다보면 단식을 하고 있다는 걸 잊기도 한다. 그러다가 함께 모인 분들이 밥을 시켜 먹거나 과자 같은 간식을 먹을 때에야 비로소 내가 단식자라는 걸 알아차린다. 모르긴 몰라도 어떤 마음가짐이나 마음의 기운이 정말로 몸의 기운이 되기도 하나보다. 나는 지금 어느 때보다 힘이 난다.

수사님이 서울에서 기자회견을 할 무렵 그 자리에는 함께하지 못했지만 나 또한 마음을 다시금 갖추어 순례의 길에 오르는 다짐과 바람을 담아 보도자료를 냈다. _9월 1~3일

292

침략군대를 보낸 나라의 백성이 걷는 길

— 철군과 종전을 바라는 단식평화순례를 떠나며

전쟁을 막겠다고 들어간 지난해 봄, 이라크는 아주 평화로웠습니다. 어디를 가나 눈 맑은 아이들이 뛰어놀았고, 도시에서 장사를 하는 이들은 아주 순박했습니다. 시장에는 눈빛이 깊은 노인이 오랫동안 다루었음직한 연장으로 손잡이가 떨어진 물건을 조심스레 고치고 있었습니다. 티그리스 강가를 거닐면서 만난 연인의 모습은 마치 우리 한강 둔치에서 보던 연인들을 떠올리게 해주었습니다. 이 전쟁이 빼앗은 목숨은 바로 그런 이들입니다. 저마다 가장 소중한 삶을 지닌, 가장 사랑하는 식구를 가진, 이 세상에서 단 하나뿐인 가장 소중한 목숨. 날마다 최소 스무명, 지금까지 모두 사만여명.

기어이 한국군마저 그 침략과 학살의 땅에 군대를 보냈습니다. 침략군대를 보낸 나라, 아무 죄 없이 평화롭게 사는 이웃 나라 백성을 학대하고 학살하고 삶의 자리를 통째로 엉망으로 만드는 침략군의 나라. 나 또한 어쩔 수 없이 침략군을 보낸 나라의 국민이 되고 말았습니다. 내가 이라크의 어린이를 죽이고 있고, 내가 이웃 나라의 백성들 위로 폭탄을 퍼붓고 있습니다. 그토록 애원하고 그토록 바랐건만 이 나라 정부는 우리를 모두 침략자로 만들어버리고 말았습니다.

침략군대의 선발대가 떠나고 난 뒤부터는 이곳 바닷가 촌에서도 밥을 굶고 길로 나섰습니다. 누구 한 사람이 나선 것이 아니라 저마다 하루를, 이틀을, 또는 그보다 더 여러 날을 곡기를 끊으며 용서를, 평화를, 철군을 바랐습니다. 한끼 밥을 굶는 것으로라도 그만큼의 생명을 함께 나누고 싶었고, 침략군대를 보낸 나라의 백성이 된 참혹함과 죄스러움을 그렇게라도 빌고 싶은 마음이기도 했습니다. 그리고 다시 한 번 지금이라도 파병을 철회하라는, 보낸 군대를 모두 되돌아오게 하라는 간곡한 외침이기도 한 것입니다. 이곳 작은 도시에서도 벌써 백명이 넘는 이들이 함께 밥을 굶으며 마지막 소리 없는 외침을 지르고 있습니다.

이 간절한 외침에 함께하고 있는 이들은 그야말로 아무것도 아닌 사람들, 보통 사람들입니다. 바닷가 가까운 촌에서 농사를 짓거나 고기잡이를 하는, 또는 장에 나와 장사를 하거나 회사를 다니는, 아이들을 가르치는 그런 사람들입니다. 윗자리에서 군림할 줄만 아는 어떤 이들 눈에는 보잘것없는 사람들로밖에 안 보일는지 모릅니다. 하지만 우리는 이것만은 분명히 알고 있습니다. 내 배를 불리기 위해 남을 해쳐서는 결코 행복할 수 없다는 것을, 그것도 다른 사람의 목숨을 빼앗은 값이라면 더더욱 말도 되지 않는다는 것을 말입니다.

전쟁은 어서 그만두게 해야 합니다. 침략군으로 떠나보낸 한국군은 반드시 돌아와야 합니다. 이것은 한시라도 미룰 수 없는 일, 하루라도 먼저 끝내게 할 수 있다면 스물 가까운 목숨을, 이틀을 먼저 끝낸다면 마흔이 넘는 목숨을 지킬 수 있습니다. 오늘, 서울에서는 사십일째 곡기를 끊고 평화기도를 하고 있는 김재복 수사님이 그 순례의 길을 떠나 울진으로 내려옵니다. 그것으로 '철군과 종전을 바라는 단식평화순례'의 첫걸음을 울진에서 시작합니다. 저 또한 수사님과 더불어 이라크인들에게 용서를 비는 마음과 죄스러움, 그리고 한국군 철수에 대한 간절한 바람으로 그 마음과 마음을 잇는 길을 떠나려 하고 있습니다. 길을 걷는 걸음마다 이라크에서 전쟁을 함께 겪던 아이들, 동무들, 순박한 눈빛들이 가슴에 아프게 밝히겠지요. 그 길에서 만날 평화의 마음들로 부디 한국군의 철군과 이라크의 진정한 평화를 앞당길 수 있기를 바랍니다.

2004년 9월 3일
이라크인들에 대한 용서와 한국군 철수를 바라는 단식 스물엿새째 박기범 드립니다

294

무서운, 부러운, 비참한

울진 사흘 순례를 시작으로 오늘은 안동으로 움직였다. 오랜 시간 자동차를 타는 일이 힘에 부쳤다. 안동에 짐을 풀자마자 바로 고장에서 시민운동을 하는 분들, 농민, 교사, 수녀님 들을 만나 간담회를 가졌고, 너른 시장터에서 평화바람과 안동 시민들이 함께 만드는 순례공연을 가졌다. 내일 아침 눈을 뜨면 바로 함양으로 떠나야 한다. 기운이 부치는 것 같아 살짝 걱정이 들기도 하지만 정신만큼은 또렷이 맑다. 시장터에서 순례공연이 있을 때 웬 아저씨 한 분이 곁에 와 종이봉지를 건네었다. 그 안에 든 것은 효소 두 병. 고맙습니다, 아저씨. 힘낼게요.

불안하다, 불안하다 하더니 사드르와 팔루자에 융단폭격을 퍼부었다. 민간인 수백명이 목숨을 잃었다. 이 기막힌 기사와 함께 나란히 놓인 것은 이어지는 철군 행렬. 태국군 전원 철수 예정, 우크라이나군 점차 철수, 폴란드군 일부 철수, 네덜란드군 내년 3월 철군. 무서웠고, 부러웠고, 비참했다. _9월 8일

폭격소리

기름과 쌀
함양. 녹색대학 학생들과 둥그렇게 둘러앉아 이야기를 나누었다. 해질

무렵 읍내로 나가 길거리 작은 공연과 집회를 가졌다. 마침 이날은 전국 농민회에서 쌀 개방 반대 선전전을 하는 날이라 그 자리에 바로 이어 순례단의 공연을 가졌다. 11월 정기국회에서 다루려는 법안 가운데 우리 백성의 삶과 바로 맞닿아 있는 것 둘을 꼽는다면 하나는 파병연장동의안일 것이고, 또하나가 쌀 개방을 알맹이로 하는 한·칠레 자유무역협상에 대한 법안이다. 기름을 빼앗기 위한 침략전쟁, 그리고 식량주권을 빼앗기 위한 세계화 전쟁. 슬픈 건 지금 국회에서 법을 다루는 이들 대부분이 그 둘의 침략 앞에 우리 백성의 삶과 목숨을 그대로 내주려 한다는 것이다.

폭격소리

비가 왔다. 사람들보다 앰프며 음향기계, 영상기계 따위에 먼저 비옷을 입혔다. 그리고 우리도 비옷을 입었다. 비가 오니 금세 어두웠다. 오늘은 평화바람이 영상물 공연부터 시작했다. 콰과과광. 천둥인가? 그 소리에 놀라 어깨가 움찔했다. 영상은 지난 3월 바그다드 시내 공습의 폭격소리부터 시작한다. 폭격, 폭격, 죽는 아이, 피가 터진 사람, 애원하는 사람, 폭격, 폭격…… 소름이 돋는다. 화면에서 눈길을 뗄 수도, 똑바로 쳐다볼 수도 없다. 손으로 얼굴을 가리며, 그러면서도 손가락 사이로 내다보며 영상물을 보았다. 2003년 3월 20일 새벽, 첫 공습 소식을 들었을 때 느끼던 충격. 밤마다 건물이 흔들리도록 폭격소리가 진동을 하던 그해 4월. 도무지 겁이 나는 것을 참지 못해 지하방공호를 찾아 더듬더듬 기어내려가던 기억. 그때 듣던 폭격소리가 다시 들려왔다.

한동안 잊고 지내던 소리. 하지만 그건 내가 못 듣고 있다 뿐이지 그 소리 자체가 멎은 것은 아니다. 멎기는커녕 시간이 갈수록 더욱 살벌하게 이어지고 있고, 더 많은 민간인과 아이들, 여자와 노인이 있는 곳으로 조준을 옮기고 있다. 적어도 침략 초기에는 지금처럼 노골적인 민간인 공습은 있지 않았다. 당시에는 침략군이 어떻게든 자신이 저지르는 짓을 합리화시키려 안간힘을 쓰던 때였기 때문에 군사시설과 관공서, 후세인궁 쪽으로 폭격의 초점을 맞추었다. (물론 그때도 전혀 민간인 폭격, 주택가에 대한 폭격이 없던 것은 아니다. 사담 후세인을 잡으려 혈안이 되면서 사담이 숨어 있는 것 같다 싶으면 민간인의 마을이라 해도 미사일을 쏘곤했다. 그리고는 그것은 잘못 쏜 것, 오폭이었다고 둘러대면서.)

지금 나자프는 집 바깥으로 한발짝만 나오면 그곳이 바로 전선이라 한다. 도시 곳곳을 지키는 점령군의 저격수들 눈에 띄면 살아남을 수 없기 때문이다. 점령군의 병사들은 나자프 시내에서 살아 움직이는 것만 눈에 띄면 그것이 무엇이든 바로 쏘아죽이도록 명령을 받았다. 물이 끊기고 전기도 끊긴 상태로 일주일. 하지만 사람들은 집 바깥으로 한발짝도 나갈 수 없다. 그것이 지금 나자프와 팔루자, 사드르 같은 곳에서 점령군이 벌이는 도시 초토화작전이다. 실제로 나자프 작전을 벌인 미군 부대의 한 지휘관은 한 언론과의 인터뷰에서 다 죽이는 것이 작전의 목표라고 떳떳하게 밝혔다. 굶어죽게 하든지 총으로 쏘아 죽이던지 모두 죽이겠다고. 무섭다. _9월 10일

대낮, 아파치헬기의 기총사격

어제 또다시 바그다드에서 믿지 못할 학살이 있었다. 대낮에 아파치헬기가 낮게 떠다니면서 사람들을 향해 기총사격을 가한 것. 정말 그럴 수가 없다. 영화라도 그럴 수가 없다. 오늘은 날이 좋아 오랜만에 꽃마차를 거리에 세우고 공연을 가졌다. 우리가 시민들을 만나 길거리공연을 하고 온 곳, 그처럼 사람들이 오가는 길 위로 군대의 헬기가 날아와 무차별로 총질을 한 것이다.

순례를 다니는 요사이 밤에 잠깐 신문을 살필 때마다 마음이 어지럽다. 울진, 안동, 함양, 여수로 이어지는 길. 참 예쁜 사람들을 만났고, 소박한 몸짓으로나마 꾸밈없이 어울려 마음을 나누었다. 평화를 위해 일한다는 말은 그리 거창할 것 없이 그저 그렇게 정답게 함께하는 것, 예쁘고 신나는 것, 저릿한 마음이 이어지는 것이라는 생각이 들곤 했다. 그래서 머무는 자리마다 즐겁고 마음이 따뜻했다. 하지만 그 시간 핏물이 철철 넘치고 있었구나, 바로 그 순간 화염 속에서 사람들이 피를 튀기며 울부짖고 있었다. 이 순례의 길이 괴로울 수밖에 없는 건 그 때문이다. 머무는 자리마다 따뜻하고 행복한 순간, 그리고 피 튀기는 울부짖음이 한데 뒤엉켜. 닷새 전 팔루자에서 한밤중 융단폭격이 있다 해서 끔찍해하며 놀랐는데 어제, 그것도 대낮에 하늘을 떠다니던 헬기가 사람들을 무차별로 쏘아 죽였다는 것이다. 그 자리에서만 최소 37명, 팔루자 16명, 어제 하루만 모두 110명이 목숨을 잃었다.

298

며칠 내리던 비가 개고 오랜만에 파란 하늘이다. 아침에는 이 하늘을 보고 얼마나 반가웠는지 모른다. 바그다드에 처음 들어간 날, 함께 들어갔던 동료들은 모두 그 예쁘던 하늘빛에 놀라곤 했다. 아, 저렇게 예쁜 하늘 아래로 정말 미사일이 떨어질까, 저 하늘에 대고 폭탄을 쏘아댈까? 바그다드 하늘에는 지금 멀리서 쏘는 미사일, 폭탄은 물론이고, 사람들 머리 위로 낮게 나는 아파치헬기가 무차별로 총알을 퍼붓고 있다. 지금 이곳 가을 하늘만큼이나 예쁠 그곳 하늘에. _9월 13일

자꾸만 먹는 것 생각

여수에서 두 날을 머물고 공주로 떠나는 길. 일찍 길을 나서야 했기에 단원들은 서둘러 아침을 먹었다. 순례 맞는 일을 준비해주신 분들이 저마다 보자기 하나씩 들고 왔다. 어느 분은 밥솥째, 또다른 분들은 반찬 한두 가지씩을 해가지고. 한 분은 문정현 신부님이 묵은 김치를 좋아한다는 얘기를 들었다며 지난겨울에 묻은 독에서 김치를 퍼왔다고 한다. 일부러 밥상 쪽으로는 눈을 돌리지 않는데 그 말에 나도 모르게 입안에 침이 돌았다.

실은 말을 않고 다녔지만 요사이 들어 음식 생각이 솟구쳤다. 아니, 내가 무얼 먹고 싶다는 생각을 하는 것 같지도 않은데 나도 모르게 입에서, 목구멍에서, 뱃속에서 무언가 자꾸 당기는 느낌이다. 엊그제 실상사實相寺에서 자고 나오던 날, 꿈속에서 상에 놓인 음식을 마구 집어먹었다. 그런

데 꿈을 꾸면서도 의식은 있어서 '어, 이러면 안되는데, 이러면 배 아플 건데, 내가 왜 이러지?' 하는데 이상하게 손이 멈추어지지가 않는 거였다. 잠결에 무의식으로는 이러면 안된다, 안된다 하면서 괴로워했지만 손과 입은 제멋대로 음식을 집어 자꾸만 입에 넣는 거였다. 마치 가위에 눌리기라도 한 것처럼 멈추어지지 않는 손과 입을 괴로워하다가 잠에서 깨었다. 그러고는 옆에 누운 수사님에게 꿈 이야기를 들려드리니까 수사님이 하는 말씀. "야, 나는 먹을 거 때문에 싸우는 꿈을 꿨어." 수사님도 그날 밤 꿈을 꾸었는데 공양간에 차려놓은 밥을 먹다가 그걸 말리는 스님들과 얼굴을 붉히며 싸웠다는 것이다. 내가 꾼 꿈 이야기를 들려드릴 때 마침 수사님도 꿈에서 깨어나 기분이 이상하다 하던 참이었다며 말이다. 혹시 그날 밤 우리가 자는 방으로 무슨 귀신이라도 다녀갔는지 모르겠다. 어쩌면 둘이 똑같이 먹는 꿈을 꾸었을까?

어제 여수 시내를 지나던 길, 요즘 차를 타고 움직여 다닐 때마다 새삼 느끼는데 어느 곳이나 가게가 많은 곳에는 밥집에 술집, 하여간 먹을 것을 파는 집이 가장 많다. 더구나 해 진 뒤에는 번쩍이는 먹는 집 간판이 길 양편을 가득 메우는데, 어제는 이상하게 스쳐 지나다가 본 어느 순대집 간판이 머릿속을 떠나지 않았다. 평소 순대를 그리 즐겨 먹지 않는데도 이상하게 자꾸만 가만히 있어도 입안으로 순대가 막 넘어오는 것 같은, 마치 입안에 순대가 있는 것 같은, 실제로 한입 가득 물고 씹어먹는 것 같은 느낌이었다. 정말 이상하기도 하지. 씹는 맛은 물론 혀에 닿는 느낌까지 아주 그대로였다. 아무리 다른 생각을 하려 해도 떨쳐지지 않았다. 글쎄, 혹시 아기를 가진 어머니들이 입덧을 할 때 평소 즐기지 않던 음식이

300

참을 수 없이 먹고 싶어지곤 한다는데 그런 것과 비슷한 걸까?

여태 단식이 길어져도 몸에 기운이 없어 힘든 것은 있어도 먹을 것 생각 같은 건 그리 없었다. 함께 다니는 분들이 불편해하거나 미안한 마음에 식사를 잘 못할까 싶어 일부러 그런 얘기를 하지도 않았고. 그런데 이상하게 요 며칠 사이 먹고 싶은 생각이 참 많이 난다. 그래서 수사님하고 둘이 있으면 자꾸만 먹는 얘기다. _9월 14일

그럴 때 평화는 저절로 올 거야

시장 들머리, 평화놀이터

깜짝 놀랐다. 아이들과 색색가지 커다란 광목 걸개에 그림판과 글씨, 물감과 색종이, 풍선이 복잡한 시장 들머리를 가득 메웠다. 거기에 아이들을 닮은 웃음소리, 뛰어다니는 발소리. 하나하나 묘사하기에도 너무 벅차다.

순례단은 아침 일찍 춘천에서 떠나 시흥에 닿았고, 잠자리를 마련해준 성당에 짐을 풀었다. 시흥에서도 가장 가난한 이들이 사는 마을, 그곳에서 아이들과 함께 삶을 가꾸는 샘물공부방 식구들이 시장 들머리에서 잔치를 벌이고 있었다. 이 많은 것을 어떻게 준비했느냐 물으니 아닌게아니라 공부방에서는 일주일에 한번씩 바깥으로 나가 '평화놀이터'라는 놀이시간을 가져왔다고 했다. 그러니 그 많은 걸개그림들과 종이꽃 글씨판, 자연스럽게 뛰어다니며 잔치를 만드는 모습은 단지 오늘 하루의 행사가

철군과 종전을 바라는 단식평화순례 —— 시흥 샘물공부방

아니라 그동안 쭉 이어온 공부방 식구들의 하루하루를 잇는 자리인 거였다. 새로 모둠 걸개를 그리고 있는 아이들 곁으로 가 나도 붓 하나를 들고 칠을 하려니까 한 아이가 내게 "아저씨, 박기범 아저씨는 언제 와요?" 하고 묻는다. 기다려주는 아이들 마음이 느껴져 빨개진 얼굴로 환하게 웃었다.

　날이 어두워지니까 이모들이 커다란 김치통 같은 것 둘을 내놓더니 아이들에게 저녁을 먹자 한다. 조금 멀리 있어서 잘 보이지는 않았지만 주황빛이 섞인 그것은 볶음밥이었다. 이모들이 그것을 한덩이씩 단단하게 뭉쳐 주먹밥을 만들면 아이들은 물감이 묻은 손으로 달려와 바지에 쓱쓱 닦고는 그것을 먹으며 다시 뛰어다닌다. 이 또한 주마다 '평화놀이터'에서

302

먹던 도시락이라 했지. 아이들은 물론, 아이들과 함께 하는 이들 모두 꽃 같았다. 키가 크고 작은, 빛깔이 저마다 다른 꽃. 평화바람의 꽃마차로 꾸민 작은 무대 앞으로 아이들이 가득 모여 서니 정말로 꽃밭이 따로 없다. 같은 노랫말로 입을 쫑긋 거릴 때는 어미를 기다리는 아기새 같기도 하고.

그럴 때 평화는 저절로 올 거야

김재복 수사님과 문정현 신부님은 미사를 드리며 주민들을 만나러 성당으로 먼저 자리를 옮겼고, 나는 이모를 따라 아이들이 기다리는 공부방으로 갔다. 시장으로 나올 때는 차를 탔는데 아이들하고 함께하다보니 어떤 기운이 생겼는지 길은 걷고 싶었다.

생각보다 길이 멀었다. 여러 차례 쉬며 걸었다. 걷는 게 이렇게 힘이 들 수도 있구나. 공부방 가는 길은 강제철거가 한창 진행되는 재개발지구에 있었다. 점점 이웃들이 떠나고, 아이들도 불안해하고 있다 한다. 포크레인으로 파헤치고 해머로 무너뜨렸을 집터의 모습을 보고 있자니 폭격으로 무너져내린 올드바그다드의 집터가 떠올랐다. 닮은 것은 그뿐이 아니다. 구불구불 자전거 한 대 지날 수 없을 것 같은 좁은 골목, 금이 간 담장 너머로 전해지는 삶의 고단한 표정. 아이들을 만나러 가면 무어라도 이야기를 들려주어야 할 텐데, 무슨 말을 할 수 있을지 도무지 자신이 없었다.

마을회관 2층에 있는 공부방은 마을을 닮아 많이 낡고 허름했다. 문을 열고 들어서는데, 엄마야! 불을 끈 방에서 하나둘 초가 불을 밝히더니 어느새 오십 개 가까운 촛불로 주황빛이 가득했다. 산머루 같은 눈망울이 까맣게 반짝였다. 그곳까지 걷느라 땀을 비 오듯 흘렸는데 차라리 그게 다행이었나보다. 주책스럽게 나온 눈물을 감출 수 있었으니. 앞에 놓인 걸상에 앉았는데 정말 아무 할 말이 없었다. 그저 아이들을 하나하나 꼭 안아보았으면 하는 마음뿐.

그래도 아이들은 무슨 말인가를 기다리며 숨을 죽였고, 나는 겨우 입을 떼었다. 이 아이들 앞에서 전쟁이 어떠니, 전쟁을 벌이는 사람들이 어떠니, 우리나라가 어떠니 같은 얘기는 하고 싶지 않았다.

"자꾸만 뭘 새걸로 사고 싶어하고 그런 마음이 커지면 전쟁이 나는 거 같아요. 가지고 있는데 또 더 갖고 싶어하는 마음 때문에요. 새것 없어도 우리는 행복할 수 있잖아요. 에어컨 없어도 행복할 수 있고, 자가용 없어도 행복할 수 있고, 큰 집 없어도 행복할 수 있고…… 전쟁을 벌이는 사람들은 자꾸만 그런 게 있어야 행복해지는 것처럼 우리를 속이는 것 같아요. 에어컨을 더 만들어 팔고, 자가용을 더 만들어 팔고 그러려면 이라크처럼 힘없는 나라에 전쟁을 일으키거든요. 큰 집을 자꾸 만들려는 사람들 때문에 여기 공부방 마을에도 작고 초라한 집을 강제로 부수고 있잖아요. 새것이 갖고 싶고, 뭐가 더 갖고 싶을 때마다 아무것도 없는 동무를 생각해요. 우리가 모두 조금 모자라고, 있는 만큼대로 살 수 있다면 세상에는 저절로 평화가 올 거예요. 갖고 싶은 것마다 다 살 때, 먹고 싶은 것마다 다 먹을 때, 편하게 해주는 것마다 다 누릴 때 전쟁은 어디에선가 또 일어나니까……"_9월 17일

따뜻한 저녁, 피 흘리는 땅

월미축제에 다녀온 뒤 만석동으로 내려왔다. 이라크로 떠나던 때부터 줄곧 함께한 아이들. 두 아이가 나와 사회를 보면서 아이들은 시를 읽어주었고, 노래를 불렀다. 짝을 지어 놀이를 했고, 평화바람과 신부님, 수사님, 그리고 나를 위해 준비한 평화상장을 만들어주었다. 이곳 아이들에게받는 두번째 상장. 왠지 이번에는 부끄러움이 컸다. 무엇 때문일까?

풍물 길놀이를 하는 아이들을 따라 마을을 돌았다. 따르는 우리 한손에는 아이들이 접은 평화꽃, 남은 한손에는 이모, 삼촌 들이 준비한 무지개떡을 들었다. 골목골목 마을을 돌며 만나는 분들. 함지를 내놓고 쪼그려앉아 굴을 까는 할머니들, 마늘을 물에 담가놓고 껍질을 벗기는 할머니들. 할머니들께 꽃과 떡을 드렸다. 평화꽃이에요. 할머니들은 꽃처럼 웃으며 좋아했다. 행복했다.

하지만 이곳 만석동의 행복이 줄어들고 있다 한다. 해마다 힘들다, 힘들다 했지만 이번에 이모에게 듣는 마을 사정은 정말 마음을 아프게 했다. 골목 안으로는 거의 대부분 사람들이 마을을 떠났다. 집을 잃고 쫓겨떠났고, 집장사치들의 장난에 속아 큰 빚을 내어 빌라로 떠났다. 이모가곁에서 걸으며 들려준 마을 사정은 생각한 것 이상이었다. 정말로 우리가마을 한바퀴를 다 돌도록 만난 이웃의 수는 전보다 크게 줄었다. 세상은갈수록 사람들을 다 쫓아내고 그 자리에 돈으로 만든 탑만 짓는다. 삶의숨결을 시멘트로 덮어버리고, 살아가는 이들의 꿈을 쇳덩어리로 내리누른다. 자본의 환상과 달콤함을 내밀어 스스로 수렁에 빠지도록 기다리고, 그도 아니면 포크레인을 밀고 들어온다. 만석동에 들어선 아파트는 콘크리트로 만든 거대한 미사일인지도 모른다. 하지만 땅 밑을 기는 지렁이가 죽어가는 흙에 숨을 쉴 수 있게 하듯, 골목을 뛰어다니는 아이들이 있는 한 아무리 아파트숲이 마을의 숨통을 조인다 해도 끝내 희망이 될 것이다.

아직 개발이 되지 않은 마을과 아파트가 들어선 사이에서 꽃마차를 세워놓고 아이들과 작은 공연을 함께한 뒤 공부방으로 돌아왔다. 저녁 시간. 이모들이 집에서 반찬 하나씩 해와서 비벼먹는 공부방표 비빔밥. 침이 꿀떡꿀떡 넘어가는 걸 억지로 참고 2층에 올라가 아이들과 그림책을 보며 놀았다. 아래층에서는 밥을 다 먹고 난 뒤 전범민중재판운동에 대한 간담회로 이어진 모양이었다.

마침 방에 반짇고리가 보였다. 바지 틀어진 게 있어 꿰매려 하니까 동훈 삼촌이 바느질 잘하느냐며 이리 달라 한다. 그러고는 가져가 바짓가랑이를 꿰매주었다. 따뜻한, 아주 따뜻한 저녁이었다. 신문이 눈에 띄어 바느질하는 삼촌 곁에 앉아 뒤적이는데 어제 하루 바그다드에서만 예순둘이 죽었다고 한다. 저 땅은 여전히 피 흘림이다. _9월 18일

단식 44일차, 이제 새로운 시작

생각하면 정말 긴 걸음인 것도 같고, 단숨에 달려온 것 같기도 하다. 솔직히 나로서는 내 몸이 이렇게 버텨낸 것이 잘 믿기지 않는다. 분명코 그

힘은 그동안 고장마다 만난 사람들의 마음, 전쟁을 어떻게든 막아야 한다는 분들이 손을 잡아주어 그랬을 것이다. 그리고 무엇보다 그 길을 걷는 내내 날마다 전해듣는 이라크 소식, 미처 눈을 감지 못하고 죽어가는 그 땅의 사람들.

이제 그 길을 매듭짓고, 그동안 만나온 이들과 우리 스스로 전범을 재판하는 새로운 싸움의 시작을 연다. 그 자리에서 수사님과 내가 첫번째 기소인이 되어 기소이유서를 발표하는 것으로 회견을 대신하기로 했다. 지난밤 막상 그것을 쓰려고 하는데 무엇을 어떻게 써야 할지, 하고픈 말이 한꺼번에 쏟아져나와 난감했다. 마음을 가다듬어 지난해 봄 겪은 전쟁의 기억과 지금껏 이 전쟁을 끌어안고 지내온 시간들을 되돌아보았다. 처음의 마음, 그리고 나를 끝까지 붙들게 하는 그 마음이 무엇인지 찾으면서.

청와대 앞은 경찰들로 겹겹이 둘러싸였다. 노구의 문정현 신부님이 흐느끼며 호통을 쳤지만 끝내 우리가 계획한 자리로는 들어가지 못한 채 그 건너편에 모였다. 죽어간 이라크인들에 대한 추모묵념과 전범민중재판 운동을 여는 말이 이어진 뒤에 내가 기소장을 읽을 차례가 되었다. 단식 순례 기간 동안 나는 몸무게가 십오킬로그램 빠졌다. 하지만 바로 그 순례의 기간에만 해도 이라크 땅에서는 천오백명이 넘는 목숨이 죽었다. 순례의 걸음은 밥을 굶은 이들의 걸음이 아니라 피 흘리며 죽어간 그 땅 죄 없는 목숨의 걸음이었다. 나는 내가 낼 수 있는 가장 또박또박한 발음으로, 한마디 한마디에 힘을 실어 기소장을 읽어나갔다.

노무현 대통령을 전범으로 기소합니다

나는 아이들과 이야기 나누는 일을 합니다. 그러다보니 자연히 아이들과 같이 우리가 살아갈 세상을 그려보기도 하지요. 아이들이 그리는 세상 속에는 우리가 끝내 지키고 가꾸어야 할 가치가 모두 들어 있습니다. 어느 누구의 것이든 이 세상 무엇보다 목숨이 귀한 세상, 서로 싸우지 않고 사이좋게 사는 세상, 힘이 센 자들이 힘 약한 이들을 괴롭히지 않는 세상, 힘을 가지고서 힘 약한 이들의 것을 빼앗지 않는 세상, 자기 욕심을 채우기 위해 거짓말로 사람들을 속이지 않는 세상…… 그러나 지난 이라크전쟁이 시작된 뒤로 더는 아이들 앞에 이야기를 나눌 수가 없었습니다. 아이들과 함께 가꾸어오던 자유니 평화니 생명이니 민주니 하던 말들이 모두 거짓말이 되어 곤두박질쳤기 때문입니다. 더구나 우리나라 군대마저 침략군대로 보낸 뒤에는 이땅의 어른으로서 더할 수 없는 부끄러움과 미안함, 괴로움으로 아이들의 눈을 바로 마주할 수가 없습니다. 그 못난 결정으로 해서 아무 잘못도 없는 어린아이들조차 모두 침략군대를 보낸 나라의 백성이 되게 하고 말았기 때문입니다. 침략자, 학살자, 약탈자. 한국 사람이라면 여기에서 누구도 자유롭지 못합니다. 내가 아무리 이 전쟁에 반대한다 한들, 아무리 죄 없는 어린아이들이라 한들 우리가 쓰고 누리는 모든 것은 어쩔 수 없이 이라크인들의 피 값과 목숨 값을 빼앗은 것이기 때문이지요.

지금 내가 이 자리에서 내 나라 대통령을 전쟁범죄자로 기소를 하는 까닭은 바로 이것입니다. 대다수 국민들은 이라크전쟁을 반대했고 한국군의 파병을 반대했지만 이 나라 대통령은 끝내 우리 모두를 침략자, 학살자, 약탈자로 만들어버렸습니다. 기어이 나를 범죄자로 만들어버리고 말았습니다. 그렇기에 나는 나를 침략자로 내몬 죄목으로 노무현 대통령을 기소하려는 것입니다. 또한 이 나라 정권은 침략군을 보내는 것으로 그동안 내가 아이들과 함께 가꾸고 배워온 평화와 자유, 생명과 민주주의와 같은 가치들을 몽땅 짓밟고 뭉개버렸습니다. 이 모든 세상의 아름다운 가치들을 정면으로 배반하는 것과 동시에 그 자리에 탐욕과 거짓, 힘센 자들만의 이익과 폭력을 올려두었습니다. 이것이 바로 내가 노무현 대통령을 전범으로 기소하는 두번째 이유입니다. 우리 아이들이 탐욕과 거짓, 폭력의 가치가 지배하는 세상에서 살아가게 만든 죄, 우리 아이들의 꿈을 모두 빼앗아간 죄입니다. 그리고 무엇보다 가장 큰 기소의 까닭은 지금도 날마다 죽어가고 있는 이라크인들의 주검 그것입니다. 우리가 죽이고 있는 그 땅의 사람들, 그 땅의 아이들, 그 땅의 꿈들, 그 땅의 노래들, 그 땅의 목숨 가진 것들. 노무현 대통령은 그 모든 것들을 죽이고 있습니다. 대낮에도 헬기를 타고 가면서 민간인들에게 기총사격을 하고 있고, 밤에 잠든 틈을 타 융단폭격을 쏟아붓고 있습니다. 그렇게 하루 평균 최소 스물이 넘는 사람들을 죽이고 있습니다. 이 끔찍하고 엄청난 짓들을 부시, 블레어와 함께 벌이고 있는 자가 바로 내 나라의 대통령입니다. 그렇기 때문에 나는 내 나라 대통령을 전범으로 기소하지 않을 수 없습니다.

지금 청와대 앞으로 오는 길까지 나라 안 곳곳을 돌며 참 많은 분들을 만났습니다. 하나같이 모두 평화를 바라고 전쟁을 끝내기를 바라는 마음이었습니다. 그 가운데에는 나라에서 하는 일이라면 마땅치 않아도 그저 잠자코 따르던 순박한 이들이 대부분이었지요. 하지만 더는 보고만 있지 않을 겁니다. 더는 기다릴 수 없기 때문입니다. 이제 그 순박한 이들이 손수 나서서 이웃 나라 백성을 학살한, 우리를 침략자로 만든 이 나라 대통령을 심판하려 합니다. 노무현 대통령은 지금이라도 당장 한국군을 돌아오게 해야 합니다. 하루라도 빨리 전쟁이 멈추어져야 하고, 모든 점령군은 떠나야 합니다. 그리고 어서 이라크인들에게 머리 숙여 용서를 빌고 책임을 져야겠지요. 깊이깊이 뉘우치고, 갚아야 할 것이 있다면 몇배로라도 갚아야 할 것입니다.

곡기를 끊고 사십사일째, 이라크 평화를 위한 단식평화순례를 마치면서 아이들 앞에
부끄러운 침략국가의 동화작가가 씁니다

단식평화순례단은 청와대 앞 기자회견으로 순례 일정을 마치고, 이 기자회견을 시작으로 전범민중재판을
위한 기소인 모집 운동을 시작한다.

회견을 마치고 모두 함께 밥을 먹으로 간 곳. 수사님과 내가 앉은 자리
에는 쌀뜨물을 담아온 음료수병이 있다. 함양 순례 때부터 우리와 함께
이 길을 따라나선 두 아이의 어머니가 준비해주신 것. 참으로 고마운 쌀
뜨물. 헤어지고 난 뒤 병원에 들르니 맥박이 많이 떨어지고 약간의 심부
전이 있다 하지만 굶은 날수에 비하면 좋은 상태라 한다. 단식은, 그리고
단식순례는 스스로에게도 잔인했고, 곁에 있는 분들에게도 잔인한 못할
짓이라는 말들을 하곤 했다. 정말 그랬다. 그래서 함께 다닌 순례단원들
을 비롯해 마음을 함께한 많은 분께 미안한 마음이 많다. 다 갚을 수 없는
고마움 또한 크다. 내가 끝까지 순례의 길을 마칠 수 있던 까닭은 앞서서
외로이 걷고 있던 김재복 수사님이 있었기 때문이다. 그리고 들려오는 끔

찍한 이라크의 소식들. 집에 돌아오니 어머니가 미음을 쑤어놓았다. 건더기 아무것도 없는 멀건 것.

　나는 이제 먹지만 이라크 사람들은 여전히 죽어간다. 이 단식은, 그리고 이 걸음은 무엇이었을까. 전쟁을 끝내고 한 목숨이라도 살리는 데에 돌 하나라도 얹을 수 있었을까. 그동안 우리는 만나며 다녔다. 어떤 행동으로 표현하지는 못했지만 평화를 바라는 그 소박한 가슴들을, 전쟁은 안 된다고 말하는 시장터 할매들을, 그리고 대통령이 잘못했다고 거침없이 말하는 시민들을. 그러한 분들을 만나는 걸음걸음은 희망이었다. 부디 이 여리며 간절한 마음들이 탐욕으로 얼어붙은 마음들에 가 닿고, 저 멀리 이라크에 있는 미사일에 가 닿기를 바란다. 그리고 무엇보다 전쟁을 낳는 방식을 거부하지 못하던 부끄러운 내 삶과 내 몸이 깨우칠 수 있기를.
　서울은 며칠 비가 내리더니 아주 많이 쌀쌀해지고 있다. _9월 21일

날마다 바끼통에 들어가 보면서 생각했어. 단식을 말리고 싶은 마음이 무엇 때문인지, 내가 불편해질까봐서 그런지, 아니면 그래 봤자 소용없을 거라는 패배주의 때문인지, 기범이 건강이 걱정돼서 그런 건지. 그래서 섣불리 기범이에게 할 말을 찾을 수 없었지. 나 또한 혼돈스러웠어. 그저 일상에 허덕이며 더위와 싸우고 꾸역꾸역 밥을 처먹으면서 밤이 되면 컴퓨터 앞에 앉아 복잡한 내 심사와 싸웠지. 그렇게 보름이 되었네.

지율 스님, 김재복 수사님, 기범이. 모두 절실함 때문에 단식을 불사하는 거라는 거 다 알지만 그냥 그만 했으면 하는 마음뿐이야. 기범이 말대로 아무 대안 없이 말리는 거지. 지난번 김혜경 민주노동당 대표가 단식할 때 가서 왜 하시냐고 물었어. 부끄러움을 무릅쓰고 말야. 길이 없어서라고 하셨어. 대표라도 나서면 좀 움직이지 않겠느냐고 하셨지. 사라 엄마(우리 천도빈 식구들이 부르는 이름)는 당신이 나서면 종교계도 좀 움직여주고, 당원들도 좀 일어서주길 바라셨어. 하지만 결과는 그냥 제자리야. 기범이 말대로 김재복 수사가 단식하는 거 대부분 몰라. 가톨릭도 관심을 두지 않지. 하다못해 김재복 수사와 같은 형제들인 수사들조차 별 관심이 없어. 김재복 수사와 인천에서 일했던 사람들도 거의 다 제 코가 석자일 거야. 기범이 단식하는 거는? 바끼통, 진보넷을 들락거리는 네티즌, 그리고……

312

지난번 벤포스타Benposta에 갔을 때 들었던 얘기야. 미국의 이라크 침공 때 실바Jesus Silva Mendez 신부님 혼자 지프차를 몰고 오렌쎄Orence 시내를 다니며 전쟁반대를 외쳤대. 결국 실바 신부님은 경찰에 잡히셨고, 경찰서에서 하도 시끄러워서 여섯 시간 만에 신부님을 풀어주었다더라고. 아주 잠깐 오렌쎄 시내를 지날 때 거리에서 부시와 미국에 대해 써놓은 욕설을 보기도 했어. 신부님은 세상의 불의 때문에, 벤포스타에서 일어나는 불의 때문에, 그리고 자신 안에서 일어나는 숱한 번민 때문에 지쳐 있었어. 어느 것 하나 무관심할 수 있는 일이 없었고, 어느 것 하나 제대로 당신 뜻대로 할 수 있는 일이 없었지. 그런데 그냥 그런 상태로 움직이고 계셨어. 어린아이 같은 천진함, 전혀 흔들리지 않는 정의로움, 따뜻함, 벤포스타에 대한 애정과 변치 않는 철학과 정신. 그런데도 안팎으로 어려움을 겪고 계셨지. 무엇보다 참 외로워 보였어. 지금까지도 신부님에 대해 남는 건 쌓인 피로와 외로움이야.

또 한가지는 로마에서 만난 수녀님 얘긴데 그 수녀님, 도법 스님 친구거든. 가톨릭 신부들보다 스님을 더 좋아하는 수녀님인데 지난해 문규현 신부, 수경 스님, 그리고 목사님, 원불교 교무님이 삼보일배하던 때 얘길 해주셨어. 수경 스님이 삼보일배를 결정하신 것은 사회적 의미나 저항의 몸짓만이 아니었대. 새만금을 파괴하는 세상에 대해 삼보일배를 하는 것이 아니라 자기 안에 있는 탐욕, 자기가 속해 있는 그 탐욕스러운 세상의 용서를 비는 것인데 대부분의 사람들은 세상에 대한 싸움으로 해석해서 힘드셨다고 그러셨대. 함께한 분들, 다른 분들도 모두 몸이 망가질 정도로 희생한 건 사실이지만 그 출발이 달랐다고. 그런데 수경 스님은 그냥 그대로 그 분들을 다 받아들이고 같이 하신 거지. 언론과 수많은 사람들의 관심이 귀찮고 당신이 원하신 게 아님에도 불구하고 그냥 그것마저 받아들이고 하셨던 거라고.

왜 이런 얘기를 하는 건지 나도 잘 모르겠어. 갈팡질팡하는 내 마음을 그대로 드러내는 거겠지. 다른 사람들과 똑같은 얘길 하는 거겠지. 김재복 수사나 기범이에게 이라크는 남다를 수밖에 없다는 거 알아. 날마다 그곳 사람들이 밟히겠지. 그냥 당위적인 정의와 다르다는 거 알아. 그러면서도 세속적인 말을 할 수밖에 없을 거 같아. 제발 빨리 끝내. 그리고 동화씨에게 후원금을 보낼게. _8월 24일

어제 공부방에서 돌아와보니 평화바람에서 메일이 와 있더군. 기범이와 김재복 수사의 단식평화순례 소식. 억장이 내려앉는 것 같아서 한동안 멍하니 있다가 편지를 썼어. 무슨 소리냐고 지금, 순례를 하려면 그냥 정말 순례자들이 그랬던 것처럼 최소한이라도 먹을 것을 먹으며 겸손하게 조용하게 길에서 만나는 사람들만 만나면서 그렇게 하라고 소리치고 싶었어. 하지만 이내 지웠지.

내 안에 있던 생각, 단식만큼 평화적이고 예수를 닮은 저항의 몸짓이 없을 거라고 생각했던 거. 그런데 그게 얼마나 낭만적이었는지. 그리고 새벽까지 뒤척였어. 처음엔 같이 얘기했다는 두희 언니도 원망스럽고, 문정현 신부님이 무슨 생각을 하시는지 화도 나고. 복잡했지. 어젠 달빛이 참 밝았잖아. 그래서 더 잠을 잘 수 없었어. 그러다가 김재복 수사는 지금도 청와대 앞에서 달빛 훤한 밤에 길가에 누워 있을 거라는 생각이 들었어.

언젠가 문정현 신부님이 다 지친 얼굴로 이제 나는 싸울 힘이 없다고, 이제 죽을 때가 다 되었다고, 참 오달지게도 싸우며 살았다고 하시던 그 아쉬운 얼굴도 떠올랐지. 지금 난 기범이의 단식을 말릴 어떤 자격도 없다는 거 알아. 그리고 오늘 새벽까지 했던 생각은 '그래, 그냥 지켜보고 지지하자. 그것밖에 할 게 없다'였는데 날이 밝고 나니 또 달라지네. 그냥 걸어서 사람들을 만나고 평화의 메씨지를 전하고, 파병철회를 주장하며 다니면 안되는 걸까? 최소한의 음식을 먹으면서, 탁발하듯이 그렇게, 사람들이 나눠주는 음식을 먹으면서 말야. 사람들하고 숨 쉬고 이야기하고 만나면서 다니려면 건강이 허락해야 되잖아. 모르겠어. 이제 와 단식을 접는 것은 이제까지 해온 희생의 의미를 깎아내리고 그냥 흐지부지되고 마는 것이라는 생각도 있고, 더 오래 하려면 그냥 순례의 길, 오랜 탁발승의 길을 가는 게 더 낳을 거라는 생각도 들어. 내가 할 수 있는 일이라는 게 아무것도 없는 처지에 이런 편지마저 배부른 짓 같아 보인다.

예수가 얼마나 분명하게 겸손의 길을 택하는지 볼 수 있다. 그분은 강력한 구세주로서 새로운 질서를 선포하고 나팔을 불며 나타나지 않는다. 반대로 조용하게 온다. 참회의 세례를 받으려는 수많은 죄인들과 함께 온다. 그분의 선택은 하늘에서 들려오는 소리로 인정된다. "이는 내 사랑하는 아들, 내 마음에 드는 아들이다." 하느님이 당신의 거룩한 모습을 이렇게 자기를 비우는 모습으로, 나사렛에서 온 보잘것없는 사람으로 나타나는 것은 믿기가 어렵다. 내 안의 많은 것이 영향력, 권력, 성공과 인기를 찾고 있다. 그러나 예수의 길은 숨겨짐, 무력함 그리고 보잘것없음의 길이다. (앙리 누벤 Henri Nouwen 『새벽으로 가는 길』, 바오로딸 1992)

_8월 31일